俺は星間国家の
悪徳領主!
I am the Villainous Load of the Interstellar Nation
4
三嶋与夢
illustration
高峰ナダレ
JN105986

『――ダーリン、今頃はどうしているかしら？』
ロゼッタのメイド修行！

ロゼッタ
Rosetta

リアムは獣じみた視線で私の全身を舐め回し、
肢体に吸い寄せられるように
距離を詰めてくる。
『いけません、伯爵。
人が来てしまいますよ♥』
➤リアム篭絡作戦！

しかし若い獣欲は
そんな言葉で収まるはずもなく――
「ああん♥ダメ♥
……なんてね！」
ユーリーシア
Eureshya

「誰が、誰を殺すって？
吐いた唾は飲み込めねーぞ！」
激怒するマリーに呼応して
テウメッサの姿に変化が現れる。
BFC-X102［M］
テウメッサ
Teumesso

マリー
Marry

CONTENTS

I am the Villainous Lord of the Interstellar Nation

プロローグ		003
第一話	士官学校	037
第二話	バークリー家の魔の手	068
第三話	パトロール艦隊	091
第四話	ロゼッタの修行	113
幕間	クラウスさん頑張る	127
第五話	研修	131
第六話	帝国商人	174
第七話	バークリー艦隊	209
第八話	誤算	251
第九話	悪夢	283
第十話	真実	328
エピローグ	エピローグ	345
特別編	ロゼッタとメイドロボたち	370

俺は星間国家の
I am the Villainous Lord of the Interstellar Nation
悪徳領主！

4

三嶋与夢
illustration
高峰ナダレ

イラスト／高峰ナダレ

プロローグ

世の中には無意味な習慣や風習が存在する。

かつては必要だったそれらも、時代の流れと共に無用になるのが一般的だ。

だが、人間とは愚かである。

必要ないと理解しながら、長年繰り返されているからと無意味な習わしを捨てられない。

悪徳領主である俺【リアム・セラ・バンフィールド】すら、そうした世間の大きな流れには逆らうことが難しい。

「半世紀以上も修行に費やすのは無駄の極みだな」

幼年学校を卒業した俺は、目の前に投影された立体映像を見ながら呟《つぶや》く。

そこにあるのは、士官学校の制服を身につけた自分自身の姿だ。

本来であれば装飾など最低限が好ましい士官候補生の制服だが、帝国は貴族趣味なので無駄が多い作りをしている。

この立体映像だが、帝国軍士官学校の規則を守った姿だ。

髪は普段よりもやや短いが、見た目にたいした変化はない。

幼年学校に入学した頃よりも身長は伸びたか？

もう六十も半ばを過ぎた年齢なのに、前世で言えば中高生にしか見えない。

この世界でも一応は成人しているが、世間的にはまだ子供扱いを受ける年齢だ。

前世の価値観からすれば、五十年以上も大人になるための修行をしているわけだ。

馬鹿らしくなってくるだろうが、この世界では普通のことである。

何しろ、修行が終わっても人生は何百年と続くのだから。

俺が最も信頼しているメイドロボの【天城《あまぎ》】が、背筋を伸ばした美しい立ち姿で俺の愚痴を拾って諭してくる。

「貴族である旦那様は、最低でも軍人と役人の二つの資格が必要です。これがなければ、貴族として一人前と扱われません」

艶のある黒髪をポニーテールにした天城は、刺激的すぎる肩を露出したメイド服姿だ。

他はシックにまとめられているのに、肩を露出しているため非常にアンバランスである。

しかし、天城の両肩には人ではない者を示す刻印があった。

それを周囲に見せるのがルールであるため、腹立たしいが俺でも露出を止めさせることが出来ないでいた。

「ただの愚痴だ」

「やはり士官学校は不満のようですね」

「金の力でも逃げられないからな」

修行の中で一番辛《つら》いのは、実際に命の危機がある軍人時代だろう。

士官学校を卒業すると、その後は六年ほど拘束される。

貴族だろうと任官させられ、時には戦いに巻き込まれ命を落とすこともある。

修行時代の辛い思い出を語れと言われたら、多くが軍人時代の話をするくらいに厳しい暮らしが待っている。

これをどうにかすり抜けようとする奴《やつ》もいるが、帝国は軍人を経験していない者を一人前とは認めない。

そもそも戦う必要がない立場なのに、軍隊に放り込むとか無駄である。

本職の軍人たちも、嫌がりながら入隊する貴族の子弟を毛嫌いしているそうだ。

とは言え、だ。

世の中はお金持ちに都合の良いように出来ている。

「さて、そんな軍隊暮らしのために寄付金を積み上げるとしよう。天城、バンフィールド家から帝国軍に連絡を取れ。今年の寄付金は期待しろと伝えろ。それから、払い下げる品があればうちで買い取れ」

軍隊というのは常に兵器を更新している。

古くなった兵器を買い換える。または、新型への入れ替えなども行われる。

そうした時に、まだ使える兵器は貴族たちに払い下げられる。

軍隊は金食い虫だ。

投資をしても見返りが分かりにくい事もあり、予算を削られることも多い。

だから、帝国軍も予算のやりくりに必死だ。

そこに俺のような金持ち貴族が、寄付やら中古の兵器を購入する話題を出せば喜んで飛び付いてくる。

その際に士官学校での待遇改善を要求すれば、可能な範囲で叶《かな》えてくれるわけだ。

本来ならば貴族は他の模範となるべき存在であり、このような行為ははばかられるべきである。

だが、俺は悪党だ。

使える手段があればためらわないし、むしろ喜んで使用する。

天城が一瞬だけ何か言いたそうにするが、僅かに諦めた表情を見せると俺の命令を実行に移す。

「旦那様の仰せの通りに」

「この世は金が全て。金さえあれば道理だろうとねじ曲がる。この際だから軍隊生活を楽しんでやるとするか」

悪党らしく高笑いでもしてやろうかと思っていると、誰かが部屋を訪ねてきた。

天城が許可を出すが、ここは俺の惑星。俺の屋敷だ。

誰にはばかることなく笑いだそうとしたら、部屋を訪ねてきたのはロゼッタだった。

「ダーリン、士官学校の制服が届いたの？　わたくしも試着《せ》するわ！」

満面の笑みで登場した婚約者に、俺は笑うことが出来ずに咳き込んでしまう。

「ロ、ロゼッタ!?」

彼女の名前は【ロゼッタ・セレ・クラウディア】。

目につくのは輝くような長い金髪をまとめた大きめの縦ロールだ。

金髪碧眼《へきがん》のお嬢様を絵に描いたような姿は、同年代にしては発達しすぎたグラマラスな肉体もあって理想的ですらある。

幼年学校で出会い、転生した俺が欲した初めての人間の異性だ。

出会った当初こそ鋼の心を持つお嬢様で、俺など歯牙にもかけていない冷たいそぶりだった。

そんな女を屈服させたかったのに、いざ婚約まで話が進むと俺に惚《ほ》れていた。

自分で言うのもおかしい話だが、ロゼッタは俺に夢中である。

何が何だか俺にも理解できていない。

前世では会社の後輩である新田《にった》君から「即落ち二コマ」なるものを教えてもらったが、今のロゼッタがまさにその状態だ。

尻尾でもあれば喜びすぎて振り回しているだろう姿。

確かに俺はロゼッタを屈服させたかった。

だが、いきなり屈服している状態は困惑する。

本来ならば、ロゼッタの鋼の心をへし折るのを楽しみたかったのであって、いきなり惚れられていると怖くて仕方がない。

まぁ、とにかく——俺は今のロゼッタが苦手だった。

瞳を輝かせて、俺に顔を近付けてくるロゼッタは自分も制服を確認したがっている。

俺が後ずさりしても、その分だけロゼッタが距離を縮めてくる。

困り果てた俺は助けを求めて天城に視線を向けた。

情けない限りだが、今は天城に頼るしかない。

「大変申し上げにくいのですが、ロゼッタ様の士官学校の制服はございません」

言い切る天城の凜々《りり》しい姿に、今日も惚れ直した。

最初は理解できずにキョトンとするロゼッタだったが、天城の話を聞いて事態を飲み込めたのか慌て始める。

「ま、待ってよ。わたくしもダーリンと士官学校に入学するはずよね？　そ、そうよね？」

俺と天城に顔を交互に向けるロゼッタだったが、そもそも士官学校に入学するのは俺ともう一人――俺が現在面倒を見ている元皇子の【ウォーレス・ノーア・アルバレイト】の二人だけだ。

後はバンフィールド家からも送り込む予定だが、そこにロゼッタの席はない。

天城はロゼッタを士官学校に放り込む必要性がないことを説明する。

「軍人としての責務を果たすのは旦那様の仕事です。夫婦揃《そろ》って軍人になる方々もおられますが、一般的ではありません」

「で、でも、ダーリンだけを士官学校に行かせるのは申し訳ないわ」

しおらしい態度を見せるロゼッタに俺は思う。

──違うだろ。お前はもっと強気になれ！　もっと「臆病者の代わりにわたくしが士官学校に入学して差し上げてもよくってよ」くらい言って欲しかった。

高飛車で傲慢で、とにかく今のお前は違うだろ！

色々と言いたいことはあるが、このまま話を続けても無意味なので俺が決定だけを伝える。

「お前の不満は聞いていない。これは既に決定事項だ」

「──出過ぎた事を言いました」

一瞬驚いた顔を見せたロゼッタだが、その後すぐに俯《うつむ》いてから謝罪した。

気分はいいが、本当に見たいのは苦しむ顔だ。

俺はまだ気高いロゼッタを虐げることを諦めていない。

ここからが本番これからだ！

「士官学校の制服はないが、お前には特別な制服を用意してやった」

指を鳴らすと立体映像が切り替わり、メイド服を着用したマネキンのような物が出現する。

マネキンのモデルはロゼッタだ。

ロゼッタがオロオロと狼狽《うろた》える姿を楽しみながら、俺はある人物を呼び出す。

「お前にはしばらく屋敷で教育を受けてもらう。セリーナ！」

控えていた【セリーナ】が部屋に入ってくる。

バンフィールド家の侍女長にして、屋敷では執事の【ブライアン】と並ぶ権力者だ。

年老いた老婆ながら背筋は伸び、その仕草は気品に満ちあふれていた。

姿勢正しくロゼッタの前に立つと、セリーナから今後の予定が告げられる。

「ロゼッタ様の基礎教育は不十分と判断しております。リアム様が士官学校に向かわれている間は、当家で教育カプセルの使用と行儀見習いを行っていただきます。また、可能ならば他家への修行も行う予定です」

ロゼッタは貴族とは思えない極貧生活を送っており、貴族としての基礎教育すら終わっていなかった。

他家への修行も行っておらず、貴族社会ではただの半人前である。

また、帝国では女性に対して軍人経験を免除している。

過去には次代の子供たちのためとか、そうした理由がずっと無意味に引き継がれてきたのが原因だ。

これを逆手にとって、性転換をして軍隊暮らしを回避する奴もいる。

士官学校を卒業したら、友人が女性になっていたという話は笑い話でも何でもなく一般的なことらしい。

——俺はそこまでしたくないけどな。

さて、今は士官学校よりもロゼッタだ。

俺はセリーナに厳しい口調で命令する。

「セリーナ、ロゼッタの教育には手を抜くなよ。むしろ厳しくして構わない」

命令されたセリーナが、少し驚いたのか眉を動かした。

だが、すぐに平静を装い再度確認してくる。

「本当によろしいのですか？　優しく導く指導も可能ではありますが？」

ロゼッタはこのままならば、将来的にはセリーナより立場が上になる。

先を考えればロゼッタに媚《こ》びを売るのが正解なのだろうが、そんなの俺は絶対に認めない。また、セリーナは侍女長として高い手腕を持っている。

過去には帝国の宮殿で高貴なお嬢様たちを厳しく指導していた。

ロゼッタなど恐れはしないだろう。

「構わない。徹底的に教育しろ。俺の隣に立つというのが、どういう意味なのか教えてやれ」

なるべく険しい表情を作ってロゼッタを見れば、本人は緊張したのか動きがぎこちない。

そうだ、怯《おび》えるがいい！

ここはお前にとって敵地であると思い出せ！

セリーナのいびりに耐えきれず、お前が泣き出すのが今の俺の楽しみだ。

本来ならば俺の手で鋼の心をへし折ってやりたかったが、今のロゼッタは相手をするだけで調子が狂わされる。

「ロゼッタ、俺が戻る前に全て身につけておけ。これは命令だ」

強い口調で命令すると、ロゼッタは両手を握りしめて健気《けなげ》な態度を見せる。

「――はい」

◇　◆　◇　◆　◇

「ヤだ、ヤだ。士官学校になんて入学したくないよぉ～」

士官学校へ向けて出発する当日。

バンフィールド家の宇宙港で柱にしがみつくのは、元皇子のウォーレスだった。

青髪のチャラチャラした若者は、いかにも軽薄そうな顔をしている。

実際に見た目同様に中身も軽薄だ。

俺が後ろ盾になり面倒を見ているのだが、小遣いを渡せば必ず使い切る。

月末に金欠で困っている若者のような姿を見せており、俺の屋敷でも最初こそ元皇子として敬われていたが今では「穀潰《ごくつぶ》し」などと陰口を叩《たた》かれていた。

そもそもウォーレスには何も期待しておらず、ただ皇族を子分として連れ回せるのが面白そうだと後ろ盾になっただけだ。

今にして思えば早まったとしか思えない。

だが、途中で放り出すことも出来ず、俺はウォーレスの首根っこを摑《つか》んで乗艦する。

「いいからさっさと来い！」

高校生くらいの見た目のウォーレスは、駄々っ子のように抵抗する。

「軍隊なんて酷《ひど》いところだよ！　私みたいな気の優しい美形は先輩たちに逆恨みされて殴られてしまうんだ！」

自己評価が高すぎるウォーレスを引きずりながら、俺は問題ないと教えてやる。

「安心しろ。既に手は打ってある。既にティアをはじめとしたうちの騎士たちを潜り込ませているからな。俺たちに手を出してきたら、集団で囲んで叩くだけだ」

入学してから対策するのでは遅い。

本物の金持ちは入学前に準備を終わらせておくものだ。

それでもウォーレスは抵抗する。

「鬼教官たちに目を付けられたらどうする！」

「それも心配ない。軍には数年前から多額の寄付をしているし、士官学校ではよろしく頼むと伝えてある。俺に手を出す馬鹿野郎は、最前線に転属させる」

幼年学校ではデリックという不良に絡まれてしまったが、士官学校では万全の体制を敷いていた。

たとえ教官が俺に手を出してきたとしても、軍の上層部が対処してくれる。

あまりの完璧な体制に、ウォーレスが体の力を抜いた。

「士官学校に入学するだけで、そこまでするのはリアムくらいだぞ。話を聞いて安心したが、同時にドン引きしたよ」

「俺は金持ちだからな。金も権力も使うためにあるし、俺は自分のためにどちらも使うのをためらわないだけだ」

先ほどまで泣き喚《わめ》いていたウォーレスが、急に真面目な顔になると現在バンフィールド家が抱える問題について指摘してくる。

「士官学校ならリアムの金と権力でどうにかなるにしても、バークリーファミリーはどうにもならないだろ？　本当にこのままでいいのか？」

バークリーファミリー。

幼年学校で俺に喧嘩《けんか》を売ってきたデリックの親類の集まりだ。

男爵の集まりでありながら、この俺に喧嘩を売ってきた。

現在のバンフィールド家は、そんなバークリー家と緊張状態にある。

「それがどうした？　刃向かうなら叩き潰すだけだ」

「相も変わらず頼もしい限りだよ」

小さく溜息《ためいき》を吐《つ》いて呆《あき》れるウォーレスを放り投げる。

「安心したならさっさと乗れ」

倒れたウォーレスを蹴り飛ばすと、戦艦へと通じる動く歩道――オートウォークに乗って運ばれていった。

オートウォークは総旗艦【ヴァール】という数千メートルもある超弩《ちょうど》級《きゅう》戦艦へと繋《つな》がっていた。

巨大すぎる戦艦は、普通の建物に見えてくる。

これが動くのだから、この世界は信じられない。

オートウォークの手前には、俺を見送るために大勢の人間が整列している。

天城《あまぎ》や、執事のブライアンの姿もある。

だが、ロゼッタは留守番だ。

人前でダーリンなどと呼ばれると、悪徳領主である俺の体面に関わるからな。

天城は普段通りだが、隣に立つブライアンはハンカチで涙を拭っている。

こいつはいつも泣いているな。――うっとうしい。

俺の姿を見て、ブライアンは泣きながら心配してくる。

「ついにリアム様も士官学校に進まれるのですね。このブライアン、喜びもありますが心配で仕方がありません」

貴族だろうと軍隊にいる以上は、戦争に巻き込まれることもある。

残念ながらこの世界でも、敵の攻撃は貴族だからと避けてはくれない。

どんなに高貴な生まれだろうと、死ぬ時はあっさり死ぬ。

それがブライアンは心配で仕方ないのか、俺の曽祖父の写真を持ってハンカチを噛《か》みしめていた。

白髪の爺《じい》さんが泣いている姿とか、ちっとも嬉《うれ》しくない。

「いい加減に泣き止《や》め。それよりも、俺がいない間はロゼッタをしっかり見張れよ」

「もちろん見守りますつもりですが、見張りとはどういう意味でしょうか？」

要領を得ていないブライアンに、俺は念を押しておく。

「ロゼッタには厳しい教育を課している。ブライアン、お前も見張れ。意味は理解できるな？」

大勢の見送りもいるため、この場で「ロゼッタがいじめられている姿をチェックしろ」とは言えない。

だが、俺が転生した時からの付き合いであるブライアンだ。

全てを語らずとも察してくれたのか、姿勢を正して頷《うなず》く。

「承知しました」

抜けたところもあるが執事としては有能な男だ。

変なところで活躍することも多いが、やはり頼りになる部下というのはいいな。

最後に天城に視線を向ける。

「しばらく離れ離れだな。寂しくなる」

天城の手を握れば、ほんの僅かに呆れたように笑っていた。

確かに領地を離れるのも嫌だが、一番はしばらく天城に会えないことだ。

「そういう台詞《せりふ》は、婚約者にされるべきですね。ですが、私も旦那様が無事に戻られる事を望みます。どうかご無事で」

「心配するな。多少の厄介事もあるが、俺は常に幸運の神様に守られている」

俺を今も見守ってくれているであろう存在に、今日も忘れずに感謝しなくてはいけないな。

天城と話をしていると、時間が押しているのかマリーが近付いてくる。

俺やウォーレスと一緒に士官学校へ入学することが決まっている【マリー・マリアン】は、膝をついて頭を垂れた。

特徴的な紫色の髪をした女性騎士で、バンフィールド家でも頭角を現している実力者だ。

少々問題のあるティアと並ぶ実力だが、俺が気に入っているのは見た目だ。

鋭利な刃物を思わせる雰囲気と、時折見せる情けない姿は気になるが総合的に美しい女性騎士ではある。

悪徳領主として、美女は侍《はべ》らせておくべきなので側《そば》に置いていた。

「リアム様、お時間でございます」

名残惜しいが天城から手を放す。

「分かった。天城、何かあればすぐに俺に連絡しろ」

大勢に見送られながら、俺はヴァールへと乗艦する。

◇　◆　◇　◆　◇

帝国軍士官学校。

巨大な帝国の軍人を育成する場所だが、士官学校自体は数多く存在する。

その中でも首都星に近い士官学校は、エリートたちが揃《そろ》う場所だった。

優秀な成績で試験を突破した若者たちや、将来の帝国を担う貴族の子弟のみが入学を許されている。

そのような士官学校だが、入学する士官候補生たちの中には問題児も多い。

初日から屋外訓練施設に呼び出されたのは、過去が怪しい士官候補生たちだ。

その中にはマリーの姿もある。

黒いタンクトップにカーゴパンツとブーツ姿で、手を後ろで組んで整列していた。

屈強な教官たちは、下手な騎士では太刀打ちできないような猛者ばかりである。

そんな彼らが、色々と問題を抱える候補生たちを指導する。

エリートが揃う士官学校にマリーたちが入学できたのは、それだけ優秀であるという証拠でもあった。

「すねに傷を持つお前らは、他の士官候補生とは違う。訓練は過酷になると覚悟しておけ！　帝国軍の一員となる栄誉を得たければ、死ぬ気で努力しろ」

拡声器も使わずに大声で、並んだ士官候補生たちに言う教官は、マリーに目を付けた。

「早速跳ねっ返りがいるようだな。そこの貴様！　入隊前に髪型について調べてこなかったのか？　士官学校では長髪は禁止している」

背筋を伸ばしているマリーは、教官の言葉を聞いて鼻で笑う。

「吠《ほ》えるなよ。ここに来たのは帝国軍人の資格を得るためだ。お前たちに教わることなど何もない」

マリーが言い切ると、教官たちが上着を脱いだ。

毎年のように現れる気の強い相手には、実力を示して従わせるのが通例になっているのだろう。

「貴様のような跳ねっ返りは、特に厳しく躾《しつけ》てやろう」

周囲の士官候補生たちに、教官たちが指示を出す。マリーを囲むように士官候補生たちが並ぶと、そこに体をほぐしながら教官たちが入ってきた。

マリーは一人、教官たちに囲まれてしまう。

「小娘が。多少の怪我《けが》は覚悟しろよ」

教官の一人が一瞬で距離を詰めてマリーの顔面に拳を叩き込もうとする。

相手が女性だからという遠慮がないのは、教官たちがマリーは一定の実力を持っていると評価したからだ。

その評価が誤りであると知るのは、すぐだった。

教官の拳は、体を仰《の》け反《ぞ》ったマリーにあっさり避けられてしまった。

「口ほどにもないな。帝国軍人の質も随分と落ちたらしい。――このあたくしが教育してやるよ！」

マリーは仰け反ったまま蹴りを放つと、屈強な教官のアゴを直撃して吹き飛ばしてしまう。


ゆっくりと起き上がるマリーとは反対に、教官の一人は地面に仰向《あおむ》けに倒れた。

マリーは手のひらを上に向け、指先を動かし教官たちをあざ笑い挑発する。

「全員一度にかかっていらっしゃい。本物の暴力というものを教えてあげるわ」

倒れた教官の一人を見て、他の教官たちが目の色を変えた。

「調子に乗るなよ！」

全員が一斉にマリーに襲いかかる。

そんな中、マリーは口角を上げて笑っていた。

丁寧な口調を捨て去り、本性が出てしまう。

「誰が上なのか叩《たた》き込んでやるよ！」

◇　◆　◇　◆　◇

勝負は一時間もしない内についてしまった。

倒した教官たちを積み上げて、その上に座るマリーは高笑いをしている。

「温《ぬる》い。温い。この程度の教官たちが、厳しい訓練など出来るのかしらね？　いっそのこと、あたくしが鍛え直した方が良さそうね。お前たちが泣き喚く厳しい訓練を用意してあげてもいいわよ」

尻に敷かれて呻《うめ》く教官たちに、マリーは蔑んだ視線を向ける。

（何が栄誉だ。あたくしにとっての栄誉とは、バンフィールド家の。いえ、リアム様の騎士であること。帝国に対する忠誠心などない。あるのは憎悪だけだ）

かつて自分を裏切った帝国をマリーは憎んでいた。

そんな帝国の士官学校に入学したのは、リアムを守るため。――リアムが帝国騎士の家臣を持ちたいという願いに応えるためだ。

二千年も前に帝国騎士だったマリーだが、その資格は現在失効している。マリーの存在そのものが消されているため、新たに手に入れるしかなかった。

帝国騎士の資格を取る。そのためだけの再入学であり、マリーにとっては士官学校の訓練などお遊びに過ぎない。

教官たちを見下し、そして冷たく告げる。

「あたくしに髪を切らせたいなら、もっと強くなってから言うのね。栄えある帝国軍の教官がこの様とは、程度が知れるわよ」

教官たちは何も言い返せずにいた。本来なら士官学校を退学させられる行為だが、マリーはバンフィールド家の関係者である。

軍に莫大《ばくだい》な寄付をしているバンフィールド家の怒りを買うのは、上層部もためらうだろう。

教官たちは、実力だけではなく権威という意味でも敗北していた。

とんでもない問題児がやって来てしまったと、絶望する教官たち。

そこに、マリーと同じくバンフィールド家の騎士である士官候補生が慌てて駆け寄ってくる。

「マリー様、リアム様からご連絡です」

「え？」

上司が初日に教官たちを叩きのめしたことを心配したのではなく、別件で焦っていた。

マリーの派閥に所属する騎士なのだが、その顔色は悪かった。

騎士が端末を操作すると、マリーの目の前にはリアムの顔が映し出される。

不機嫌極まりないという顔に、マリーは教官たちの上で態度を改め正座をする。

「リアム様！　な、何か問題でも!?」

リアムの身に何か起きたのでは？　焦るマリーだったが、リアムは片眉を上げて不機嫌にさせる原因を説明する。

『俺を困らせているのはお前だよ。教官からお前をどうにかして欲しいと頼まれた。初日に問題を起こすとか、お前は俺の騎士である自覚があるのか？』

「い、いえ、それはその——この者たちがあたくしの髪を切れと言ってきまして！　髪は女の命でありますし、そんな簡単に切れるものではありませんからね」

言い訳をするマリーに対して、リアムはとても冷たかった。

『切れよ』

「え？」

『ここに来る前に規則は確認しているはずだ。お前はウォーレスと同レベルなのか？　あいつも髪型で指導を受けて、今は丸坊主だぞ』

マリーにとってウォーレスなどどうでもいい存在だが、流石《さすが》に同レベル扱いは沽券《こけん》に関わる。

屋敷では穀潰《ごくつぶ》し、暇人、ナンパ野郎と蔑まれていたウォーレスだ。実際に生活態度は酷《ひど》く、セリーナに何度も叱責されている姿を見ている。

（あ、あれと同レベルは流石にないわ）

「あ、あの」

『髪を切れ。これ以上、俺を煩わせるな。それとも何か？　入学前に規則通りに髪を切った俺を馬鹿にしているのか？――答えろ、マリー』

リアムに睨《にら》まれたマリーは、すぐに頭を垂れる。

「リアム様を愚弄するなどあり得ません」

ガタガタと震えるマリーを見て、溜飲《りゅういん》も下がったのかリアムは鼻で笑う。

『ならば、さっさと髪を切れ。話は終わりだ』

通信が切れると、マリーは項垂《うなだ》れる。

そして、自分の綺麗《きれい》な髪を指先で弄《いじ》りながら、涙目で決断した。

自慢の髪を切るのは嫌だが、リアムの命令ならば従うだけだ。

「か、髪を切ってくるわ」

マリーの下に敷かれた教官たちから、悔しさに満ちた呻き声が聞こえてきた。俺たちの苦労は何だったのか、と。

◇　◆　◇　◆　◇

リアムたちが士官学校で初日を過ごしている頃。

バンフィールド家の屋敷では、ロゼッタがセリーナから直々に指導を受けていた。

頭の上に姿勢矯正用のボールを乗せて、白線の上を姿勢正しく歩いている。

姿勢を崩せばボールが落ちる仕組みになっており、ロゼッタは慎重に動いていた。

シックな紺色のメイド服に、ロゼッタの長い金髪の縦ロールは目立っている。

普段からきつめに見える表情は、歩くことに意識を集中しており緊張してこわばっていた。

そんなロゼッタを指導しているセリーナが手を叩き、ロゼッタを急《せ》かす。

「いつまでゆっくり歩いているのです？　もっと速く歩きなさい。腰が引けていますよ！」

セリーナの言葉遣いも厳しいものになっていた。

本来セリーナはロゼッタよりも立場が下だが、リアムの命令もあって厳しく指導が行われている。

ロゼッタが急ごうとすると、ボールが落ちてしまった。

床を跳ねるボールを見て、ロゼッタが涙を流す。

「もう嫌よ！」

そんなロゼッタを見るセリーナは、呆《あき》れ果てた顔をするのだ。

「何度言えば理解するのですか？　ロゼッタ、貴女《あなた》にはリアム様に相応《ふさわ》しい女性になるための修行が必要なのですよ。そもそも——」

セリーナの修行が厳しいから、ロゼッタは泣いているのではない。

ロゼッタはこれまで苦しい生活をしてきており、この程度の指導など耐えられた。

耐えられないのは、リアムの側《そば》にいられないことだ。

「わたくしもダーリンと士官学校に入学したかったのに！」

それだけではない。ロゼッタはリアムの見送りも許されなかった。

正確には出来なかった、が正しい。

「教育カプセルから出て来たら、ダーリンが士官学校に入学していたなんて酷いわ！　見送りすら出来ないなんて」

嗚咽《おえつ》を漏らすロゼッタに、セリーナは小さく溜息《ためいき》を吐《つ》いてから冷静に対応する。

「将来の公爵夫人が軍人になる必要はありません。今のロゼッタに必要なのは、奥向きを管理する能力ですよ。リアム様が外向きの仕事を優先されるのですから、どちらかがこの屋敷や本拠地を管理しなければなりません。そのために優先するのは、武器を握ることではありませんよ」

将来的に夫婦になると決まっているならば、軍人としての義務を果たすのはどちらか一人で構わないという考えだ。

中には性転換をして軍人を目指す女性もいれば、逆に女性になって花嫁修業をする男性もいる。

女性のまま軍人になる場合も多く、帝国軍の女性の割合は三割程度になる。

とにかく、ロゼッタは軍人にならずとも許される立場だ。

だが、本人はリアムと苦楽を共にしたかったようだ。

「ダーリンの役に立ちたかったのに」

泣いているロゼッタを見て、セリーナは呆れつつも感心する。

(努力する姿勢は良いのだけどね)

幼年学校の卒業時、ロゼッタの成績は最終的に中の下程度まで上昇していた。

教育カプセルで付け焼き刃の処置をしたので、下の中から下の上程度になるだろうという予想を覆してその上にいけたのは本人の努力の結果である。

セリーナはロゼッタを高く評価しているが、貴族らしくない性格が気になっていた。

(貴族の女性には珍しいタイプよね)

夫に尽くす女性もいるにはいるが、ロゼッタのような士官学校まで付き添うというタイプは珍しい。

一方リアムは、ロゼッタが士官学校についていきたがっているという話を聞いて「ロゼッタが教育カプセルに入っている間に、ウォーレスを連れて入学する」と、逃げるように出ていった。

セリーナが深呼吸をして気持ちを切り替えると、再びロゼッタの教育に戻る。

「ロゼッタ、泣いていても終わりませんよ。リアム様に相応しい女性になりたいのなら、すぐに立ち上がるべきです」

それを聞いてロゼッタは、泣き止《や》むと涙を拭って立ち上がる。

「分かったわ。ダーリンが戻ってきたら、公爵夫人として相応しい姿を見せてあげるの。六年間なんてあっという間だわ」

「それは大変結構ですが、リアム様はしばらく戻ることができませんよ」

「え？　だ、だって、士官学校の教育期間は六年だって」

セリーナは丁寧に説明する。

「卒業後はすぐに研修が始まります。二年の研修後、最低でも四年は軍で過ごすのです。配属先によっては、十二年間は戻ってきませんね」

「で、でも、その間に一度くらいは戻って来られるはずよね？　いえ、はずですよね？」

「リアム様は軍隊での修行をさっさと終わらせるために、しばらく戻らないと仰せです」

「そんなぁぁぁ！」

またしても涙目になるロゼッタだった。

「その間に、ロゼッタは他家での修行も行う必要がありますね」

「ダーリンと十二年も会えないなんて」

セリーナが眉間にしわを寄せる。

「私の話を聞いていますか？」

「は、はい！」

通常なら成人後に他家に預けられるのだが、クラウディア家の者を預かる家はなくロゼッタは他家で修行を受けていない。

貴族社会では他家で修行をしていないと侮られるので、こちらも早急に行う必要があった。

ただ、問題もある。

それは現在敵対している海賊貴族バークリーファミリーだ。

（バークリーファミリーと争っている今、ロゼッタ様を預ける家は慎重に選ばないといけないわね）

預け先を間違えば、とんでもないことになる。

バークリー家と繫《つな》がりのある家にロゼッタを預ければ、人質に取られてしまう。

（リアム様がお屋敷にロゼッタ様を残したのは、多分あちらで争いに巻き込まないため。ただ、十二年も屋敷で預かるのは時間の無駄だわね。さて、どうしたものか――）

セリーナはロゼッタの教育に頭を悩ませるのだった。

◇　◆　◇　◆　◇

バークリー男爵家の屋敷。

そこはとても立派で、豪奢《ごうしゃ》に造られた屋敷だった。

屋敷自体が都市と一体化しており、とても規模が大きい。

男爵家には不釣り合いな大きな執務室では、バークリーファミリーのボスである【カシミロ】が葉巻を咥《くわ》えていた。

白い煙を吹き、目の前で震えて床に座る男を見ている。

その男は、バークリー家に敵対した貴族だ。

カシミロは、男に向かってやや悲しそうな口調で話しかける。

「人様の悪口ばかりか、バークリー家の邪魔をするなんていけない人だ」

カシミロがそう言うと、周囲にいた息子たちもニヤニヤしていた。

床に座る男を囲む息子たち全員が、一つずつ惑星を支配する男爵である。

バークリーファミリーとは、カシミロとその息子たちの男爵家の集合した組織だ。

もっとも、巨大な領地をカシミロが子供たちに割譲して独立させたことになっているだけで、実際に全てを管理しているのはカシミロ本人だった。

実際の領地規模は公爵家と比べても遜色がなかった。

数多くの惑星を支配下に置き、軍隊は十万を超える艦艇を有していた。

他にも、帝国にいる海賊たちを束ねているのがカシミロだ。

流れてくる海賊たちや、規模の小さな海賊たちは別だが、帝国で活動している海賊たちはバークリーファミリーが仕切っている。

海賊貴族と言われる所以《ゆえん》である。

そんなカシミロと手を組む貴族も多いが、目の前の男のように逆らう者もいた。

目の前の男が屈辱に顔を歪《ゆが》め、カシミロに向かって叫ぶ。

「ふ、ふざけるな！　うちの領地に圧力をかけ、海賊たちに散々襲わせたのはお前たちじゃないか！」

カシミロは男の訴えを聞きながら、葉巻を吹かしていた。

「素直に領地や爵位を渡してくれればよかったんだ。息子を独り立ちさせたい親の気持ちが分からないかね？」

息子のために他家から領地や爵位を奪う。それも、かなり強引なやり方だった。

「そのために私の家を滅ぼすのか!?　私の家族も殺しておいて――この海賊がぁぁぁ！」

男が立ち上がってカシミロに襲いかかると、息子たちが銃を抜いて引き金を引いた。

撃たれた男が倒れると、床に血が広がる。

男は最後に、バークリーファミリーと敵対する貴族の名を呟《つぶや》いた。

「――この外道共が。お前らなど、バンフィールド家に滅ぼされてしまえ」

そう言って事切れた男を見下ろすカシミロは、葉巻を投げ付けて踏みつけて消す。

「馬鹿な男だ。バークリー家に従っていれば、命までは奪わなかったものを」

息子の一人が、嬉《うれ》しそうにカシミロに話しかけてくる。

「親父《おやじ》、これで俺も男爵か？」

「ん？　あぁ、好きにしろ。もっとも、領地の管理はわしがするがな」

息子はそれを聞いて大喜びだ。

「これで俺もファミリーの幹部だ！」

喜ぶ息子だが、カシミロはその息子の名前やら何番目の子かなどを知らない。

ただ、血縁なら他人よりも裏切る心配は少ないだろうと、息子たちを男爵にしているに過ぎない。

最初から我が子に愛情などなく、ただの部下として見ている。

カシミロは息子が一人独立すると、さっさと次の問題に取りかかる。

「――さて、そろそろエリクサーの在庫も尽きかけてきている。ここらで、惑星一つを枯らして補充しておきたいが、どこがいいものか」

そう言うと、別の息子が候補を提案するのだった。

「それならいい惑星がある。実は前から狙っている娘がいるんだが、海賊貴族にはやれないと言われてしまったんだ。報復のために滅ぼしておきたくてね」

エリクサーとは、どんな怪我《けが》や病気も治癒してしまう万能薬。

この世界でも大変貴重な品で、滅多に手に入らない大変高価な薬だ。

そんなエリクサーを量産する術《すべ》を、バークリーファミリーは所有していた。

惑星開発装置。本来は荒廃した惑星を蘇《よみがえ》らせる古代のオーパーツだが、使い方を間違えれば生命あふれる豊かな惑星を死の星にしてしまう。

その見返りに手に入るのが、多くの命を犠牲にして精製されたエリクサーだ。

髪を弄《いじ》りながら喋《しゃべ》る細身の息子の頼みで、カシミロはエリクサーを手に入れるために人も動物も、そして星さえも殺すことを簡単に決めてしまう。

「下手な繋がりさえなければどうでもいい。すぐに滅ぼしてこい」

「そうするよ。だが、娘だけは見逃して欲しい。僕の愛人にしたいからね」

「好きにしろ」

惑星開発装置を複数所持しているのが、バークリー家の強みだった。

人を、そして星すら殺して成り上がってきたカシミロは、死んだ男を見下ろしていた。

彼が最後に呟いた名前に、表情を歪ませる。

「それより、バンフィールド家はどうなっている?」

帝国で飛ぶ鳥を落とす勢いのバークリーファミリーに、正面から喧嘩《けんか》を売った奴《やつ》がいる。

――リアム・セラ・バンフィールドだ。

カシミロの息子たちが顔を見合わせると、報告するのをためらっていた。

「報告しろ」

カシミロが急《せ》かすと、ようやく髭《ひげ》を生やした息子が報告してくる。

「――うちで抱えている暗殺者、それに凄腕《すごうで》を雇って送り込んだ。だが、全て失敗したよ」

喧嘩を売られたので暗殺者を放ったが、全て返り討ちである。

「随分と粘るじゃないか。ま、このまま送り続ければ、嫌でもプレッシャーを感じるだろう」

落ち着いているように見えて、カシミロが頭にきているのを察した息子の一人がすぐに暗殺を止めるように言う。

「親父、リアムの小僧は士官学校に入学した。暗殺者を送り込めば、軍がいい顔をしない」

カシミロもその程度は理解していたが、面子《メンツ》を潰されては黙っていられないため強引だろうと強行する姿勢を見せる。

「それで？　このまま黙って見ていろと言うのか？　いいか、貴族って言うのは今も昔も面子商売だ。舐《な》められたままでいられるか！」

カシミロの言葉に、息子たちは暗殺以外の方法を提案する。

「――親父、バンフィールド家には借金がある。結構な額だ」

バンフィールド家はリアムが誕生するまで、傾いて今にも倒れそうな辺境の貧乏貴族だった。リアムがいくら立ち直らせたとは言え、莫大《ばくだい》な借金は残っていた。

「先代が残した借金だったか？　それがどうした？」

「うちと繋がりのある会社からも借りていた。ここは多少強引な方法を使ってでも、無理矢理取り立ててやろうと思うんだ」

それを聞いてカシミロは少し悩む。

理由はリアムが真面目に返済を行っているからだ。

(真面目に返済している小僧から、無理矢理取り立てるとなると——うちのフロント企業の信用がガタ落ちだな)

商売と他家の弱みを握るため、金融業にも手を出していた。

そこからの収益も馬鹿にできる金額ではなく、信用を失えば大きな損失になるだろう。

しかし、リアムに暗殺者を送り続けて失敗を繰り返せば、バークリーファミリーを侮る家も出てくるだろう。

(多少の損失を出してでも、あの小僧は潰さないと駄目だな)

バークリー家とは対照的に、リアムは海賊たちを次々に滅ぼすことで名を上げてきた。

海賊狩りとして成り上がってきたリアムは、カシミロからすればいずれ敵対する貴族だ。

リアムが貴族社会に台頭してくれれば、担ぎ上げる家も増えて厄介になる。

(——ここで決着をつけないと、いずれ食われるか)

バークリー家に恨みを持つ家も多く、いずれ一人前になったリアムと手を組まれると厄介なことになる。

リアムが修行を終える前に勝負を付けたいというのが、カシミロの本音だった。

「いいだろう。バンフィールド家が返済できずに潰れると噂《うわさ》を流せ。他の金貸し共も、大慌てで取り立てるだろうよ」

リアム個人から、バンフィールド家に狙いを変更する。

大貴族同士のつぶし合いが本格化しつつあった。

アルグランド帝国士官学校。

そこは惑星一つを軍の教育施設とした場所だ。

市街地、密林、砂漠、雪原――全てが訓練施設になっている。

宇宙でも港やら軍艦、そして訓練用のスペースコロニーまで使用して、帝国を支える軍人たちの育成に力を入れていた。

そんな士官学校に入学した俺【リアム・セラ・バンフィールド】は、エリートが集まる戦略科に在籍していた。

将来的に参謀、司令などを目指すエリートたちが集まっている。

将官を目指すなら必須のコースであり、非常に競争率も高い。

そんな場所にはエリートしか在籍していないイメージがあるだろうが、帝国では例外が存在する。

――貴族の子弟だ。

一般の士官候補生たちならば優秀な成績でないと入れないのに、貴族だからという理由で戦略科に入れる。

帝国で貴族は絶対である証拠だ。

将来は公爵になる予定の俺も、貴族という理由だけでこの場にいる。

つまり、エリートたちの中には、貴族というだけで無価値な無能たちが混ざっているわけだ。

普通に考えればあり得ないが、それがまかり通るのが帝国である。

「世の中、生まれが全てではない。だが、生まれが大きく影響すると思わないか？」

士官学校の食堂で、ウォーレス相手に話題を振る。

栄養を重視したまずい食事を前に、坊主頭のウォーレスが硬いパンをかじりながら俺を見て不思議そうにしていた。

「急に何さ？　それより、士官学校は本当に酷《ひど》いよね。ちょっと髪が長いからって丸一年も坊主頭とか信じられないよ」

入学初日のことだ。

ウォーレスは規則よりも髪が長く、その罰として一年間を坊主頭で過ごすことになった。

動き回るのに長髪では問題も多いため、女子に至っては全員がショートヘアーだ。

一緒に食事をしていた【エイラ・セラ・ベルマン】も、以前は解《ほど》けば背中に届いていた髪が短くなっている。

食事中のエイラは、嫌悪感を隠さない鋭い視線をウォーレスに向けていた。

「ウォーレス、リアム君の話の腰を折らないでもらえる？　リアム君、それで生まれがどうとかって何？」

ウォーレスもエイラの態度に慣れてきたのか、今は気にした様子がない。

「相変わらず私には厳しいな」

「黙れって言ったよね？」

エイラがウォーレスに冷たいのは普段通りだが、気になることがある。

――それにしても、どうしてこいつまで士官学校に入学したのだろうか？

俺としては、クルトと一緒に大学へ進学すると思っていたので驚きだ。

二人とも仲が良かったから、そのまま結ばれるかも？　と予想していただけにエイラの考えが理解できない。

まぁ、エイラにはエイラの事情もあるだろうし、こんな場所で聞くのも悪い。何か複雑な事情があれば、人がいない場所で聞くべきだろう。

だから俺は、自分が振った話題を話すことにした。

「生まれた家が貴族だった。それだけでエリートコースに進める。一般の候補生たちからすれば憤慨ものだろうと思っただけだ」

周囲に聞こえる声でそう言うと、騒がしかった食堂内が徐々に静かになっていく。

この場には戦略科に所属する士官候補生たちが多い。

つまり、一般の候補生たちも俺たちの話を聞いているわけだ。

勝ち組に生まれた俺は、そうでない者たちを見下して悦に浸っていた。

周囲を警戒するウォーレスが、俺の不用意な発言を注意してくる。

「リアム、もっと小さな声で話せないのか？　周りを見ろ」

周囲を見れば、俺を睨《にら》み付けてくる負け組共がいた。

悔しいのか、眉間にしわを寄せて怒りを滲《にじ》ませた表情をしている。

中には賛成しているような視線を向けている士官候補生たちもいるが、きっと彼らは貴族出身だな。俺の意見に同意しているのだろう。

「事実だろ？　文句があるなら俺に直接言えばいい。言えるものならな」

周囲を一瞥《いちべつ》するが、そんな気概のある士官候補生たちはいない。

俺が視線を向けると、睨み付けていた連中が一斉に顔をそらした。

――現伯爵で、将来は公爵の俺に逆らうのが怖いらしい。

士官学校の規模が大きすぎて、候補生たちの顔や名前はいちいち覚えていられない。

だが、俺を睨んできたのは間違いなく一般の候補生だろう。

貴族に対して不満があっても、何も言えないのが一般の候補生という連中だ。

エリートだろうと、貴族には逆らえない帝国の事情を物語っている。

これだ。これなのだ。

これこそ俺が望む悪徳領主の姿である。

俺の物言いに腹を立てたのか、最上級生がわざわざ近付いてきて、威圧するような声をかけてくる。

「随分と強気な態度だな」

俺たちのテーブルに手を置いて、顔を近付けてくる最上級生をあざ笑う。

対照的に、ウォーレスはその最上級生を見て驚いていた。

「ドルフ先輩!?」

話しかけてきた最上級生だが、名前だけなら俺でも知っていた。

何しろ最高学年の首席様だからな。

だが、ドルフは貴族出身だったはずだ。

貴族でありながら、一般の士官候補生たちを見下す俺に怒りを覚える程度に正義感があるのか？

——俺の嫌いなタイプだ。

ドルフは俺を見下ろすと、横柄な態度を嫌み混じりに責めてくる。

「成績は優秀らしいが、その程度で随分と大きな態度だな。入学したてで何も知らないらしい。お前程度はここには沢山いる。少しは態度を改めた方がいい」

整髪料で濡《ぬ》れたように固めた髪をオールバックにした【ドルフ・セラ・ローレンス】は、貴族であるのに、平民の肩を持つ変わった男のようだ。

少し細いが、軍人として鍛えられた体をしている。

見た目も悪くなく、周囲に取り巻きも多い。

人望もあるのだろうが、いかにもエリートですという顔が気にいらない。

そして、この俺に説教をするのが許せなかった。

何しろローレンス家は子爵家で——俺よりも格下だ。

「学年首席様が、わざわざ俺に説教か？　図々《ずうずう》しいにも程があるな」

「——上級生に対する態度じゃないな」

「誰に向かって言っている？　学年程度で偉そうにするなよ」

「ここは軍隊だ。爵位を持ち出すとは、本物の世間知らずらしい」

「面白いな。なら、軍隊で爵位が通じないか試してみるか？」

上級生だが、相手は格下の貴族だ。

俺が下手に出てやる理由はなかった。

軍の規律？　俺が一体どれだけ士官学校や軍に寄付をしていると思っている？　そんなの黙認されるに決まっている。

エイラは俺を心配し、ウォーレスは俺を止めようとする。

「リアム君、駄目だよ」

「喧嘩《けんか》を売る相手くらい選んでくれ！　相手はドルフ先輩だぞ」

関わるなと言いたいらしいが、こういう正義感を持つ奴《やつ》が俺は嫌いだ。

前世の自分を思い出すからな。

何の得にもならない正義感を持ち、いい子ちゃんでいるのが正しいと考えていた。

きっと、こいつは平民を馬鹿にしている俺に腹《へど》を立てたのだろう。

確かにそれは正しい行為だが——いい子ちゃん過ぎて反吐が出る。

「それでどうする？　やるのか、やらないのか？」

売られた喧嘩を買ってやろうとすると、ドルフはアゴを少し上げ、俺に対して怒っているのか額に血管を浮かび上がらせていた。

どうやら喧嘩ではなく、勝負をするらしい。

「シミュレータールームに来い。お前に上級生に対する態度というものを教えてやろう」

「それは是非とも教えてもらおうじゃないか」

挑発的な笑みを浮かべてやると、食堂が一気に騒がしくなってくる。

「おい、リアムとドルフ先輩がシミュレーターで戦うみたいだぞ」

「あの二人が？」

「これは見物だな」

盛り上がる食堂で、ウォーレスだけは頭を抱えていた。

「リアム、どうしてお前って奴は――」

エイラの方は、もう諦めた顔をして溜息《ためいき》を吐《つ》いている。

「本当に昔から変わらないよね」

他家での修行時代からの付き合いであるエイラには、俺が引き下がらないだろうと予想できていたようだ。

「当たり前だ。格下の分際で、俺に喧嘩を売る方が悪い」

格下と言うと、ドルフが目に見えて顔を赤くする。

「言わせておけば」

きっと、軍隊に爵位を持ち込み年上にも偉そうにする俺が許せないのだろう。

◇　◆　◇　◆　◇

士官学校のシミュレータールーム。

本来は授業や自習時に使われる施設である。

施設自体が広く、大勢の生徒が利用できる場所だ。

そんなシミュレータールームの一カ所には、大勢の士官候補生たちが詰め掛けていた。

理由は生徒同士の対決を見学するため。

対戦するのは一年で成績上位のリアムと、六年生の首席であるドルフだ。

二人はこれから艦隊を率いる司令官として、シミュレーターで対決する。

士官候補生たちが詰め掛けたのは、二人の対決に興味があるからだ。

両極端な二人の対決に、それぞれの観客が声援を送っている。

柵に寄りかかるウォーレスは、小さく溜息を吐くとリアムを応援する士官候補生たちを眺めていた。

「リアムは平民に大人気だな」

リアムを応援しているのは、一般の士官候補生たちが多い。

貴族もいるが、圧倒的に一般の士官候補生たちから支持されていた。

逆に、ドルフ側はリアムを嫌う貴族出身者たちが応援を行っている。

ウォーレスの隣に無表情で立つエイラは、リアム側の観客を見て当然のように言う。

「ドルフ先輩は典型的な貴族主義だからね。生まれが全てで、平民は道具だって言い切っているしさ。リアム君とは相容《あいい》れないよ」

ドルフはローレンス家の次男坊で、生まれながらの貴族だ。

そのため、貴族は優遇されて当然で、平民は命がけで貴族を支えるべき存在と普段から公言していた。

そんな相手にリアムは「生まれが貴族だから成績に関係なくエリートコースを歩んでいる」と喧嘩を売るようなことを言ってしまった。

ウォーレスは、士官学校で噂《うわさ》されるドルフの後ろ暗い話を思い出す。

(ドルフ先輩は優秀だが、それ以上に汚い手を使うと聞くからな。何事もなければいいんだが)

実力は本物で、更に手段を選ばない相手だ。

ウォーレスはリアムを心配していた。

何しろ、自分たちは入学したばかりで、相手は最上級生だ。

五年という歳月は短いようで長い。

いくらリアムが優秀でも、士官学校で五年以上も首席を維持しているドルフを相手にするのは難しいと思っていた。

（ま、首席であり続けているのも怪しい話らしいけど）

そんなドルフの悪い噂とは、首席でいるために優秀な候補生たちを潰しているというものだった。

自分とライバルになりそうな候補生がいたら、冤罪《えんざい》で退学にさせたという噂もある。

悪い連中と手を組み、ライバルの家族を人質にとって退学させた話もある。

他には弱みにつけ込み、筆記や実技でわざと順位を落とさせたなど色々だ。

「なりふり構わない相手に喧嘩を売るなんて、リアムの正義感には恐れ入るよ」

呆《あき》れを見せるウォーレスに、エイラは冷たい言葉をかけてくる。

「あんたも少しはリアム君を見習ったら？　ウォーレスが戦略科に合格できたのは、リアム君が多額の献金をしたおかげだからね」

口では悪いことを言いながらも、リアムは正義感が強い。

そして、実力も兼ね備えている。

「ぐっ！　い、言われなくても分かっているさ。けど、君の方はどうなんだい？　本当に実力で入学できたのかな？」

「あんたと一緒にしないでよ。――ギリギリだけど合格だって、教官に言われたわ」

「ギリギリじゃないか」

「あんたよりマシだから」

リアムが実力で戦略科に合格したのは有名な話で、ウォーレスなど「本来なら不合格の成績だ」と教官に告げられている。

その際に「少しはリアム候補生を見習いなさい」などと言われていたため、リアムが実力で合格したのを知っていた。

つまり、一般の士官候補生から見ると、リアムは貴族でありながら実力で合格し、更に他の貴族たちに対して不満を持っているように見えていた。

士官学校でのリアムは、一般の士官候補生たちからすれば希望で、貴族たちにとっては目障りな存在になっている。

――シミュレーターが起動すると、周囲が暗くなった。

空中に小さな艦艇が立体映像で表示され向かい合う。

二人が操作パネルに触れると、リアムの艦隊がすぐに攻勢をかけた。

その動きにドルフは、大きな声で駄目出しをしている。

「いきなりの攻勢だって？　基本も知らないようだな！　海賊が相手なら通じる戦術だろうが、私には通用しないぞ」

「何だと？」

ドルフの挑発にリアムが怒りを見せる。

攻勢を強めるが、残念なことにドルフの言う通りだった。

リアムの艦隊は徐々に不利になっていく。

「猪のように突撃しかできないお前は、私の敵ではない。そもそも編制が悪い。艦隊運用もなっていない！　この程度で勲章を得るとは、今まで相手にしてきた海賊共が弱かった証拠だな」

シミュレーターでは互いに艦艇を編制出来る。

相手の編制を知ることは出来ないが、予測して戦うのも一種の訓練とされていた。

リアムは得意とする突撃を前提とした艦隊を編制しているが、ドルフの艦隊は防御に特化していた。

リアムにとって不利な状況だった。

まるで、ドルフはリアムの編制を最初から見破っていたかのようだ。

リアムがどんな艦艇を揃《そろ》え、どのように陣形を組むのか知っているような戦い方を見せていた。

ウォーレスが異変に気付く。

「ドルフ先輩は何かしたな」

一方的に不利な状況になったリアムを見たエイラは、モニターに表示されているドルフの姿を見た。

「嫌な顔で笑っているわね。最初から仕込んでいたみたいよ」

リアムが劣勢になると、貴族出身の士官候補生たちが大声で声援を送り始める。

それはリアムに対する野次も含まれていた。

「何だ、その程度か海賊狩り」

「海賊相手に通用しても、ここではお前など凡人だと覚えておけ」

「田舎者は身の程を知るんだな」

リアムの敗北を確信したのか、全員が強気の態度だ。

一般の士官候補生たちも不正をしていると気が付いてはいるが、抗議できなかった。

証拠がなければ、抗議してもリアムの恥になってしまう。

ドルフが何か不正を働いたのは確実だが、ウォーレスたちは見ていることしか出来ない。

「このままだと負けるな」

艦隊の残存数を見れば、リアムの方が随分と減らされていた。

エイラも負けを確信する。

「巻き返しは無理か」

ウォーレスやエイラでも勝敗が判断出来るほどに、リアムの状況は不利だった。

一般の士官候補生たちが諦める中、天井に逆さに張り付き見下ろす存在がいた。

◇　◆　◇　◆　◇

天井に逆さに立っている男がいた。

ストライプ柄のシルクハットに燕尾服《えんびふく》姿の男は、帽子を深くかぶって目元が見えない。

見える口元は、笑みを浮かべていた。

「私が首都星で力を蓄えている間に、面白いことになっていますね」

リアムとドルフの対決を見守っていたのは【案内人】だ。

以前にリアムに散々に苦しめられた案内人は、力を取り戻すために帝国の首都星で人々の不幸を吸収して体を癒やしていた。

今は少しだけ力を取り戻し、リアムの様子を見に来ていた。

ただし、近付きすぎてリアムの感謝の気持ちが届き、案内人は痛みを感じている。

このまま側《そば》にいれば、きっと痛みにのたうち回るだろう。

何しろ今のリアムは、自領の民たちからとても慕われている。

そんなリアムの感謝の気持ちというのは、領民たちの気持ちも加わりとんでもない力を持っていた。

案内人も無視できない力を集めており、リアムを直接不幸にするのは難しくなっていた。

そのため、リアムを陥れるアイデアはないかと様子を見ていたのだが——ドルフを見た案内人は一つ思い付く。

天井からゆっくりと降りると、そのままドルフに歩み寄る。

そんな案内人に誰も気付くことは出来なかった。

士官候補生たちの前を通り、勝利を確信して醜い笑みを作るドルフの隣に立った。

「随分と人を不幸にしてきた男のようだ。私の好みですね」

ドルフという男は、今まで首席でいるために多くのライバルを潰してきた。

士官学校だけではなく、色んな場所で恨みを買っている。その怨念がドルフにまとわりついているため、案内人的には好感が持てた。

また、リアムとは違い素で悪い貴族であるのも魅力的だ。

リアムに勝つためにシミュレーターに細工をしているのも、案内人には喜ばしい。

「いいことを思い付きましたよ！」

そう言って、案内人がシミュレーターに手を触れる。

手からあふれ出た黒い煙が、シミュレーターの隙間に入り込むと異変が起きた。

これまで優勢に進めていたドルフの艦隊が、徐々に押され始める。

リアムの艦隊との数の差が縮まっていく。

これを見て、ドルフが信じられないと困惑する。

「な、何だと⁉」

逆にリアムは笑みを浮かべていた。

「どうした、首席！　この程度で先輩面か！」

調子に乗っているリアムを見て、案内人は口角を上げて白い歯を見せて笑った。

自力で勝利していると思い込んでいるリアムの姿が、とても滑稽に見えたからだ。

「いいぞ。調子に乗れ。リアム、それが命取りになるのだよ」

リアムが憎い案内人は、この場でリアムを勝たせるために行動していた。

理由は——。

「くそ！　くそっ！　こんなはずではないのに！」

ドルフが慌てて艦隊を動かすも、そのせいで隙を作ってリアムに攻め込まれ更に形勢が不利になっていく。

攻撃に特化したリアムの艦隊に、ドルフの艦隊は食い破られていくと数の差は覆っていた。戦況報告はドルフの劣勢を示し、逆転も困難になっている。

「ど、どうしてだ!?　まさかお前も——」

勝てると思っていたドルフは、青い顔をして狼狽《うろた》えていた。

すぐにリアムの不正を疑うドルフだが、自らも仕掛けを施しているため抗議できなかった。シミュレーターを調査すれば、ドルフの不正も明らかになるためだ。

自らの行いによって、ドルフは苦しい立場に追いやられる。

——案内人の手によって。

そんなドルフの肩に案内人は手を置いて、優しく語りかける。

「君には期待している。この敗北は、きっと君の大きな糧になるだろう。そして、君を敗北させたリアムを——君は絶対に許せなくなるよね？」

案内人の言葉など聞こえていないドルフだったが、今は額に血管を浮かべてリアムを睨《にら》んでいた。

首席であるために、誰にも負けないために不正までしているドルフだ。

リアムに——それも随分と下の後輩に負けるのは屈辱だった。

「許さない。絶対に許さないぞ——リアム」

シミュレーターがリアムの勝利を判定すると、部屋では多くの一般候補生たちが歓声を上げて盛り上がる。

対して、貴族たちは負けたドルフを蔑んだ目で見ていた。

「学年首席もこの程度か」

「あいつは卑怯《ひきょうもの》者だから、この程度なのさ」

「不正を働いてもリアムに負ける程度、か」

嘲笑《あざわら》っている者もいる。

どれも屈辱的だったが、一番悔しいのは——対戦相手のリアムだ。

勝利したリアムは、さも当然のように上から目線で話しかけてくる。

「シミュレーターしか知らないからこうなる。少しは本物の戦争を経験した方がいい。今後は俺が人生の先輩として色々と教えてやるよ——ドルフ君」

勝利におごるリアムを見て、案内人は満足そうに頷《うなず》いた。

対してドルフの方は、凄《すご》い形相でリアムを睨んでいる。

「貴様ぁぁぁ」

低い声を出すドルフを見て、案内人はほくそ笑む。

「そうだ。もっとリアムを憎むんだ。そんな君が、いずれリアムを倒すことになる。その戦場も用意してやろう」

余裕が出て来た案内人は、直接リアムを倒すのではなく真綿で首を締め付けるように念入りに準備をすることにした。

痛みに苦しみ今までは短絡的になっていたことを反省しつつ、まずはリアムを調子に乗らせておくことを考えた。

調子に乗らせておけば、きっと隙を見せるだろう。

そして――時が来れば一気に叩《たた》き落とす。

「リアム、今だけは調子に乗るといい。そして、全てを失う時、お前がどんな顔をするのか楽しませてもらおう」

そう言って、案内人は床に沈み込むように消えていく。

後に残ったのは奥歯を噛《か》みしめ、リアムを睨み付けているドルフだけだった。

「――覚えておけ。私は今日という日を絶対に忘れないからな」

リアムを心から憎む存在が誕生した瞬間だった。

◇　◆　◇　◆　◇

リアムがドルフをシミュレーターで破った翌日。

戦略科の階段教室では、リアムが貴族の子弟に囲まれていた。

今までリアムを嫌っていた彼らは、手のひらを返してすり寄っている。

「リアム、凄いじゃないか！」

「最上級生で、しかも相手は学年首席のドルフだろ」

「流石《さすが》に実戦経験者は違うな～」

褒め称《たた》えられるリアムは、満更でもなさそうな顔をしていた。

「それほどでもない。あいつが弱かっただけだ」

周囲はリアムが何を言おうが、すぐに褒める。

露骨なおべっかだ。

その姿を離れた場所から見ているウォーレスは、昨日と違って露骨にすり寄っている貴族たちを見てゲンナリしていた。

「強い奴《やつ》にすり寄る。素晴らしく素直な連中だな」

同じく様子を見ていたエイラも呆《あき》れているが、何故《なぜ》かリアムに近い士官候補生たちを睨み付けていた。

一人がリアムの肩に手を置くのを見て、眉間にしわを寄せ怖い顔をしている。

「リアム君にすり寄る間男共が」

ウォーレスは怒りを滲《にじ》ませるエイラから視線をそらし、一般の士官候補生たちの様子を確認した。

皆が貴族の子弟たちを見て、苦々しい顔つきをしている。

貴族たちの態度の変わりように呆れているのだろう。

（昨日までは田舎者と馬鹿にしておいて、この手の平返しだからな）

ドルフに勝利したことで、今までリアムを無視していた貴族の子弟たちがリアムの取り巻きのようになっていた。

「はぁ――幼年学校が懐かしいな」

不意にそう思ってウォーレスが呟《つぶや》くと、隣にいたエイラが両手を握って当時の素晴らしい思い出を口にする。

「幼年学校の頃は良かったよね。リアム君はクルト君とどこに行くのも一緒で、見ていて幸せだったわ。二人とも本当に仲が良かったのに、クルト君は将来軍人を目指すから先に大学に進むなんて――二人が離れ離れとか、こんなの不幸よ」

ウォーレスはエイラの説明に、自分が抜けていることを指摘する。

「ちょっと待ってくれ。私もあの二人と行動していたんだが？　どこに行くにも連れ回されて、苦労したんだが？」

「ごめん、記憶にないわ。ウォーレス、本当に幼年学校を卒業したの？」

「したよ！　一緒に過ごしたし、卒業式も一緒に参加しただろ！」

クルトは現在大学に進学している。

エクスナー男爵家の跡取りであるクルトは、軍人の家系だからだ。

そういった者たちは、修行の際に士官学校を最後に選ぶ。

幼年学校を卒業後に大学へと進み、そのまま役人の資格を取ることを優先する。何故かと言えば、最後に士官学校を卒業した方が効率的だからだ。

先に役人になっておけば、士官学校卒業後はずっと軍に残れる。

クルトは泣く泣く、リアムと別の道を進んでいた。

(そういえば、あいつはリアムと別れると分かったとき、かなり落ち込んでいたな)

リアムが先に士官学校を目指すと決めたため、クルトはかなり落ち込んでいた。

エイラが溜息《ためいき》を吐《つ》く。

「クルト君も一緒なら楽しかったのに。――ウォーレスはいらないけど」

「私だって出来れば軍隊なんて入隊したくないよ。でも、リアムが先に終わらせると言うから仕方なく付き合ったんだぞ」

二人は不毛の会話を終わらせると、周囲からもてはやされているリアムを見た。

随分と楽しそうにしているのが、二人には何となく寂しかった。

「実戦経験もない素人が俺に勝とうなんて十年早い。ドルフは喧嘩《けんか》を売る相手を間違えたな」

リアムが周囲にそう言うと、貴族の子弟たちが困惑する。

「え、十年?」

「たった十年?」

「け、結構早いな」

長い人生だ。十年でドルフが自身に追いつくとリアムが言い出し、取り巻きたちはどう受け止めたら良いのか不安そうにしていた。

エイラが小さく吹き出してしまう。

「偉そうなのに、ちゃんと現実的で敵を侮らないのはリアム君らしいよね」

ウォーレスも肩をすくめるが、相変わらずのリアムに安心して笑みをこぼした。

「リアムはやっぱりリアムだね」

そんな教室に現れるのは、長い髪をバッサリと切ってショートヘアーになったマリーだった。

急に美人が現れ、教室内の男子たちが騒ぎ始める。

本人はそんな男子たちを気にもとめずに、リアムの周りにいた取り巻きたちを当然のように押しのけていた。

「リアム様、お聞きましたわ！」

瞳を輝かせ、両手を握るマリーはリアムの前に立つと精一杯の可愛《かわい》らしい声を聞かせる。

「――マリーか」

露骨に嫌そうな顔をするリアムに気付かないマリーは、シミュレーターの結果を熱く語り始めてしまう。

「最上級生をシミュレーターで返り討ちにしてやったとか！　流石はリアム様ですね。このマリー、リアム様の勇姿が見られずに昨日は悔しくて教官を相手に憂さ晴らしをしていました。呼んでいただければ、すぐに駆けつけましたのに！」

ウォーレスとエイラは、マリーの姿に深い溜息を吐く。

「リアムの騎士は個性が強いよな。おまけに、教官で憂さ晴らしって酷《ひど》いだろ」

「優秀なだけに余計に残念に見えるよね」

別クラスのマリーが急に現れ称賛してくると、リアムは気分が落ち込んだのか冷めた目をしていた。

「そうか。残念だったな。さっさと教室へ戻れ」

「いえ、もっとリアム様を称えさせてください！　いかにリアム様が素晴らしいのか、周りにも伝えなければこのマリーは気が収まりません！」

マリーの目が血走っていた。

リアムの取り巻きになろうとしている連中がドン引きするほどに、マリーはリアムを褒め称え始める。

「そもそも、リアム様が素晴らしいのは当然であり、これは必然で――!!」

いきなり演説を始めたマリーを見て、ウォーレスは呟く。

「幼年学校の頃が懐かしいなぁ」

◇　◆　◇　◆　◇

俺はイエスマンが好きだ。

何をしても褒めてくる犬みたいな連中が大好きだ。

だが、目の前で興奮しながら俺を褒め称えるマリーを見ていると思う。

これは違うな――と。

マリーは興奮して目を血走らせながら「リアム様は既に完成された存在！」みたいなことをのたまっている。

――俺は媚《こ》びへつらう連中は大好きだが、ここまで来るとドン引きする。

こいつもそうだが、筆頭騎士のティアも同様だ。

きっと俺が無様に転んでも「流石です、リアム様！」と褒めてくるに違いない。

そこまで来ると、褒めているというか逆に馬鹿にされている気がしてくるから不思議だ。

――どれだけ褒められても、俺の心は虚《むな》しくなってくる。

「リアム様は素晴らしいお方です！」

「――そうか、よかったな。マリー、お前は自分の教室に戻れ」

「何故ですか、リアム様!?」

「もうすぐ授業が始まるだろうが」

「あ、その程度の事は――」

「いいから戻れ！」

「は、はい！」

俺を褒め称えて授業に遅刻するなど、マリーは俺の騎士として自覚はあるのだろうか？

ティアと同等レベルであり、次席騎士に据えたのは間違いだった気がしてくる。

確かに有能ではあるが、こいつらはちょっと抜けている部分が多い。

肩を落としてマリーが教室から出ていくのを見送ると、俺にすり寄ってきた連中も離れていた。

マリーの感極まったご機嫌取りにドン引きしたのだろう。

せっかく取り巻きができそうなところで、マリーの奴が邪魔をしやがった。

マリーの奴は本当に駄目だな。

適度に褒めるということを知らないから、俺が馬鹿みたいに見えるじゃないか。

あ～、もうさっきまでの気分が台無しだ。

◇　◆　◇　◆　◇

こっそりと教室から出るのは、リアムを取り囲んでいた士官候補生の一人だ。

緊張した様子で教室から抜け出し、逃げるように移動を開始すると曲がり角に隠れていたマリーが声をかける。

「そろそろ授業が始まるわよ。今からどこに行くつもりなのかしら？」

候補生が目を見開き驚くが、すぐに懐からナイフを取り出してマリーに突き刺そうとする。

その腕を掴《つか》むと、マリーは相手を素早く床に転がし押さえつけた。

「ナイフなんて持ち込んで何を考えているのかしらね？　聞かせてくれないかしら？　誰に、何をしろと命令されたの？　ねぇ？　ねぇ、ねぇ、ねぇ!!　さっさと吐けよ！」

「は、放せ！」

暴れる士官候補生の指を一本掴み、マリーはそのまま笑顔で関節とは逆向きに折り曲げた。

「っあ！」

叫びそうになる声を抑える士官候補生を見て、マリーはつまらなそうに舌打ちする。

「素人に毛の生えた程度か。――リアム様にどうして近付いた？」

もう一本を折るが、士官候補生は答えない。

何とか逃げだそうともがき始めるが、床から仮面を付けた黒ずくめの大男がゆっくりと生えてくる。

マリーはその姿を見ても驚かないが、士官候補生は明らかに動揺する。

姿を見せたのは、バンフィールド家の暗部を取り仕切る集団の頭領【ククリ】だ。

黒いマントで体を隠し、頭部には面を付けている。

影ながらリアムを守る存在だが、とても不気味なオーラをまとっていた。

声も低く、マリーと士官候補生を見てクツクツと笑っている。

「マリー殿、勝手に動かれては困りますねぇ」

「ククリ、こいつは誰の差し金なのかしら？　バークリー家の刺客にしては、あまりに程度が低すぎるわ」

ククリがキヒヒと笑いながら、士官候補生が誰の差し金かを暴露する。

「こいつはローレンス家の手の者です。刺客ではありません」

誰の差し金かを聞いたマリーは、押さえつけた士官候補生の骨をまた折った。

「あ～ドルフの駒か」

マリーがまた指を折ると、候補生に扮《ふん》したローレンス家の手の者が苦悶《くもん》の表情を浮かべる。自分の雇い主が判明していることに動揺を隠しきれない様子だった。

その様子が楽しいのか、ククリはペラペラと事情を話す。

「はい。わざわざ身分を用意して、士官学校に送り込んでいるようです。この者の身分は全て偽り。ドルフを首席にするために仕込まれた者の一人ですね」

「なる程、理解したわ」

ドルフを有利にするため情報を集め、時には噂《うわさ》を流す存在だ。

荒事にも関わっているようだが、マリーやククリからすればあまりにも拙い。

そんな士官候補生を泳がせていたククリは、勝手に捕らえてしまったマリーに嫌みを言う。

「情報を集めるためにリアム様に近付いたようなので、観察していたのですけどね」

「リアム様に悪意を持って近付いたのよ。この者はそれだけで万死に値する。違うかしら？」

　ククリが困った仕草を見せた。同意する部分もあるが、仕事として納得できないのだろう。

「同意はしますが、こちらにも都合があります。暗殺が目的ではないので泳がせていたのですよ。ま、こうなっては仕方ありません。この者の身元を明かして、軍に突き出すとしましょう」

「あら、殺さないのね」

「殺しても良いのですが、そうするとドルフの悪事が明るみに出ませんからね。まぁそれに、殺すのはいつでも可能ですから」

　マリーが刺客を解放すると、ククリが羽交い締めにして一緒に床に沈んでいく。

　刺客が叫ぼうとするも、ククリに口元を塞がれて助けを呼べなかった。

　その姿を見たマリーは、自分の教室へと向かうのだった。

◇　◆　◇　◆　◇

「士官学校もリアム様の敵が多いな」

　リアムに近付く刺客たちは、マリーやククリに全て排除されていた。

それから数週間後。

リアムとは違い、取り巻きたちが離れたドルフは荒れていた。

士官学校でも孤立しており、周囲は常に自分をあざ笑ってくる。

「くそ！　どいつもこいつも私を馬鹿にして！　大体、無能な部下たちが悪いのだ！」

士官学校でドルフの仕込んだ候補生たちが全て捕まった。

すぐに全員の退学が決まったのだが、当然ながらドルフにも責任を求める声が出た。

ただ、貴族であるドルフは、退学処分だけは免れている。

代わりに首席での卒業は不可能。

軍では出世コースから外れるのがほぼ確定してしまった。

「どうする。どうすればいい!?」

ローレンス家は軍人の多い家系であり、ドルフの行動で親類にも迷惑をかけてしまっていた。

そのため親類からも責められており、実家からの助けは期待できない。

「これも全てバンフィールド家のリアムが悪い。私は軍で出世して、将来は元帥になる男だったのに」

そのために頑張ってきたのに、苦労が全て水の泡になってしまった。

首席でいるためにどんな手も使ってきた。そのために苦労もしてきたドルフからすれば、努力が報われなかったのと同じである。

ドルフは更にリアムを強く憎むようになる。

「必ず――必ず復讐《ふくしゅう》してやる。リアム、お前だけは絶対に許さない」

激怒するドルフは、あらゆる手段を使ってリアムに復讐することを誓うのだった。

第二話 バークリー家の魔の手

士官学校には、通信室が設けられている。

貴族の中には俺のように領地を持ち、どうしても指示を出す必要がある人間も少なくない。

そうした場合にのみ、士官学校も連絡を許可していた。

毎日は無理でも、定期的に天城《あまぎ》と話が出来るこの日が俺には楽しみだった。

だが、そんな俺の気分をぶち壊す報告が届いた。

「借金取り共が押し寄せてきた？」

『はい。当家の財政状況が悪化したので、急いで回収したいと説明を受けました』

「財政状況が悪い？　この俺が？」

意味が理解できなかった。

バンフィールド家の財政状況は、悪化してはいない。むしろ、良好と言えるだろう。

だが、借金取りたちが押し寄せたとなれば、領内で何かあったのだろうか？

「領地で問題でも起きたのか？」

『いえ、順調です。以前ほど急激な伸びはありませんが、開拓惑星への入植も無事に成功しましたから問題はないかと』

「ならどうして借金取りたちが押し寄せる？」

理解できないのは、借金取りたちがバンフィールド家の財政が悪化していると思い込んでいることだ。

天城が「不確定情報ですが」と前置きをしてから話し始める。

『バークリー家が動いていると予想します。付き合いのある金融関係の企業のいくつかが、バークリー家のフロント企業である可能性が高いです』

「デリックの実家か？」

幼年学校時代に喧嘩《けんか》を売ってきた男がいた。

そいつは機動騎士を使用した試合で俺を殺そうとしたので、返り討ちにしてやった。

俺からすれば、降りかかる火の粉を払いのけた程度の認識だ。

だが、デリックの実家は黙ってはいなかった。

『バークリー家は親類縁者が多く、大変厄介とのことです。侍女長のセリーナが随分と警戒しておりました』

「厄介？　爵位は？」

『全てが男爵家です。ただ、その数が多く、集まればかなりの規模になります』

「男爵家が集まって、伯爵の俺に対抗しようってことか？　雑魚がいくら集まっても雑魚だが、確かに面倒だな」

貴族というのはどこで繋《つな》がりがあるのか分からない。

そのため、デリック一人を殺してバークリー家と敵対したら、その親類縁者も出て来て大勢を敵に回してしまった。

小勢力も集まれば厄介極まりないが、この程度はどうということはない。

「借金は全額返済してやれ。貯蔵していたレアメタルをトーマスに売り払ったらどうだ？返済して欲しいなら、してやればいい。

俺にはそれだけの財産があるからな。

借金を返すのは当然の行為だから、俺は素直に従おう。

ただし、俺に舐《な》めた真似《まね》をしたことは許さない。

『打診しましたが、全ての量を捌《さば》けないとのことです。そのため、資金の用意ができていません。現物で納めると言うと、レアメタルの買い取り価格が市場の半額以下にされるため、旦那様の判断を仰ごうかと』

「借金取りが、俺のレアメタルを安く買い叩《たた》くだと？」

俺は嫌いなものは多い。

その中でも借金取りというのは大嫌いだ。

前世、俺はあいつらにとことん追い詰められた。

自分が作った借金ではないのに、本当に酷《ひど》い取り立てを経験して借金取りが嫌いになった。

身に覚えのない借金で苦しめられた前世を、俺は絶対に忘れない。

ただ、こちらの世界では、俺の祖父母と両親が莫大《ばくだい》な借金を作ったのは事実だ。

しっかり返してやるつもりだったが、無理に取り立てようとするなら容赦などしない。

「安く買い叩かれるのは癪《しやく》だな。どうせ安く買い叩かれるなら、帝国に買い取ってもらえ」

『よろしいのですか？　帝国の買い取り価格は、借金取りたちの提示額よりも下がってしまいますが？』

「借金取りたちを儲《もう》けさせるよりもいいからな」

それに、レアメタルなどいくらでも用意できてしまう。

そもそも俺は金銭的な問題から解放された状態に近い。

案内人がくれた〝錬金箱〟と呼ばれる凄《すご》い道具が、ゴミからレアメタルを作り出してくれるからな。

「誰に喧嘩を売ったのか分からせてやれ。バークリー家に圧力をかけてやれ」

『経済戦争になりますね』

バークリー家の仕掛けた戦争を受けてやるとしよう。

「俺が勝つに決まっているけどな」

そもそも錬金箱を持つ俺とは勝負にならないけどな。

相手が可哀想《かわいそう》になってくる。

『無理のない範囲で圧力をかけさせていただきます。それはそうと、士官学校での生活はいかがですか？　怪我《けが》や病気はされていませんか？』

バークリー家の話題が終わると、天城が俺の身を案じてくる。

「士官学校など師匠の修行に比べれば温《ぬる》すぎる——とは言えないが、何の問題もないな。いや、むしろ学ぶことがなくて困っているくらいだ」

『学ぶことがない？』

俺はドルフとの対決を思い出していた。

士官学校首席があの程度ならば、真剣に学ぶ必要はないだろう、と。

「最上級生が喧嘩を売ってきたから、シミュレーターで返り討ちにしてやった。天城にも見せてやりたかったぞ」

ドルフを見事に倒したことを自慢するが、天城はあまり喜んではくれなかった。

いつもの無表情が、僅かに不機嫌に見えてしまう。

「どうした？」

不安になり尋ねると、天城に叱られてしまう。

『——旦那様、自惚《うぬぼ》れていませんか？』

「自惚れるのは悪徳領主の嗜《たしな》みだ。だが、正義感を振りかざす馬鹿を倒したのは事実。あれが最上級生の学年首席とは笑わせてくれるよな」

士官学校もたいしたことがない、と言えば天城は目を僅かに細める。

その様子に俺が困惑していると、天城が釘《くぎ》を刺してくる。

『学生同士の喧嘩で満足されては困ります。旦那様には、士官学校でしっかり学んでもらわなければなりません』

――今日の天城は手厳しかった。

ティアやマリーのように、勝利を盲目的に褒め称《たた》えてはくれない。

それが少し寂しくなり、からかった態度を取る。

「俺にそんな態度を取れるのはお前くらいだぞ。他の者なら首をはねてやるところだ」

『旦那様に必要なことを進言しているだけです。いつでも首をはねていただいて構いません』

天城の首をはねる？　それはちょっとあり得ないというか、冗談でも言うべきではなかった。

俺は両手を挙げて降参のポーズをとる。

「お前の進言に従おう。だから――そう怒るなよ」

『怒っていません』

「ところで、だ。その――ロゼッタの様子はどうだ？」

俺と一緒に士官学校に入ると言いだした困った女は、屋敷で大人しくしているのだろうか？

天城ほどではないが、あいつの様子も気になっている。

『ロゼッタ様なら侍女長に厳しく作法を学んでいます。いずれ修行として他家に預けることになるとのことですが、バークリー家と揉《も》めている現状では下手な家に預けられないとのことです』

「またバークリーか。いい加減に嫌になってくるな」

どこに行ってもバークリー家の名前を聞くから、帝国では田中《たなか》さん並みにメジャーな苗《みょう》字《じ》らしい。

「ロゼッタのことはあまり気にしないが、手を出されると俺の体面に関わる。下手な家に預けるようなことはするなよ。いいか、ロゼッタのためじゃない。俺の面子《メンツ》のためだからな？」

念を押すと、天城が頭を下げてくる。

『承知しております。それでは、失礼いたします』

通信が切れると、俺は椅子から立ち上がって背伸びをした。

「さて、天城にも言われたことだし、少しは真面目に授業を受けるとするか」

◇　◆　◇　◆　◇

翌日の授業は艦隊戦についての基礎を教える授業だった。

教育カプセルで学んだ内容だが、こうして実際に教師から聞いていると——冷や汗が出てくる。

教壇に立ち、教官は淡々と現代の戦争について語っていた。

「艦隊戦は数が増えるほどに接触までの駆け引きが長くなる傾向にある。これは突撃が危険だからだ。待ち構えている方が基本的に強いため、突撃は控えなければならない」

立体映像が艦隊戦を再現しており、分かりやすく候補生たちに教えてくれる。

突撃してくる艦隊を待ち伏せ、先頭集団を潰すと後方が混乱して大惨事になっていた。

「これが艦艇の質、クルーの練度も関わってくるが、同格の相手にむやみやたらに突撃するのは危険だ。やるにしても、入念な準備が必要だな」

教官は付け加える。

「現在の突撃というのは、敗走する艦隊を追撃する場合が一般的だ。無闇に突撃してヒーローを目指す者がいないことを祈るぞ。軍に英雄はいらない。欲しいのは有能な士官だ。君たちがヒーローにならない事を願う」

候補生たちが苦笑いをしていた。

中には「突撃は流石《さすが》にないって」とか「やりたくないね」など小さな笑い声も聞こえてくるが――俺は笑えなかった。

何しろ、突撃はバンフィールド家の十八番とも言える必勝の戦術だ。

これが現代では通用しないというのは、今まで戦ってきた海賊たちの質の低さを物語っているとしか思えなかった。

俺は教官に質問する。

「教官殿、ならば突撃するにはどれだけの戦力差があれば可能ですか？」

「リアム候補生か。君に今更教える必要もあるとは思えないが——そうだな。最低でも四倍の数は必要だろうな」

四倍!?

そうなると、バンフィールド家が相手に出来る敵の数は一万隻もないじゃないか。

突撃重視の艦艇やら武装——おまけに突撃重視の訓練を受けてきた兵士たち。

バンフィールド家の艦隊は、明らかに編制をミスっている。

「四倍。四倍か」

俺が考え込んでいると、のんきなウォーレスが声をかけてくるのだった。

「どうした？」

「——いや、軍備を増強しようと思った」

「何で？」

すぐに突撃重視の方針を変更して、数を増やす必要がある。

悪徳領主なのに、軍備に不安があるとか許されない。

弱い悪徳領主など、そもそも俺が目指している姿じゃない。

俺は安全な位置から他者を踏みにじりたい。

常に強くなければ気が済まないし、落ち着かない。

「軍備——軍備と言えば——」

兵器工場に連絡するとしよう。
あと、すぐに天城《あまぎ》にも連絡しよう。
方針を変更しても、現場にまで俺の方針が伝わるのは早くても数年はかかってしまう。
全体に伝えるなら、もっと時間がかかるだろう。
くそ！――失敗した。
これまで突撃すればどうにかなっていただけに、油断していた。
思えば、ドルフとの戦いも序盤は突撃したせいで劣勢だったじゃないか。
だが、俺はすぐに対応できる男だ。
悪徳領主は柔軟に対応しなければ務まらない。
頑固者とかは、悪徳領主ではない。
とにかく、今回は早く気付けたと、プラスに考えることにしよう。
「とりあえず、目標は二倍の六万隻にするか。いや、三倍の九万隻か？」
俺の呟《つぶや》きにウォーレスが「え？　そんなに増やすの？」と、驚いていた。
当然だ。
軍備だけは手を抜くことが許されない。
何故《なぜ》なら、軍事力こそが悪徳領主である俺の力そのものだからな。
どんな相手も、軍事力があれば黙ってくれる。
いや、黙らせられる。

暴力――その究極が軍隊だ。

だから俺は手を抜かない。

そうだ。忘れていた。

天城が言う通り、俺はこんなところで自惚れている暇などない！

今の俺は絶対に安全と言えるだけの軍事力を持っていなかった。

ここで自惚れるなど、悪徳領主として失格である。

「俄然《がぜん》やる気が出てきた」

真剣な表情になる俺を見て、ウォーレスは不思議そうな顔をしていた。

「そ、そうなのか？　まぁ、それはよかったのかな？　が、頑張れよ」

頑張れ？　どうして他人事《ひとごと》なのか？　俺の舎弟であるお前も頑張るんだよ！

◇　◆　◇　◆　◇

バークリー家。

カシミロは執務室で報告を聞いて、咥《くわ》えていた葉巻を落としてしまった。

その顔は焦り、報告を聞き返してしまう。

「な、なんだと？　もう一度言ってみろ！」

通信で報告してくる息子も動揺を隠しきれていなかった。

『バンフィールド家が、保有しているレアメタルを大量に放出しやがったんだ。帝国に全て納めて、それで資金を用意しやがった。あの野郎――莫大《ばくだい》な借金を返済したんだよ。逆に、不義理な取り立てをしたフロント企業の信用がガタ落ちした。親父《おやじ》、いくつか潰れるのは覚悟してくれ』

バンフィールド家の力を削《そ》ぐつもりが、こちらのフロント企業が信用を落としただけという結果に終わってしまった。

「その程度の事に構うな！　とにかく攻め続けろ！　ここであの小僧を放置すれば、バークリー家が侮られるぞ！」

『わ、分かった』

通信が切れると、カシミロは頭を抱えるのだった。

「ふざけやがって。ただの貧乏貴族じゃなかったのか！」

経済的にそこまで余裕があるとは考えていなかった。

（金を持ちつつ借金もして――使える金額を増やしていたのか？　田舎でチマチマ領内を発展させていると思っていたが、こいつはかなり厄介だな）

こうなってしまえば、どちらが先に音を上げるか勝負するしかない。

手を引いてしまえば、バークリー家がその程度の財力しかないのかと侮られるからだ。

やるからには勝たなければ意味がない。

始めてしまえば厄介というのが、大貴族同士の争いだ。

負ければ確実に落ちぶれてしまう。

カシミロは既に手を引けない勝負を挑んでいた。

「こっちにはエリクサーだってある。いざとなれば、売り払って大金なんかすぐに作れるんだよ。レアメタルを大量に保有していようが、先に倒れるのはバンフィールドだ」

星を枯らせてしまうというデメリットはあるが、エリクサーを欲しがる人間というのは沢山いる。

カシミロは、リアムがいずれ音を上げると予想していた。

「それにしても、小僧に経済的な喧嘩《けんか》を売ったのはまずかったな。こっちもかなり被害が出たか」

フロント企業はバークリー家との繋《つな》がりも露呈し、ついでに信用もなくしている。

こうなると分かっていたなら、もっと別のやり方で喧嘩を売っていた。

「――これ以上、あの小僧に負けるわけにはいかん」

戦いは徐々に激しさを増していく――はずだった。

◇　◆　◇　◆　◇

士官学校の一室。

そこにはバークリー家出身の貴族が、取り巻きと共にアタッシュケースに入った代物を確認していた。

この場にいるのは関係者のみで、外には見張りも用意していた。

薄暗い室内で確認しているのは、かなり危険な代物だ。

「こいつが呪星毒《じゅせいどく》か？」

アタッシュケースには厳重に保管されたカプセルに入った紫色の液体があった。

小さなカプセルに入っている液体は――毒だ。

「無闇に触らないでくださいよ。こいつは毒と言うよりも呪いの塊ですから」

「これ一つで、本当に相手が呪われるのか？」

取り巻きが呪星毒について説明する。

「こいつを使えば、あのリアムも毒殺とバレることなく殺せますよ。おまけに、こいつの呪いは本物です。何しろ、惑星を焼かれて死んでいった者たちの怨念を物質化したものですからね」

惑星ごと滅ぼされた人間や生物、そして星の怒りが液体となったものだ。

これを摂取すると呪われて苦しみながら死んでいく。

そして治療法はエリクサーくらいしかなく、手元になければ治療も間に合わない。

時間が過ぎればエリクサーですら治療できず、苦しみ抜いて死ぬ。

バークリー家の関係者――カシミロの孫である【ザルガン】は、呪星毒を前に口角を上げて笑っていた。

「爺様《じいさま》や親父たちは臆病なんだよ。俺がこいつでリアムを殺して、ファミリーの幹部になってやるぜ」

取り巻きたちは、強気なザルガンに媚《こ》びを売る。

「その時は俺の手柄も忘れないでくださいよ」

「分かっている。それより、こんなものをどこから手に入れたんだ？」

取り巻きがニヤニヤしながら、意外な名前を口にする。

「〝惑星再生活動団体〟って知っています？」

「聞いたことがあるな。だが、奴《やつ》らは慈善団体だろ？」

「あいつら、裏ではこうした品を取り扱っていましてね。表向きは慈善事業をしていても、滅んだ惑星から色々な物を奪い去っていくわけです。惑星の再生なんて、本気でやっちゃいませんよ」

出来ればするが、本気で惑星を再生しようとはしていなかった。

代わりにこのような危険な品を取り扱い、莫大な利益を得ている団体だ。

「ま、どうでもいいけどな。こいつをリアムの食事に入れればいいんだな？　呪いが広がったりしないのか？」

「特殊な処理をすれば問題ありませんよ。それに、食堂の料理人も買収済みです。惑星一つ分の恨みを一人で背負ったリアムは、きっと苦しみにのたうち回りながら死にますよ」

「へへへ、あいつも今日でこの世からおさらばだ」

◇　◆　◇　◆　◇

士官学校の廊下を歩く女性がいた。

髪を短く切ったティア――【クリスティアナ・レタ・ローズブレイア】は、金髪に緑色の瞳をした女性騎士だ。

そして、リアムが所有する騎士団をまとめる筆頭という立場にある。

そんなティアが士官学校にいるのは、マリーと同じく帝国の騎士資格を得るためだ。

筆頭と次席が二人揃《そろ》って士官学校にいるのもおかしな話だが、それにはいくつか理由がある。

リアムの騎士と言うだけでは、陪臣騎士――帝国騎士より格下扱いを受ける。だが、帝国騎士資格を持てば、自分たちだけではなくリアムにとっての箔《はく》にもなる。それだけ優秀な人間を側《そば》に置いているという証拠になるからだ。

そして、これが一番重要だが――ティアもマリーも、お互いを信用していなかった。

バンフィールド家の騎士候補である者たちと廊下を歩くティアは、現状を確認していた。

「スカウトの方は順調か？」

「難航しています。士官学校に来るだけあり、多くの候補生が帝国軍に仕官することを望んでいます」

士官学校にいる間、ティアは同じく送り込まれた士官候補生たちの面倒も見ていた。

リアムの身に万が一などあってはならないため、リアム在学中はどの学年にもバンフィールド家の関係者を配置している。

その管理と並行して、優秀な人材をスカウトしていた。

「リアム様に仕える喜びを知ろうとしないとは、憐《あわ》れな連中だ」

ティアが本気でそのようなことを呟けば、周囲も同意するように頷《うなず》いていた。

バンフィールド家の騎士たちが、リアムを崇拝《すうはい》しているのがよく理解できる光景だろう。

そんなティアたちの下に、緊急連絡が入る。

『ティア様！』

「どうした？」

『リアム様が憲兵たちに連行されてしまいました！』

「――は？　ど、どういう意味だ!?」

急な報告に一瞬啞然《あぜん》とするティアだったが、すぐに気を取り直して詳しい説明を求める。

『食堂で士官候補生の一人が死亡しました。死亡したのはバークリー家のザルガンという者です。その参考人として、リアム様が憲兵に連れて行かれてしまいました』

ティアの瞳からハイライトが消えると、腸《はらわた》が煮えくりかえる思いで呟く。

「護衛気取りの化石女はどうした？」

『抗議しているとは聞いていますが、それ以上の情報はありません』

ティアは舌打ちすると、美しい容姿に不釣り合いな汚い言葉を吐き出す。

「糞《くそ》が！」

◇　◆　◇　◆　◇

士官学校で士官候補生の不審死事件が起きてしまった。

取調室。

向かい合って座っている相手は、憲兵隊の准将だ。

どうして俺がそんな相手と取調室で向かい合っているのか？　不審死した士官候補生との関係を調べられ、疑われているからだ。

「伯爵、貴方《あなた》はバークリー家との間に因縁がありますね」

士官候補生に過ぎない俺の取り調べに、わざわざ准将閣下を呼び出すのは帝国軍が気を遣っている証拠だろう。

だって俺は偉いから。

だが、いくら丁寧に扱われたとしても、無実なのに犯人扱いは腹が立つ。

「言いがかりは止《や》めてもらおうか。俺が殺したという証拠がどこにある？」

「死んだ士官候補生はバークリー家の関係者です」

確かにバークリー家とは争っているが、わざわざ小物を殺すほど焦ってはいない。

しかし、腹立たしいので目の前の准将をからかうことにした。

「それがどうした？　バークリーなんて苗字《みようじ》は多いからな。どのバークリーか分からない。俺に喧嘩を売った馬鹿共の関係者だったのか？　初めて知った」

そもそも死んだ士官候補生に興味もなかったからな。

取り調べが続く中、外から怒鳴り声が聞こえてくる。

「てめぇ、リアム様をこんなところに閉じ込めやがって！　ぶっ殺してやろうか！　証拠もないのに閉じ込めて、責任取れると思ってんのか？　あぁ？」

――マリーが荒々しい言葉を使っていた。

憲兵が何人も集まり、マリーを押さえ込んでいるようだ。

「お、落ち着いてください！」

「士官学校の許可は得ています」

「だから、アリバイを確認しているだけですって！」

外では随分と丁寧な説明をしているが、准将は俺を犯人と決めつけている様子だ。

マリーの荒々しい声が、部屋の中まで聞こえてくる。

「全員ぶっ殺してやる！」

恥ずかしいので騒がないで欲しいと思いながら、俺は目の前の准将を見据えた。

「外ではあんなことを言っているが、お前は俺を犯人と思っているようだな？　犯人と決めつけているのはお前の判断か？」

たかが士官候補生が、准将に対する口の利き方ではないだろう。

しかし、俺は伯爵だ。目の前の准将など恐れる必要がない。

貴族は優遇されて当然。――これが帝国軍だ。

「い、いえ。しかし、この状況はどう考えても」

しどろもどろになる准将は、きっと俺だと思い込んでいる。何しろ、俺には動機がある
からそう思いたくなる気持ちも理解できた。

だが、俺は冤罪《えんざい》が大嫌いだ。

前世で離婚した時に、一方的に悪者にされた過去を思い出す。

部屋の外には新しい人物が現れ、騒ぎに加わる。

どうやら、筆頭騎士まで現れたらしい。

「この化石が。お前が側にいながら、リアム様をこんな場所に閉じ込めるとは――やっぱりロートルは役に立たないわね」

「ミンチ女ぁぁぁ！　もう一度言ってみろ。その口をズタズタにしてやるよ！」

俺を助けに来たのかと思ったが、マリーに喧嘩を売りに来ただけのようだ。

ドアの前が騒がしくなっているから、きっと取っ組み合いの喧嘩をしているのだろう。

部屋が揺れ、ドアが歪《ゆが》み、天井から埃《ほこり》が降ってくる。

「だ、誰か二人を止めろ！」

「人を呼べ！」

「士官学校の教官を連れて来い！」

憲兵たちが大騒ぎをしており、准将も右手で顔を押さえて溜息《ためいき》を吐《つ》いている。

どうでもいいが、あいつらは俺を助けるつもりがないのか？

俺の中であいつらの評価が音を立てて大きく下がっていく。

「化石は粉々にしてやるわ！」

「挽肉《ひきにく》にしてやんよ！」

徐々に争いが激しくなってくる。

あいつら本当に何がしたいんだ？

俺の筆頭騎士と、次席騎士の自覚がないんじゃないか？

無性に腹が立ってきた。

「証拠がないならもういくぞ。いつまでも付き合っていられるか」

そう言って立ち上がると、准将が俺を制止する。

「お待ちください！」

「五月蠅《うるさ》い。証拠を持って出直してこい」

取調室の中も外も騒がしくなってくると、一人の憲兵が息を切らして部屋に入ってきた。

「閣下！　証拠が見つかりました！」

証拠が出たと聞いた准将は、俺を追い詰めた気になっていい顔をする。

「何!?　そうか、でかした！　伯爵、これで言い逃れは出来ませんぞ！」

俺を捕まえる気の准将に、部下の憲兵が首を横に振る。

「ち、違います。証拠が出てきたのは――死亡した士官候補生の部屋からです。彼は呪星毒を持ち込んでいました！」

「――な、何だと？　す、すぐに本部に連絡しろ！　それから、全員を今すぐ校舎から退避させろ！」

俺を捕まえようとしたことを無視して、何やら慌て始めている。

それにしても呪星毒――聞いたことはあるが、確か呪いの塊だったような気がするな。飲むと不幸になるとか何とか。

そんなものを飲むとか、バークリー家の連中は馬鹿なのか？

「それなら俺は帰らせてもらうぞ」

席を立って部屋を出て行く俺を、准将や憲兵が複雑そうな表情で見送っていた。

憲兵隊には後で文句を言ってやろうと思っていたら、部屋の外には相手の髪を摑《つか》んで殴り合っているティアとマリーの姿があった。

屈強な憲兵がドン引きするくらいに、酷《ひど》い殴り合いをしていた。

「この化石が！」

「挽肉は黙ってろ！」

ややマリーが優勢に見える喧嘩《けんか》を、俺は冷めた目で見ていた。

俺に気付かず殴り合うとか、こいつら本当に駄目すぎる。

「いつまで喧嘩をしている？　さっさと帰るぞ」

そう言うと、喧嘩を止めた二人が慌てて身なりを整えていた。

今更遅すぎると思い、溜息を吐いてさっさと外へと向かう。

遺体安置室。

そこには苦しみ抜いて死んだ――リアムを暗殺しようとした男がいた。

部屋にやって来た案内人は、その男を見て心底嫌そうな顔をする。

「呪い殺そうとした発想は悪くないのですけどね」

リアムの暗殺に成功していれば、多少残念だが案内人も喜べた。

しかし、結果は失敗。

毒殺を仕掛け、危険を察知したククリにより逆に毒殺されてしまうという体たらくである。

「だが、お前はリアムと縁のある存在だ。その苦しみも絶望も、全てが効率よく私の糧になる」

案内人が男の顔に手を当てると、随分と安らかな顔になるのだった。

リアムと縁を持ちすぎてしまった案内人は、リアムと無関係の負の感情は吸収効率が悪い。ただ、逆に縁さえあれば、普段以上に吸収効率がよくなる。

まるで美酒でも味わうかのように、案内人は男の感情を楽しんでいた。

「一つの惑星が滅ぼされた負の感情も相まって、何とも美味だ。名前も知らぬ子よ、お前

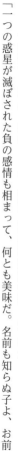

は間抜けであったが私の糧になったぞ」

案内人が更に力を大きく取り戻し、口元が三日月のように広がった。

「随分と力も戻ってきた。リアムを地獄に叩《たた》き落とすために、もう一手――いや、二手、三手と用意しておくか」

ここまで自分を苦しめたのはリアムが初めてである。

だから、案内人は絶対に手を抜かないと決めていた。

リアムには、この世のありとあらゆる地獄を見せてやると心に決めている。

――今まで油断していたために、何度も足下をすくわれてしまった。

取るに足らない存在だと決め付けたために、自分は敗北して苦しんできたという自覚がある。

「リアムの敵を集めるのだ。慎重に――そして、いずれリアムを！」

案内人は高笑いをしながらその場から消えていく。

◇　◆　◇　◆　◇

帝国の宮殿。

そこで宰相は、士官学校からの報告書を読んで憤っていた。

周囲にいる部下たちも緊張している。

「――呪星毒の無許可での取り扱いはどのような扱いだったかな？」

部下たちに問うが、宰相もどのような刑罰が相応《ふさわ》しいのかは当然のように知っている。

問題は相手がバークリーファミリーということだ。

普通に処罰すると面倒が起きてしまう。

落としどころを見つける必要があった。

「お家断絶が適当でしょうが、バークリー家は一つの家を切り捨てて終わりです。たいした痛手にはならないでしょう」

小さな男爵家の集合体と見せているだけで、実際は公爵家規模だ。

表向きは男爵家の集まりなので、処罰してもトカゲの尻尾切りを行うだけ。

バークリー家――カシミロの首は取れない。

どうしてバークリー家がここまで栄えることが出来たのか？　それは、エリクサーを安定供給するのとは別に、先代や今の皇帝陛下から寵愛《ちょうあい》を受けていたからだ。

エリクサー献上の功績で皇帝陛下に近付き、その後も支援を欠かさず気に入られている。

おかげで、何度も罪をもみ消されてきた。

気が付けば大きくなりすぎており、宰相としても頭の痛い問題になっていた。

(皇帝陛下の戯れにも困ったものだな)

だが、正義のためにバークリー家を切って、帝国に大きな問題が発生しても困る。

バークリー家はそれだけの影響力を持っていた。

「カシミロの首にはどうせ届かぬか」

「はい。それでしたら、エリクサーを献上させた方が帝国のためになるかと」

「歯がゆいものだな」

宰相が内心でリアムに期待しているのも、この状況を打破できる可能性を持っているからだ。

帝国が動けばこの問題も片付くが、巨大すぎる帝国は動きも遅い。

そして、動き出してしまえば止まるのも難しく、安易に動けない状況にある。

部下の一人が別の件を報告してくる。

「宰相。軍部からレアメタル不足の解決を理由に、失った正規艦隊の補充を求める声が上がっています」

「軍部も相変わらず無理を言う」

星間国家は帝国だけではない。

隣接──と言っても、かなり離れている隣国と帝国は交易もあれば争いもある。

当然のように国境に定められている場所では、軍隊が存在して守りを固めていた。

時には攻め込み相手の領地を奪う。

そして、広大な領地を持つということは──帝国の抱えている国境は非常に多いという意味だ。更に、常にどこかで戦争が起きている。

補充する側《そば》から、消費されているようなものだった。

レアメタルは艦艇などの重要機関に使用されることが多い。

代用金属も使用されるが、性能に明らかな差が出てくるため前線ではレアメタルを使用した艦艇を求める声が多かった。

リアムが大量のレアメタルを納めたと軍部が聞きつけ、当然のように補充を求めてきたという話だ。

宰相が最近の戦争の結果を見る。

「各地で押し込まれているな」

あまりに戦場の数が多く、一つ一つを気にしている余裕はない。全体として勝っていればいい、程度の感覚だ。

部下が軍の問題点を指摘する。

「色々と理由はありますが、一つにリソースの効率的な運用が出来ていないからではないでしょうか？　無闇にパトロール艦隊を増やしすぎたのが問題です」

パトロール艦隊。

帝国領内を守る重要な艦隊だが、その中にはわがままな貴族の子弟たちを押し込めるような艦隊も用意されていた。

中には人の下につきたくない貴族が、士官学校を出てすぐにパトロール艦隊の司令官になるケースもある。

一部の上層部に位置する軍人たちが、ライバルなどの左遷先として無駄に旧式装備のパトロール艦隊を用意した経緯もある。

とにかく、無駄に膨れ上がっていた。

中には脱走して海賊になる者たちもいて、早期に解決が求められるのだが——その予算やら人員、その他諸々《もろもろ》を手配している余裕がない。

「頭の痛い問題ばかりだな。再編するにも金がかかる。いや、むしろ金がかかりすぎる」

解散と言えば全て終わるわけではなく、艦隊の装備の扱いやら人員の再配置。

そもそも扱いの悪いパトロール艦隊も多く、兵士たちはまともに訓練を受けていない。

訓練を定期的に行わない艦隊は、すぐに練度が落ちてしまうため兵士たちの再教育も必要になってくる。

帝国の国力は凄《すご》いが、全てを行えるほどに手が足りているわけではなかった。

宰相が自ら動けば解決も出来るのだが、他に抱えている仕事が多くて手が回らない。

「さて、どうしたものか」

次々に出てくる問題に、宰相は頭を悩ませるのだった。

◇　◆　◇　◆　◇

士官学校での生活も三年目に入った頃。

多少厳しいが、俺にとっては楽な日々が続いていた。

一閃《いっせん》流の修行に比べれば、士官学校での生活は苦ではない。

むしろ、一閃流の鍛錬に割く時間がないのが問題だろう。

技が錆《さ》びつかないように鍛えてはいるが、やはり物足りない。

就寝時間や起床時間が決められているため、夜に一人で――というのも難しい。

今は、同室のウォーレスと就寝時間までたわいない話をしていた。

暇つぶし程度のつもりだったのだが、これが意外にも面白い。

腹違いの兄が軍人をしているという話題だが、俺が気になったのは配属先だ。

「パトロール艦隊？」

「そうだよ。私と同じように後宮を出た兄は、軍人として生きていく道を選んだんだ。だけど、正規艦隊が受け入れを拒否してパトロール艦隊送りだよ。いきなり司令官にされたと、頭を抱えていたね」

正規艦隊が皇族の受け入れを拒否するというのもおかしな話だが、この帝国には皇族にもランクがある。以前のウォーレスのように、継承権がないに等しい立場の皇族が多すぎるからだ。

そんな皇族たちが側にいても面倒が多いため、出来るだけ受け入れたくない正規艦隊がほとんどである。

権力はなくとも皇族だから、失礼な態度も取れない。

仮に戦死させてしまうと、相手は一応皇族なので責任者は厳しい取り調べを受けてしまう。

本人の資質など関係ないところでデメリットが多すぎて、受け入れ拒否されたそうだ。

だが、俺からすれば理解に苦しむ話だ。

正規艦隊に配属されれば、出世コースと言って間違いないが——帝国は常に戦争をしている国だ。

今も、この瞬間も、どこかで戦争が起きているだろう。

規模が大きすぎて実感できていないだけで、帝国は常に戦時下にある。

だから、戦争が起きれば正規艦隊が投入されるわけで、常に死が付きまとう場所と言える。

それに比べて、パトロール艦隊はのんびりしたものだ。

確かに出世コースではないが、好き勝手に出来るという噂《うわさ》だ。

ウォーレスの兄も皇族なのだから、パトロール艦隊で好きにすればいいだけだ。

「パトロール艦隊の司令官なら、悪い話じゃないだろうに」

俺がそう言うと、ウォーレスは何とも微妙な顔をしていた。

「掃《は》き溜《だ》めみたいな艦隊が問題でね。兄の【セドリック】が送られたのは、旧式の艦艇を集めた三十隻程度の艦隊だよ。何もない宙域をパトロールするのは、気が滅入《めい》って仕方がないらしい」

「死なれても困るからだろ？　それなら艦内でノンビリすればいい。仕事をしなくていいなら、人生を楽しめと言ってやれ」

俺の助言にウォーレスは溜息《ためいき》を吐《つ》き、力なく頭を振った。

「狭くて環境の悪い戦艦の中で、ノンビリ出来るわけがないだろ。何のために仕事をしているのかと悩み、腐っている兵士ばかりだそうだよ」

軍隊の左遷先ということか。

会社で言えば閑職――窓際族という感じか？

そんなパトロール艦隊を無駄に増やしているそうで、結構な数が遊んでいる状態が続いているらしい。

無駄が多いとしか言えないが、星間国家は良くも悪くも規模が大きい。

パトロール艦隊など構っていられないのだろう。

それにしても、無駄なパトロール艦隊が多すぎるのはどうなのか？

「無駄の極みは嫌いじゃないが、遊んでいる艦隊なんて理解に苦しむな」

ウォーレスは天井を見上げながら、出来ない理由を語る。

「他にも事情があるんだよ。軍人もライバルを蹴落とす場所が欲しかった、ということだろうね。ただの左遷先じゃなくて、精神が折れるような職場を用意したのさ。後は――貴族たちを押し込めるためかな？」

「貴族を？」

「立場を利用して好き勝手にする貴族は多いからね。軍ではそれが命取りになるし、それならパトロール艦隊の司令官にでもしておけ、ってね。おかげで数が増えて、艦隊を再編するにも金がかかるから放置だってさ」

ウォーレスの兄も面倒な貴族の一人として、パトロール艦隊に押し込められたわけか。

「維持するのもコストがかかるだろうに」

「補給物資を渡しておけば稼働するし、ほとんど見捨てられた状態だよ。あと、パトロール艦隊は必要だからね。何もない場所に海賊たちの住処《すみか》が出来たら笑えないから」

大勢の複雑な事情が絡み合い、無駄の極みを維持しているということか。

こういう無駄は嫌い——いや、悪くないな。

「面白い話だな。興味が出てきた」

「興味？　リアムはどうせ正規艦隊配属だろうし、あまり関わらないと思うけど？」

「そっちには興味がない」

ウォーレスの言うように、俺は内々に正規艦隊から配属の打診を受けていた。

是非ともうちの艦隊に！　と、各所から声がかかっている。

正規艦隊にも色々とあり、国境配置の艦隊もいれば地方に配置された艦隊もある。

首都星防衛のために必ず三個艦隊が存在しており、正規艦隊の中でもエリートが集まる近衛《このえ》艦隊だ。

近衛艦隊からもうちに来いと声がかかっているが、ハッキリ言って興味がない。

どうして俺がセドリックと扱いが違うのか？　それは単純に財力だ。

力のある貴族との繋《つな》がりは、正規艦隊も欲しがっている。

献金、物資の提供、とにかくメリットが大きいからな。

うちに来れば好待遇を約束します！　と、わざわざ俺の所に佐官が交渉してくるくらいだ。――ただ、俺は興味がない。

俺は命令されるのは嫌いだ。

それならば、自分の好き勝手に出来るパトロール艦隊は最高ではないだろうか？

「決めたぞ、ウォーレス。俺はパトロール艦隊を希望する！」

俄然《がぜん》やる気を出す俺を見て、ウォーレスが慌てて止めてくる。

「君は馬鹿か!?」

「何故《なぜ》だ？」

「私の話を聞いていたのか？　兄が閑職に回されて、心が死にそうだと泣き言を私に言ってくるんだぞ。自らそんな場所に配属されたいなんて阿呆《あほう》だよ。おまけに、パトロール艦隊の装備は全て旧式だ。艦内環境も悪い。そんな場所で最低でも四年は過ごすことになる！」

ウォーレスがここまで反対するのは、俺がこいつのパトロンだからだ。

俺の配属先イコール、ウォーレスの配属先でもある。

つまり、自分が苦労するから反対しているだけだ。

――皇族を子分に出来るからと面倒を見ているが、どう考えてもお荷物を抱えたようにしか感じられないな。

「考え直せ、リアム！」

「嫌だ。もう決めたことだ。それにな――」

ウォーレスは何も理解できていない。

お金持ちの俺がパトロール艦隊に配属になるのだ。

当然、配属先に投資する。

「――艦艇など買えばいい。豪華客船並みの艦艇を用意すれば、暇な仕事も楽しくなるだろうさ」

「軍がそんな予算を用意するわけがないだろ！」

「金を出すのは俺だ」

「え？」

「俺が金を出して最新鋭の艦艇を買う」

「いや、でも――リアムだけ豪華客船に乗っていれば、周囲の反感を買う。味方に恨まれると厄介だよ」

軍隊というのは、味方に恨まれると厄介極まりない。

弾は前だけでなく後ろからも飛んでくるからな。

小悪党のように、自分だけ贅沢《ぜいたく》をすればいいという考えは危険ということだ。

だが、俺は違う。

俺は真の悪徳領主だ！

「問題ない。全て買い換えればいい」

「ぜ、全部？」

「そうだ。全ての艦艇を買い換えてやれば、誰も文句を言わないだろう？」

「た、確かにそうだけどさ。そんなことをしたら、配属先が丸ごと訓練期間に入らないか？　そもそも配属されてすぐ訓練とかどうなの？」

「その問題もあったな」

使い慣れない武器というのは恐ろしい。

戦闘に巻き込まれた際に、使い慣れていないために失敗したなどという言い訳は通じない。

そのために、新しい装備を受領したら訓練期間が必要になる。

やはり駄目かと思いかけた俺だが、ここで閃《ひらめ》いた。

配属してからでは遅いのなら、配属前から準備すればいいじゃないか、と。

「それなら今から用意する。俺は金持ちだ。自分の配属先は自分で用意してやるよ！」

「――え、本当に用意するの？」

「もちろんだ。ティアが来年には士官学校を卒業するからな。初仕事に俺の配属先を用意させる」

寄付をして希望の配属先を得るのではない。

望む配属先は自分で作るのが金持ちだ！

軍に文句を付けて、自分の艦隊を用意する——何と悪徳領主らしいことだろう。

金の力で軍すら従えるというのが、俺の心に響いた。

「色んな貴族がいたけど、リアムみたいな奴《やつ》は流石《さすが》にいなかったと思うよ」

「帝国初か？　それはいいな。早速、ティアに命令しておく」

◇　◆　◇　◆　◇

通信室。

ティアが話をしている相手は、かつての上司である宰相だった。

『伯爵のような男は初めてだよ。自ら艦艇や機動騎士を用意する貴族はこれまでにもいたが、まさか配属先を用意すると言い出すとは思わなかった』

驚きを隠せない様子の宰相だが、どこか楽しそうにも見えた。

その姿で好感触を得たと考えたティアは、宰相に許可を求める。

「帝国の問題が一つ解決——いえ、改善しますからね。悪い話ではないはずです。宰相閣下、許可をいただけますか？」

モニターの向こうにいる宰相は、頷《うなず》きながらも問題点を指摘する。

『伯爵の息のかかった艦隊が生まれるというデメリットもある。だが、艦隊の補充と無駄に膨れ上がったパトロール艦隊の削減——かなりの費用がかかるが、全てバンフィールド家が持つのだな？』

「リアム様からは〝俺に相応《ふさわ》しい艦隊を用意せよ〟と命令されております。そのための予算は与えられていますので、何の問題もありません」

確かにリアムは自分に相応しい艦隊を用意しろと言った。だが、そこはリアムを崇拝するティアである。

リアムに相応しい艦隊とは？　と自問した時の回答は「正規艦隊か、それ以上」になった。

それくらいでなければ、リアムに釣り合わないと本気で考えている。

（リアム様がただ納得、あるいは満足されるような艦隊では駄目だ。リアム様に、私をあの化石女よりも有能だと認めてもらうためには、リアム様を驚かせる結果を出さなければ）

マリーへの対抗意識もあり、ティアはこの仕事に燃えていた。

予算も十分にあるため、無駄なパトロール艦隊をかき集めて正規艦隊並みの規模を編制することにした。

その許可を宰相に求めている。

軍の上層部は許可を出さない可能性が高く、帝国の財政状況にメリットがあると言っても理解しないだろう。

それならば、とこの問題を認識している宰相に連絡を入れた。

『条件がある。伯爵が軍を離れる際には、艦隊は帝国で運用する。それから、表向きの司令官はこちらで用意する』

「表向き？　リアム様が指揮を執るのは不安だと？」

『君も含めて若すぎる。正式に配属されても階級も足りていないだろう。無理に昇進させると軍部が五月蠅《うるさ》い。表向きの司令官は用意するが、実権は君たちだ』

リアムが用意した艦隊ではあるが、成果は帝国が手にする。

この条件にはティアも不満はあるが、リアムの命令を遂行するために受け入れた。

そもそもリアムの提案があり得ないものなので、これ以上は交渉しても無駄だという思いもあった。

（こちらの負担が大きい割に見返りは少ないが、こんなところだろうな）

「承知しました。リアム様にもお伝えします」

『実に素晴らしい提案だった。帝国は大きな問題を二つも解決できる』

通信が終わると、ティアは気合を入れる。

「リアム様に相応しい艦隊を用意しなければ。二年で無駄なパトロール艦隊をかき集め、人員の再教育と訓練が必要だな。艦艇の用意も進めて――リアム様が正式に配属されるまでに間に合わせなければ」

ポンコツぶりを発揮することも多いティアだが、能力は本物だった。

「リアム様に相応しい艦隊。そして、お側《そば》で支えるのはワ、タ、シ」

両手を頰に当ててウットリするティアだが——能力だけは本物だ。

◇　◆　◇　◆　◇

その頃、バークリー家でも動きがあった。

「くそっ！」

カシミロが次々に上がってくる報告に不満を募らせていた。

リアムとの数年に渡る経済戦争だが、どれも調子がよくなかった。

理由は単純で、札束での殴り合いが終わらないからだ。

「何なんだ？　何なんだ、あの小僧は！」

惑星開発装置——エリクサーを生み出す装置を持つカシミロにどこまでも食らいついてくる。

おまけに、リアムが軍に投資したという噂話《うわさばなし》も聞こえてくる。

バークリー家と争いながら、軍に投資するだけの余裕があると見せつけられていた。

「エリクサーをどれだけばらまいたと思っている!?」

バークリー家の資金源であるエリクサーだが、いくつも保有している惑星開発装置により生み出されている。

惑星を死の星に変えるデメリットも存在するが、エリクサーのためならばカシミロは喜んでいくつもの惑星を滅ぼしてきた。

手に入れたエリクサーは売り払って莫大《ばくだい》な財を得た。

帝国に献上して地位を得て、権力も手に入れている。

邪魔者は力で排除し、帝国でも有数の権力者――それがカシミロの築き上げたバークリーファミリーだ。

しかし、今はリアムとの経済戦争に苦戦している。

「小僧一人潰せないとはどういうことだ！　くそ！――このまま潰し合えば勝てる。勝てるが――失うものが多すぎるか」

経済的にバンフィールド家を追い詰めるつもりだったカシミロだが、リアムが予想以上に粘るので方針を変更する。

「小細工は終わりだ。あいつがでかくなる前に、必ず潰してやる」

リアムはまだ若く、カシミロから見ても才能にあふれていた。

カシミロとは残っている寿命が違うし、これから経験を積めば厄介な存在になるのは間違いないだろう。

自分の息子たちでリアムに勝てるのか？――無理だと察したカシミロは、すぐに連絡を入れる。

『どうした、親父《おやじ》？』

「すぐに軍に連絡を取れ。リアムと戦争をするために専門家を集めるぞ」

『戦争!?　急ぎすぎだ、親父！』

「いいから黙って従え！　バンフィールド家に勝てる軍人を連れて来い。どんな奴でもいい。あの小僧に勝てるなら――どんな奴だって好待遇で受け入れてやる」

カシミロはいつの間にか、リアムに恐怖心を抱くようになっていた。

その様子を見守っている存在がいた。

――案内人だ。

カシミロの側に立ち、満足そうに頷いていた。

バークリー家がリアムと争っていると知り、わざわざ足を運んだ案内人は拍手をする。

「素晴らしいぞ、カシミロ。リアムを脅威と判断したお前は正しい」

案内人が気に入ったのは、カシミロが自分好みの悪党である点と――リアム以上に軍事力を所持している事だ。

十万以上の艦艇に、海賊たちやら仲の良い、悪い貴族たち。

動かせる戦力は何十万隻にもなるだろう。

対して、リアムはこれから増えても五万隻に届かない。

既に三万を越える規模の艦隊を手に入れ、満足しているのは知っていた。

勝ち続けて傲慢になっている証拠だ。

案内人は、リアムの敗北する未来を思い描いてクツクツと笑った。

「精々油断するといい、リアム。お前は確かに強いが、絶対に負けない存在ではないのだよ」

カシミロは自身も強大な軍事力を保有しているが、味方も多い。

対してリアムの軍事力は、質は優秀だが量は普通より多い程度。

味方はいるが、多くはなくまとまりもない。

案内人はチャンスが近付いているのを確信する。

「カシミロ――お前なら勝てる。お前を私が全力で支援してやろう」

案内人から黒い煙が出てくると、カシミロの体にまとわりつく。

その姿を見ながら、案内人は両手を広げるのだ。

「今からお前には打倒リアムを掲げるだろう者たちが集まってくる。帝国の悪党共がリアムを殺すために集まるのだ！　お前はそれらを束ね、力としろ！」

リアムの敵になり得る存在を引き寄せるように調整した。

これでカシミロに味方する者たちが更に増え、戦力差は今よりも大きく開くだろう。

質では対応しきれない数を前に、リアムがどのような断末魔を上げるのか想像する案内人は楽しくて仕方がない。

「今までに仕込んできた種もある。安士《やすし》は間に合うかどうか分からないが――あの女もいるからな」

リアムに復讐心《ふくしゅうしん》を抱いていた女――【ユリーシア・モリシル】。

元第三兵器工場に所属していた中尉は、リアムに恨みを持って軍の訓練場へと戻った。再教育を受け、何故《なぜ》か特殊部隊への道を進んでいる。

「いずれ望み通りリアムの側につけるようにしてやろう。あの女に刺されるリアムというのも面白いからな」

どんなにあがいても、リアムでは切り抜けられない状況が出来上がりつつあった。

案内人は幸福感に包まれる。

「感じる。感じるぞ！——リアムが追い詰められているのが感覚で理解できる！」

リアムの前に強大な敵が現れようとしていた。

首都星の宮殿。

宮殿と呼ばれてはいるが、その実態は大陸だ。

大陸全ての土地が皇帝の住居や必要な施設となっており、大地は建物が覆い隠している異様な光景だ。

何億という人間が、ここで働き生活している。

そこに行儀見習いとして修行に来たロゼッタは、廊下の窓から空を見上げていた。

首都星の空は映像に過ぎないが、とても綺麗《きれい》に晴れ渡っているように見える。

金属の殻に包まれた首都星は、人が住みやすいように環境が全て管理されていた。

災害は起きず、天候はあらかじめ決められているために、カレンダーには天気までもが記されていた。

全てが完璧である帝国の首都星。

帝国の人々ならば、この惑星にいれば何の心配もない――いずれ住んでみたいと夢見る場所だ。

そんな首都星で、ロゼッタはリアムのことを考えていた。

「――ダーリン、今頃はどうしているかしら？」

セリーナがロゼッタの修行先に選んだのは、自分のもと職場だった。

宮殿で修行をすれば、誰も格を疑わない。

貴族の娘たちも行儀見習いとして大勢来ており、メイドと言っても高貴な出身者たちが多かった。

掃除をしているメイドをナンパしたら、名門貴族の娘だった——というのはありふれた話だ。

ロゼッタはここで最低三年を過ごす予定だ。

花嫁修業も首都星で行うようにとセリーナに言われており、しばらくはロゼッタもバンフィールド家の領地に戻れない。

ロゼッタは溜息《ためいき》を吐《つ》く。

「何だかこの星は落ち着かないわ。何故か息苦しく感じてしまう」

仕事に戻ろうとするロゼッタに、まだ成人したばかりのメイド服を着用した女の子たちが歩み寄ってくる。

ただ、全員が好意的とは思えない笑みを浮かべていた。

「あら、クラウディア家の跡取りがこんなところで何をしているのかしら？」

リーダー格の子は、侯爵家の出身である。

取り巻きの子たちは子爵家の出で、いずれもお嬢様ばかりだ。

地元ではお姫様だっただろうこの女の子たちも、ここではメイドの一人である。

「今は休憩中ですから」

幼年学校を卒業し、外見的には高校生に見えるロゼッタに中学生になりたての女の子たちが絡んでいるような光景だ。

侯爵家の令嬢は、侮辱した物言いでロゼッタに話しかける。

「その歳《とし》で修行に出てくるなんて恥ずかしくないのかしら？　あなたの年齢なら、とっくに終わっているはずよね？　この場にいて何か思わないの？」

からかって反応を楽しむ女の子たち。

他の二人はクスクス笑い、ロゼッタの羞恥心を煽《あお》るため援護していた。

行儀見習いとして修行している子は、成人したばかりの子が大半だ。

ロゼッタの年齢で修行に出るのは珍しい。

「色々と事情があったのよ。察してもらえると助かるわ」

穏便に済ませようとするロゼッタに、侯爵令嬢は気に入らないのか腕を組む。

「何その態度？　堂々としていないで、昔みたいに俯《うつむ》いていなさいよ。私はゴミです、って態度を示したら？」

リーダー格の子は、ロゼッタが以前にパーティーでさらし者にされた姿を見ていたのだろう。

昔のように馬鹿にされるが、ロゼッタは態度を変えなかった。

「――今のわたくしは行儀見習いのメイドですが、リアム様の婚約者でもあります。恥ずかしい態度は取れません」

ロゼッタの答えに、リーダー格の子は明らかに不機嫌になる。

「リアム、ね。最近有名みたいだけど、しょせんは田舎貴族よね？　貴女《あなた》にはお似合いの相手だわ。でも、私は知っているのよ。あんたの婚約者、あのバークリー家と争っているのよね？」

海賊貴族のバークリー家――とても危険な貴族と知られている。

ロゼッタも知ってはいるが、平静を装った。

「それが何か？」

「バークリー家に逆らって生きていられるかしら？　あんたも無事じゃすまないかもね」

絡んでくる女の子から離れようとすると、ロゼッタを三人が笑う。

「逃げるの？　やっぱり、クラウディア家なんて名ばかりの公爵家ね。私だったらプライドが許さないから、言い返すくらいするわよ。あ、違うわね。生きている価値なんてないから、いっそ死んでしまいたいわ。生き汚いって嫌よね～」

貴族の誇りがないと笑われ、ロゼッタは下唇を噛《か》みしめる。

（我慢しないと。ダーリンのためにも、わたくしが足を引っ張ることは出来ないわ）

ロゼッタが仕事に戻ろうとすると、銀髪の女性が歩いてくる。

セリーナの孫である【カトレア】だった。

同じメイドではあるが、カトレアは高位の役職を持つためロゼッタの上司である。

行儀見習いとして修行に来ているロゼッタの教育係でもあった。

やって来たカトレアは、自分に気付かない三人の女の子たちを見て呆《あき》れたような視線を向けている。

「またあの子たちですか」

「カトレア様」

ロゼッタがお辞儀をするとカトレアは困った顔で、離れた場所で五月蝿《うるさ》く騒いでいる先程の女の子たちに視線を戻す。

「ここでは立場を振りかざすなと教えているのですけどね」

地元ではお姫様としてかしずかれて暮らしており、その感覚が抜けていないのだろう。

また、実家の権力が大きいのも勘違いをさせる。

今はメイドだと教えても、どうしても態度が悪い者たちは多い。

「私が出て注意すれば大人しくはなるでしょうが――ロゼッタ、貴女は自分の力で解決してみなさい」

「え？」

カトレアが注意しないと聞いて、ロゼッタは少し戸惑うのだった。

「自分で考え、そして対処しなさい。この程度を解決できなければ、この先が大変なだけです。フォローはしますから、あなたの好きにやってみなさい」

カトレアがそう言って離れていく背中を見ながら、ロゼッタは絡んでくる女の子たちの対処を考える。

（これは試されているのかしら？）

彼女たちを黙らせる方法はいくつかある。

リアムの力を借りればすぐに解決するし、仕返しをして黙らせてもいい。

だが、それらの解決方法を選択した場合、自分は公爵夫人に相応《ふさわ》しいのだろうか？　ロゼッタは自問する。

（ダーリンの力を借りるのは駄目。それをすれば、あの子たちと同じになっちゃう。幼年学校も卒業していない子供に仕返しするのも駄目よね）

高校生が中学生に仕返し――理由があったとしても、世間の目がどう評価するかを考えるとリアムのためにも選べない。

ロゼッタがそのような行動をすれば、リアムの評判に傷がついてしまうからだ。

（それなら、わたくしが選ぶ方法はダーリンに相応しい正々堂々！　メイドとして誰からも認められる仕事をすればいいのね！）

前向きなロゼッタは、メイドとして頑張ろうと決意するのだった。

◇　◆　◇　◆　◇

バンフィールド家の屋敷。

リアムもロゼッタもいない屋敷では、ブライアンが寂しそうにしていた。

「はぁ～」

休憩中に溜息が増えている。

そんな様子を見て、セリーナが呆れるのだ。

「辛気くさい顔をしているんじゃないよ」

「あの元気一杯のロゼッタ様もお屋敷を離れて寂しいのです。リアム様も士官学校から戻ってこられませんし、屋敷の中の火が消えてしまったようですよ」

「静かでいいじゃないか。忙しくなれば、今を懐かしむ日も来るさ」

ブライアンはロゼッタの心配をする。

リアムも心配だが、そちらは多分自力で乗り越えるような気がしていた。

だが、ロゼッタは別だ。

「ロゼッタ様はお元気でしょうか？」

「孫のカトレアに預けたんだ。大丈夫だよ」

セリーナの孫であるカトレアは、非常に優秀な子だった。

ロゼッタを預けても問題ないとセリーナも太鼓判を押している。

「宮殿では他の行儀見習いの子たちからいじめを受けていないか心配ですぞ。その、女性同士というのは、どうにも過激になる部分がありますからな」

長年、バンフィールド家に仕えてきたブライアンも、そうしたドロドロした女の争いを見てきた。

だからこそ、余計に心配なのだ。

セリーナはブライアンに「肝の小さい奴《やつ》だね」と言ってから。

「そういうのもひっくるめて、ロゼッタ様は学ばないといけないのさ。これも修行だと思って諦めな」

セリーナにとっても宮殿はかつての職場である。

そこで女同士の争いを見てきたので、ロゼッタに悪意を持って近付く存在がいることは知っていた。

だが、将来的に公爵夫人になるロゼッタは、その程度の事で潰れてもらっては困る。

「カトレアがフォローするから安心しなよ」

「他にも気になることがあるのです。バークリー家との争いが急に落ち着いて、何やら不気味な気がするのですよ」

少し前まで経済的に殴り合っていたのに、急にバークリー家が大人しくなった。

こちらに手を出さなくなったのが、逆に不気味さを増している。

「諦めたのでしょうか？」

ブライアンがそう言うと、セリーナは「それはない」と断言する。

「随分と気合を入れて戦争の準備をしているらしいよ。リアム様も軍備増強に力を入れているからね。お互いにさっさと勝負を付けるつもりかもね」

「なんと!?　リアム様はこれを見越して軍備増強を決められたのですか？　このブライアン、リアム様が思いつきで艦隊を増やそうとしているとばかり考えていましたぞ」

リアムをずっと側《そば》で見てきたブライアンの感想に、セリーナは真顔で呆れていた。

「――そんなわけないだろ」

セリーナが素でツッコミを入れてしまった。

（バークリー家が本腰を入れる前に、軍備増強に踏み切る辺り勘が良いのかね？　もしくは、これを予想していたのか――ま、相変わらず優秀すぎて怖い子だね）

そんなリアムの側で支える存在になるロゼッタは、これから大変だろうと思うセリーナだった。

◇　◆　◇　◆　◇

一方その頃。

士官学校を首席で卒業したティアは、中尉となっていた。

本来であれば研修期間中だったが、特別に免除されてパトロール艦隊の再編に取りかかっている。

専用の執務室まで用意され、そこでリアムに相応しい艦隊を編制するために忙しく働いていた。

「第四千九百八十九パトロール艦隊は、艦艇数や人員の数に差異があるな」

資料では三十隻程度の艦隊だった。

しかし、離反者が出ているのか艦艇の数は十隻程度だ。

人員の数も足りていない。

「艦艇の状態も悪いから再利用も無理か。兵器については解体すればいいとして、問題は人員の士気と練度だな。低すぎて話にならない」

思案するティアの側には、士官学校を卒業して研修も終えた女性騎士が立っている。

同じ派閥の騎士で、ティアにとっては苦しい時代を一緒に過ごした仲間でもある。

「ほとんど管理が出来ていません。人員に関しても期待できませんね」

「そうね」

事前調査では、軍を離れたいという兵士が六割を超えていた。

多くの兵士たちには職業訓練を行い、その後に就職先を斡旋《あっせん》して解放することになるだろう。

ただ、兵士に職業訓練を行うのも、就職先を斡旋するにも予算が必要だ。

副官が周囲に浮かんだ数字に、目を細めている。

「帝国軍が再編に乗り気じゃないわけです。これではいくら予算があっても足りません」

再編制をするくらいなら、新たに艦隊を用意する方がいいと考えたのだろう。

ほとんど見捨てられたようなものだ。

だが、ティアはリアムから命令を受けている。

「使えるようにするのが我々の任務だ。リアム様からは潤沢《じゅんたく》な予算を預かっている。何としても使えるようにするぞ」

士気も練度も低い兵士たちを使えるようにしようと思えば、まずは休暇を与えるしかない。

その後に訓練で鍛え直し、新しい装備への機種転換訓練もある。

予算で言えば数個艦隊を編制できる金額を与えられたが、リアムは時間的猶予までは与えてくれなかった。

だが、ティアは微笑《ほほえ》む。

「あの化石にではなく、我々に与えられた命令だ。何としてもやり遂げるぞ」

副官が背筋を伸ばす。

「はっ！――しかし、リアム様は何をお考えなのでしょうか？　現在の我々は、バークリー家との争いの最中です。将来的に戦力にならない艦隊を用意するのは、合理的とは思えません」

副官の疑問はティアも同様に抱いていた。

だが、普段からリアムを崇拝するティアたちは、どうしても「リアムのすることだから理由があるに違いない！」と思考する。

「確かに不自然ではあるな」

ただの腰掛け程度の艦隊に、これだけの予算を出すのもリアムくらいだろう。

そこに何の意味があるのか？

二人は深読みしてしまう。

そして、ティアは無理矢理に——それも自分たちにとって都合のいい結論を出した。

「これだけの予算を使用するなら、バンフィールド家の艦隊を増強した方が——いや、待てよ。そうか！　そういうことか！　流石《さすが》です、リアム様!!」

椅子から立ち上がったティアに、副官は慌てて確認する。

「どうされたのですか？」

「あるぞ。この計画にはしっかりした意味がある！」

「え？」

ティアはリアムの狙いを予測する。

「リアム様の狙いはバークリー家の将来的な戦力を削りつつ、帝国軍内部に自身の影響力を残す作戦だ！」

「いや、そんなまさか」

「そのまさかだ。このデータを見ろ、パトロール艦隊の大半が任務を放棄して海賊に成り下がっている。これは、将来的にバークリー家に加わる戦力と同義だ」

パトロール艦隊だが、少なくない数が海賊になっていた。

つまり、海賊貴族であるバークリー家の将来的な戦力になる可能性が高い。

そんな将来的な海賊を減らし、帝国軍の正規艦隊を編制する。

ついでに、リアムが編制した艦隊とは嫌でも縁が出来てしまう。

今から根回しをしておけば、将来的にバークリー家と戦争が始まったら援軍になってくれるだろう。

「バンフィールド家だけでは、増強できる数に限りがある。帝国の人員を使って、戦力を確保する妙手だったのね！」

ティアの妄想に副官までもが、両手で口を隠して驚いていた。

「まさか、そこまでお考えだったとは」

深読みするティアは予算を確認する。

「この予算に相応しい規模となると、かなりの数を用意できるわ。将来的にもリアム様が軍で影響力を維持できる。――やるからには全力よ」

ティアのやる気が更に増した。

リアムの深謀遠慮《しんぼうえんりよ》に感動するティアは、益々《ますます》リアムに心酔する。

「海賊貴族などと言うゴミを排除し、帝国内部の腐敗の塊すら解決する。リアム様は何と高潔なのかしら」

副官はいさめることをせず、その意見に同意していた。

「まさしく、希代の名君であるかと」

興奮して頬が赤くなったティアと副官は、そのまましばらくリアムについて考えて幸せな時間を過ごした後に――副官がリアムに関するある話題をティアに振る。

「――ティア様、これはご報告するべきか悩んだのですが」

「何かしら？」

「実はリアム様を題材にした漫画が出回っております」

「あら？　首都星でもリアム様の活躍を漫画に？　それは素晴らしいわね。是非ともチェックしておきたいわ。でもおかしいわね？　リアム様に関する情報は常にチェックしていたはずなのに」

「秘密裏に流通しているデータですからね」

「まぁ！　それは逆に期待してしまうわね」

副官にそのデータは持っているのか？　という期待のこもった視線をティアが向ける。

瞳を輝かせ、ワクワクした幼子のような視線だ。

そんなティアに、副官が「あまり期待しない方がいいです」と言ってからデータを部屋の壁に投影した。

そこに映し出された漫画を見て――ティアから幼子のような笑顔が消えた。

幕間 ▼ クラウスさん頑張る

リアムが士官学校で過ごしている頃。

当主不在のバンフィールド家では、大きな問題が発生していた。

それは騎士たちの派閥争いだ。

「新参がいい気になってんじゃねーぞ！」

「雑魚が粋がるなよ」

ティア率いる派閥と、マリー率いる派閥が常に争っていた。

言い争う理由は、どちらの派閥の軍艦が先に出航するとか、どの港を使うとか本当に様々だ。

今日も資源惑星を再利用した軍事基地の港では、両派閥の騎士たちがにらみ合いを続けている。

その横をコソコソと通り抜けるのは、どちらの派閥にも所属しない騎士だった。

男の名前は【クラウス・セラ・モント】。

見た目は疲れた三十代くらいの男性だが、これでも一応はバンフィールド家の騎士である。

数年前に仕官したばかりなのだが、両派閥とは距離を取っていた。

（血の気の多い同僚ばかりで疲れる）

騎士たちが睨《にら》み合う現場から離れ、一人溜息《ためいき》を吐《つ》く。

（リアム様がいる頃は、まだ大人しかったのに。オマケに、両派閥のトップも不在だから、歯止めが――いや、あの二人がいたら激化していたかな？）

バンフィールド家は、良くも悪くもリアムの存在が非常に大きい。

リアムの命令が全てで、命令があれば他は従うしかない。

実際に両派閥の騎士たちは、リアムがいる頃は今よりも大人しかった。すれ違う際に殺気を飛ばすとか、睨み付けるとか、挑発する行為はもちろんあった。

だが、ここまで酷《ひど》くはなかった。

（このままだと、いつ誰が剣を抜いてもおかしくないな。リアム様は当分戻られないだろうし、これからどうなるのか）

気が重くなるような未来を想像していると、違う場所でも言い争う声が聞こえてくる。

どうやら、不審船の調査へ向かうという任務を押しつけ合っているようだ。

「この程度の雑務はお前らに任せてやる。化石共には、丁度いい任務だろ？」

「海賊嫌いのお前らにこそピッタリだろう？　それとも、また捕まるのが怖くて仕方ないのかな～？」

ピリピリした集団を見つけ、クラウスはまたしても溜息を吐いた。

両派閥とも、目に見える功績を挙げてリアムへアピールしたいというのが本音だ。

そのため、雑務のような任務は出来るだけ相手に押しつけたがっていた。

クラウスは気を引き締めて、言い争っている集団に歩み寄った。

「それならば、私が引き受けますよ」

鋭い視線がクラウスへと集まると、騎士たちはやや落ち着きを取り戻す。敵対派閥にいない中立の立場を貫くクラウスには、同僚として接してくれていた。

「クラウス殿が？　まぁ、それなら」

「お前ら命拾いしたな。それでは、後はお任せしますよ〝雑用係のクラウス殿〟」

両派閥の騎士たちが去って行くのを見送ると、クラウスは緊張が解けてまたしても溜息を吐く。

最近は溜息の回数が特に増えていた。

「雑用係、か。何とも私らしい二つ名だ」

自嘲《じちよう》するクラウスは、周囲からは面倒な雑用を進んでこなす便利屋扱いを受けている。

おかげで両派閥から狙われることもないのだが、回ってくる仕事はどれも評価が低く面倒なものばかりだ。

不審船の調査というのも地味ながら厄介なことが多く、この手の任務ばかりこなしているため評価は低い。

もっとも、クラウスはそれを不満に思っていなかった。

それは、以前に仕えていた家に問題がある。

「地味な仕事でもこなせば評価はされて、手当に繋《つな》がるからな。以前のように手柄が奪われ、評価や給与まで下がる環境に比べれば天国だ。雑用係、大いに結構」

周りに笑われても、今の環境に満足しているクラウスは一度背伸びをしてから任務に向かう準備をはじめる。

「さて、調査に向かうとするか」

バンフィールド家に来る前に仕えていた家でも、クラウスは面倒事を処理してきた。

いいように使われているのも理解しているが、出世欲もあまりない。

この状況に満足しているのが、クラウスという騎士だった。

第五話 研修

最近の軍は忙しいようだ。

士官学校がある惑星には再教育と再訓練の施設もあるのだが、ここ数年の間はずっとフル稼働している。

この惑星だけではなく、帝国にある施設のほとんどが同様の状況だ。

候補生たちの間では、何か大きな作戦でもあるんじゃないかと噂《うわさ》が広がっている。

現在の俺は士官学校で最上級生――六年目を過ごしていた。

先に卒業したティアにポケットマネーを渡し、パトロール艦隊を編制させているが順調なのか気になるところだな。

どの程度の艦隊が出来上がるのか楽しみでもあるが、正直に言うと渡した予算は桁が多すぎてどれだけの金額だったのか覚えていない。

普段使う機会も少ないし、貯《た》まる一方なので丸投げしてしまったからな。

「また増えているな」

領内からの税収の一部が俺の懐に入るのだが、金額が多すぎて目眩《めまい》がしそうだ。

使う金額よりも増えていく金額が多すぎて、ありがたみが全くない。

悪徳領主として、金の使い道が思い付かないのは駄目じゃないかと思う今日この頃である。

考え込んでいると、のんきなウォーレスが金の無心をしてくる。

「リアム～、お小遣いをくれ」

「先週渡したばかりだが？」

「あんな金額、外に出て後輩におごったら使い切ってしまったよ」

堂々と外で遊んできたことを自慢するウォーレスを見て、俺は腹が立ってくる。

こいつは門限を破り、後輩たちと飲み歩いているのだ。

――俺の金でな！

「何で俺がお前の遊ぶ金を用意しないといけないんだ？」

「君が私のパトロンだからさ。ま、待って、お願いだから拳を振り上げないで！　や、止《や》めてぇぇぇ！」

立ち上がってウォーレスに拳骨《げんこつ》をくれてやると、頭を両手で押さえていた。

「怒らなくてもいいだろうに」

「お前だけが楽しそうで苛々《いらいら》する」

「リアムも遊べばいいだろう」

「遊べるなら遊んでるんだよ！」

俺だって遊びたい！　だが、ペーターの件が未《いま》だに頭にチラついて楽しく遊べなかった。

男性器を爆発させる性病って何だよ。

ファンタジー世界の性病というか、ウイルスが頑張りすぎて怖い。

悪徳領主だって病気は怖い。

エリクサーがあれば治療できると知っていても、爆発するのは嫌だ。

「股間が爆発するとか恐怖しかないだろ」

俺が本音を漏らすと、ウォーレスは面白そうに笑った。

「リアムもクルトも、そう言って幼年学校時代から遊ばなかったよな。こっちでは性病の検査もしているし、運が悪ければ爆発する程度だよ」

「爆発してるじゃねーか！　可能性がゼロでないなら、俺は絶対に遊ばないからな！」

ちなみに、士官候補生も俺が在学中の六年間に二人ほど爆発した。

運が悪ければ爆発する程度と他の奴《やっ》らは言っているが、可能性が少しでもあるならば俺は安全を優先して遊びたくない。

しかし、悪徳領主として遊びたいという気持ちもある。

「別に最後までしなくても、女性と楽しく飲めば良いだろうに」

「――ま、そうだな」

飲み屋があまり面白いとは思えなかったが、無駄に金を使うと考えれば悪くない選択肢だろうか？

領民が汗水たらして稼いだ金を俺が散財する。

――実に素晴らしいな。

これぞ悪徳領主だ。

でも、正直興味はない。

俺が悩んでいると、ウォーレスが士官学校卒業後のことを聞いてくる。

「ところでリアム、士官学校を出た後はどこで研修を受けるんだい？」

「首都星だ。俺のような大貴族は、首都星で雑用をするらしいぞ」

大貴族に生まれれば、研修先は当然のように人気の部署だ。

皇族であるウォーレスも同じである。

「それなら、私もリアムと一緒に首都星だな。あっちにはクルトもいるから、久しぶりに会えるぞ」

この場にいないクルトの話をするウォーレスに、俺は否定的になる。理由はいくつもあるが、大学を卒業するクルトも役人になるため研修期間があるはずだ。

首都星と言っても広い。そもそも宮殿が広い。大陸全てが宮殿とか、ぶっ飛びすぎにも程がある。そんなわけで、会うのは難しく思える。

「あいつも忙しいから無理じゃないか？」

連絡は取り合っているが、クルトはクルトで大変そうにしているからな。

ただ、ウォーレスが何故《なぜ》か食い下がってくる。

「クルトならリアムが声をかければ絶対に来るって！　仲間はずれは良くないだろ？　首都星では幼年学校のときのように遊ぼうじゃないか！」

「呼び出すとか迷惑じゃないか？」

「リアム、思い出せ！　幼年学校の卒業式で、お前が士官学校に進むと決めた時だ。クルトは悲しんでいただろう？　連絡を取り合っていたとしても、実際に会うのとはまた違うからな。今後の付き合いも考えれば、絶対に会うべきだ」

　幼年学校の卒業式を思い出すと、確かにクルトは泣いていたな。

　今生の別れでもないのに、あいつは大げさな奴である。

「それなら、声をかけておくか」

「そうしてくれ。声がかからないと、クルトが本当に悲しむからな。あ、そういえば、ロゼッタも今は首都星じゃなかったか？」

　ロゼッタの話を聞いて、俺は気が重くなる。

　あいつも首都星にいるのは知っていたが、まさかこんなに早く顔を合わせるとは思いもしなかった。

　後、六年くらい顔を合わせずに済むと思っていたのに。

「ロゼッタにも声をかけた方がいいのか？」

「何故悩む？　婚約者だろうに」

　ウォーレスにそう言われ、首都星での生活が少し不安になってきた。

◇　◆　◇　◆　◇

リアムとの会話を終えたウォーレスは、その後に部屋を抜け出し一人の女子と密会していた。

色恋沙汰では無く、ウォーレスの顔は緊張してこわばっている。

街灯の明かりに照らされたベンチに座る女子は、不機嫌そうにしているエイラだった。

時間を確認して、これ見よがしにウォーレスを責める。

「十五分以上も遅刻とかあり得ないんだけど？」

「仕方ないだろ！　こっちにだって都合がある」

「あんたの都合なんて知らないわよ。それよりも、約束は守ってくれたのよね？」

「当たり前だ！」

ウォーレスはエイラを前に胸を張ると、自分が何をしてきたのか語り始める。

「リアムには、首都星でクルトを誘うように念を押してきた。クルトも忙しいだろうと遠慮するリアムの背中を押すのは苦労したよ」

ヤレヤレと首を振るウォーレスを無視して、エイラが瞳を輝かせると満面の笑みになる。

「これなら首都星で二人が遊べるわね。あ～、やっぱりリアクルこそ究極にして至高よね。あの二人が離れ離れになるからって、ウォーレスにリアム君が寝取られる展開とか絶対にあり得ないわ」

堂々と自分の趣向を暴露するエイラは、側《そば》にいるウォーレスを取り繕う相手とは思っていなかった。

ウォーレスはエイラを見てドン引きしている。

「リアムもクルトも、君が思うような関係ではないぞ」

「そんなの知っているわよ！　でも、でも――推しを見つけたら、何が何でも推すのがファンでしょ？」

「嫌なファンだな。リアムとクルトには同情するよ」

ウォーレスに呆《あき》れられるエイラが、自分がいかに士官学校で苦しんできたかを吐露する。

「あんたには理解できないでしょうね。私がこの士官学校でどれだけ壊れそうになったと思っているの？　二人が離れ離れになったのをいいことに、リアム君があんたに寝取られる漫画が出回ったのよ。――悔しいけど興奮したわ」

リアムとクルトが別の道に進み、それぞれが相手を思いながらも別の男性と――という展開に、悔しいがエイラも興奮を覚えたらしい。

そんな自分が情けないと、自己嫌悪に陥ったとか。

「そもそも、あれだけの画力がありながら、どうして邪教に手を染めるのか理解できない!?」

興奮したエイラの熱い語りに、ウォーレスはタジタジだ。

「お、おう」

「あの画力でリアム君とクルト君の純愛を描いてくれれば――報酬だって三倍出すって

言ったのに！　言ったのに！」

「言ったのか？」

「そうよ！　そしたら、自分の信じたものしか描きたくないって！　悔しいけど、そのプライドには感心したわ。邪教に染まっていなければ、いくらでも応援したのに！」

そして、エイラは自嘲する。

「他のカップリングで興奮するなんて最低よね。自分の推しが信じられないとか、私はファン失格よ」

「君たちは自分たちが他人に不敬を働いていると自覚したらどうかな？」

ウォーレスの言葉は、エイラには少しも響かなかった。

一人で今後のリアクルについて考えるエイラだったが、ウォーレスがわざとらしい咳払《せきばら》いをする。

「それよりもエイラ――私との約束を忘れていないだろうね？」

にやついたウォーレスの顔に嫌悪感を覚えながらも、エイラは「あ～、ハイハイ」とおざなりな返事をした。

「女子を誘って合コンでしょう？　あんたも良くやるわよね」

「当然だ。何しろ私のパトロンはリアムだぞ。お金持ちが味方についた今の私は無敵だ」

バークリー家との争いの最中だが、バンフィールド家が優勢とあってウォーレスは随分と調子に乗っている。

エイラとの約束を守ったのも、合コンのセッティングを餌にされたからだ。

「不純な理由でリアム君に近付かないで欲しいわね」

「その言葉、君にも返ってくると思うんだが？」

◇　◆　◇　◆　◇

ウォーレスと別れたエイラは、一人ウキウキと寮へ戻っていた。

「リアム君とクルト君がまた仲良くなれば、リアレスやレスリアなんて邪教は絶対に消えるわ。あんな鬱展開、私は絶対に認めないから」

目的も果たせて気分が良いエイラだったが、人影が近付いてくる。

気配に気付いて振り返ると、エイラはそのまま壁に押さえつけられた。

「へ？」

一瞬の出来事で理解できなかったエイラだが、自分を押さえつける相手を見て驚いてしまう。

そこにいたのはティアとマリーの二人だ。

二人の手に握られているのは、かつてエイラが発行した漫画の表紙を印刷したもの。

ティアがエイラを押さえつける力を強めながら、笑顔で問い詰めてくる。

「エイラ・セラ・ベルマン。あなたはリアム様のご友人ですが、このデータについて詳しい情報を求めます。いったい誰が、何の目的で――リアム様を題材にこのような漫画を用意したのでしょうね？」

ティアの隣に立っているマリーは、興奮して目が血走っている。

その手には剣が握られ、小刻みに震えていた。

――どう見ても怒り狂っている。

「返答次第では細切れにしてやるよ」

尊敬するリアムを愚弄されたと思ったのか、普段仲の悪い二人がこうして手を組んでいることにエイラは驚いた。

(まずい。これはまずい!?　正直に話したら、私は死ぬ。嘘《うそ》を吐《つ》いても、多分殺される。

私の人生終わっちゃう!!)

何を言っても殺してきそうな二人。

よく考えると、寮までの道のりで誰とも出会わなかった。

きっと入念に準備をしており、この辺りは既に封鎖されているのではないか？

そこまで考えて、助けを呼ぶことをエイラは諦める。

(私が生き残る道はただ一つ！)

しかし、エイラは強《したた》かだ。

「わ、私の端末にあるデータを開いて」

押さえつけられながらそう言うと、マリーがエイラの端末を操作して隠しファイルを開

く。

　結果、三人の周囲には――。

「こ、これは!?」

「何というものを!!」

　ティアとマリーが、周囲に投影された映像に目を見開く。

　ティアなどあまりに動揺して、エイラを手放してしまうほどだった。

　周囲に投影されたのは、他家での修行時代と幼年学校時代のリアムの姿だ。

　無防備に上着を脱いで半裸でクルトと遊んでいる姿もあれば、他には二人が見たことのない姿も映し出されている。

　普段部下には見せないリアムの眩《まぶ》しすぎる笑顔に、二人は頬を染めて見惚《みと》れていた。

　エイラは解放され床に座り込むと、見入っている二人に取引を持ちかける。

「私が死んだらこのデータは消えますよ。あと、もっと過激なデータは大切に保管しています」

　二人がエイラを見る目は、殺気に満ちあふれていた。

　だが、エイラは恐れない。

　二人ならきっと取引が成立すると確信しているから。

「もし、私を見逃してくれるなら――お二人には特別に今後もリアム君のデータをお売りします」

そんなエイラの申し出に、二人は僅かに体を震わせ反応を示すが冷静を装う。しかし、エイラから見ても二人の心が揺れ動いているのが読み取れた。

先ほどまでの殺意が消えて、周囲に映し出されているリアムに視線が時々向かっているからだ。

ティアが優位な立場で交渉するためか、エイラの申し出を拒否する。

「そのような戯《ざ》れ言《ごと》に耳を貸すとでも？　安く見られたものですね」

エイラがマリーに視線を向けると、ティアと話を合わせる立場を見せる。

「まったくだ。我らがリアム様を裏切るような真似《まね》をするとでも？」

エイラとの取引は魅力的だが、リアムに対する忠誠心が勝ったらしい。

だが、エイラは落ち着いて交渉を続ける。

「本当に私をここで捕まえてもいいんですか？」

強気な態度を見せるエイラに、ティアが眉をひそめた。

「脅しなど通用しませんよ。ベルマン家に、バンフィールド家を脅すだけの力がないのは、既に調査済みですからね」

お前に自分たちを脅す力はないと告げてくるティアに、エイラは肩をすくめる。

「脅しじゃありませんよ。これは取引です。お二人がリアム君を守るためにも、私を見逃す方が得だと言っているんです」

エイラの話にマリーが武器を握り直して構える。

「話にならないわね。見逃すことが、どうしてリアム様のためになるのかしら？」

「なりますよ」

断言するエイラは、二人を落ち着いて見据えていた。その様子から、ティアもマリーもはったりではないと判断したのか、話を聞くために無言になる。

「出回っているデータは確かに私が関わっています」

関わっていると言うと、ティアとマリーの視線が険しくなる。

それを無視して、エイラは続ける。

「お二人が手に入れたデータは確かに過激です。だけど、私が抜けてしまうと、もっと過激な作品が世に出回ってしまいますよ」

マリーが握った武器を震わせる。

「か、過激？」

エイラは自分が最大派閥をまとめていると二人に伝え、自分が管理すると言い出す。

「無秩序に作品があふれれば、バンフィールド家にとっても迷惑ですよね？　私を見逃してくれたら、これらをしっかり管理しますよ」

ティアが視線をさまよわせて悩むが、すぐにエイラを睨《にら》み付ける。

「あなたをこの場で捕らえ、一味も全て逮捕すればいいだけです」

「お勧めしません。既に同志たちは帝国中にいますからね。捕まえるとしても、かなり苦労されるのでは？　仮に強引に探したとすれば、一部は地下に潜って活動を続けますよ」

マリーがそのような厄介な未来を想像して、舌打ちをする。

「無秩序になる方が面倒ではあるわね」

「でしょう？　それに——私を見逃してくれたら、これまで手に入れたデータをお二人だけにお売りしてもいいですよ。無論、元のデータをね」

この場にいる二人だけに、と言われてマリーが武器をしまう。

「なんたる無礼！　くっ、しかし、ここであなたを殺せば一味が暴走する可能性があるわね。それをさせないのも家臣の務めですから！　そう、これは務め！」

マリーが自分に言い聞かせるように言い訳をすると、エイラがそれに便乗する。

「そうですよ。これは仕方がないことなんです。ティアさんも見逃してくれますよね？」

ティアの方はマリーを乱暴に押しのけて、エイラとの交渉に入る。

「全て私に売りなさい！　大丈夫よ。一生遊んで暮らせるお金を用意できるわ。同じ派閥の騎士たちから徴収して、いくらでも用意してあげるから！」

二人とも目が血走って本気だった。

エイラは心の中で笑う。

（勝った！　私は生き残った！）

「え〜、そんなの悪いですよ。今後とも仲良くしたいですし、適正価格で売りますよ。でも〜、今後も色んなデータが欲しいですし、見逃して欲しいな〜って」

ティアが何度も激しく頷《うなず》く。

「そうね。リアム様のご友人ですものね。一緒に動画や画像を撮るなんて普通よね！」

マリーは両手を握り、エイラを拝んでいた。

「これからもリアム様の良き友人であることを望みます」

エイラは微笑《ほほえ》む。

「これからも仲良くしましょうね！」

◇　◆　◇　◆　◇

その頃。

首都星の宮殿では、ロゼッタが新しく行儀見習いに来た成人したばかりの女の子たちを前に先輩として挨拶を行っていた。

全員に心構えを教えている。

「行儀見習いとして修行に来たからには、甘えは許しません。実家の力関係を理由に、他の使用人たちに横暴な態度を取るのは禁じます」

来たばかりの頃よりも堂々とした態度を見せるロゼッタに、緊張した女の子たちが返事をする。

「はい」

その様子にロゼッタは微笑みを見せ、女の子たちの緊張をほぐす。

「あなたたちがここで一つでも多く学べるよう、わたくしも最大限協力します。一緒に学んでいきましょうね」

行儀見習いとして後輩の教育を行う場合、職場での評価が高くなくてはいけない。

そうでなければ後輩を持てず、いつまでも指導を受ける立場だ。

以前にロゼッタを馬鹿にしていた女の子たちが、離れた場所から悔しそうに様子を見ていた。

彼女たちは教育係に選ばれなかった。

後輩たちを解散させると、その場にカトレアがやって来る。

悔しがっていた女の子たちも姿を消すと、カトレアがロゼッタの様子に微笑みを見せる。

自分が指導した生徒が立派になり、喜んでいるようだ。

「しっかり出来ているようで安心しました。ここに来たばかりの頃からすれば、見違えましたよ」

カトレアにそう言われ、ロゼッタはお辞儀をして礼を述べる。

「カトレア様のご指導のおかげです」

「それもあるでしょうが、あなたの実力です。もっと誇りなさい」

修行先で人一倍頑張ったロゼッタは、今では周囲に認められるメイドになっていた。

そもそも、ロゼッタは子供の頃から過酷な環境で育ってきた。

この程度で折れてしまう精神は持ちあわせていない。

カトレアは逃げていった女の子たちの事を思い浮かべ、今度は残念そうに少し俯《うつむ》いてしまう。

「あの子たちもあなたを見習って欲しかったのですけどね。あの様子では、査定は低くなりそうですね。本当に――馬鹿な子たちですね、ロゼッタ」

「私が彼女たちについて語れることはありません」

行儀見習いとしてやって来たのはいいが、彼女たちの評価はあまり高くなかった。

ロゼッタは彼女たちについて何も言わない。

愚痴をこぼさないロゼッタを見て、カトレアは微笑む。

「安易に本音や弱みを見せない――教えた通りで安心しましたよ。立派になりましたね。残り一年ですが、後輩たちの指導を任せます。やり遂げて見せなさい、ロゼッタ」

「はい」

ただの世間話、ただの愚痴――それらも宮殿では十分に注意するように言われているため、ロゼッタはカトレアの愚痴に付き合わなかった。

「それから、お婆様《ばあさま》から伝言です。バンフィールド伯爵ですが、来年には軍の研修で首都星に配属されるとのことです」

「ダーリンが！　あ、いえ。失礼しました」

素を出してしまい恥じるロゼッタを見て、カトレアがクスクスと笑った。

「仲が良いのですね。二年間はこちらで過ごすと聞いていますが、この時期の男性は先輩から悪い遊びを教わります。ロゼッタ、あなたも気を付けるのですよ」

「リアム様はそのような遊びを好みません」

「息抜きが出来ない男性は溜《た》め込みがちです。真面目な人も失敗は多いですから、しっかり手綱を握っておきなさい。ただし、締め付けすぎはいけませんよ」

リアムの立場であれば、側室を数人迎えていてもおかしくない。

むしろ、バンフィールド家の状況を考えれば、いないと困る。

リアムが倒れれば、跡取りの候補は直系ではなく親戚筋――あるいは、先代を呼び戻すことになるからだ。

それだけは認められないというのが、天城《あまぎ》やブライアンをはじめとした家臣団の総意である。つまり、家臣団的にはロゼッタの気持ちは無視してでも、リアムには少し遊んで欲しい。

セリーナも同意見で、バンフィールド家が求めているのはリアムの子孫である。

そこにロゼッタの子供、という条件はあまり重要視されていなかった。

「――理解しています」

事前にブライアンやセリーナから説明を受けていたロゼッタは、苦々しく思いながらも受け入れて了承していた。

「納得できていないという顔をしていますよ。その気持ちは理解出来ますけどね。普通なら義務を果たした後は好きにしなさいと教えるのですけどね」

多くの貴族の娘が、跡取りを生んだ後は自由に恋愛を楽しむ。

リアムの祖母も母親も、義務を果たした後は好きな相手と家庭を築いている。

だが、リアムが好きなロゼッタからすれば、そういった義務を果たした後の話は関係なかった。

「わたくしはリアム様一筋ですから」

「そう言えるあなたが羨ましくありますね」

カトレアはそう言うと、仕事に戻るのだった。

◇　◆　◇　◆　◇

首都星にある老舗の高級ホテル。

そこでは大急ぎで改装工事が進められていた。

むき出しになった壁、作業員たちが機械を操作している現場に来たトーマスが、ホテルの支配人と一緒に様子を見て回っている。

支配人から作業の進捗状況が報告される。

「大急ぎで作業を進めていますが、やはり来年には間に合いません」

首都星でも歴史ある老舗の高級ホテルなのだが、ある理由から最近では随分と落ちぶれていた。

そこに目を付けたのが、リアムの御用商人である【トーマス・ヘンフリー】だ。

ヘンフリー商会のトップで、星々を行き来する交易商でもある。

ふくよかな体型で一見優しそうに見えるトーマスだが、その目つきは鋭かった。

「最悪の場合、リアム様の目に入らぬ場所は遅れても構いません。それよりも、従業員の教育はどうなっていますかな？」

トーマスがこのホテルを見つけた時は、閑古鳥が鳴いて営業をしているのかも怪しい状態だった。

「以前働いていた者たちを呼び戻していますが、やはり全員は無理でした。新人を雇い教育はしていますが、実際に働かせてみないことには何とも」

「急いで集めてください。リアム様が士官学校を卒業すれば、しばらくはここが活動の拠点となりますからな」

支配人は真剣そのものだ。

「はい」

力強い返事には、このチャンスを逃さないという意気込みが感じられる。

このホテルだが、何か問題を起こして客足が遠のいたのではない。

問題を起こされた側——相手が悪かったという話だ。

以前、酔って暴れた客がいた。他の客の迷惑になるため、ホテル側としては連れ出すしかなかった。

だが、後からその男が貴族だと知らされた。

そこから始まるのは、逆恨みした貴族の復讐《ふくしゅう》だ。

すぐにホテルには嫌がらせが相次ぎ、客足が遠のいてしまった。

貴族を敵に回すと、いくら人気のある老舗の高級ホテルでもすぐに潰れてしまう。

その逆に貴族を味方に付ければ――容易に復活できるのだ。

支配人がトーマスに確認を取る。

「ところで、リアム様のお世話をする者たちですが、本当に能力だけで選んで構わないのでしょうか？　容姿も選考基準に加えた方がよろしいのでは？」

気に入れば手を出しても構わない者を側《そば》に置く。

支配人がそう言うと、トーマスは目を細めてから首を横に振る。

「リアム様は自分のお屋敷の使用人にすら手を出しません。趣味嗜好《しこう》云々《うんぬん》ではなく、本当に自分に厳しいお方です。そのような者を側に置くよりも、しっかり仕事が出来る者を側に置いた方が評価は高いでしょう」

トーマスの中で、リアムは高潔な貴族という扱いだ。

支配人がトーマスの話を聞くと、随分と感心していた。

「首都星で多くの貴族の方たちを見てきましたが、リアム様は立派な方なのですね」

トーマスは、褒められたリアムについて上機嫌で語り出す。

「あの方は多少粗暴な口振りは目立ちますが、慈悲深い方です。敵に回れば容赦はしませんが、それ以外では寛容ですからね。支配人、余計な気遣いは無用です。自分の仕事をしてくれれば、リアム様は評価してくれますよ」

支配人が背筋を伸ばして顔を上げた。

「承知しました」

リアムを受け入れるために、首都星でも準備が進みつつあった。

トーマスがリアムの住まいを確保できそうで安堵《あんど》していると、部下が慌てて駆け寄ってくる。

「会長！」

「どうした？」

「そ、その！　首都星の商家の方たちが、会長に面会を求めています！」

「何だと？　相手は誰だ？」

首都星の商家が、わざわざ地方で商売をしているトーマスに会いに来るというのは異例のことだった。

普通はトーマスの方が足を運ぶ立場である。

「クラーベ商会のエリオット会長と、ニューランズ商会の幹部であるパトリス様です。是非とも会長と会って話がしたいと」

トーマスが目を見開く。

「どちらも大物じゃないか」

クラーベ商会は帝国の御用商人で、帝国でも指折りの大商家。

そして、ニューランズ商会は首都星に本店を持つが、各地で手広く商売をしている大商家。

どちらもトーマスのヘンフリー商会とは規模が違う。

田舎で数店の店を経営している店主に、全国で商売をしている会社の社長や幹部が是非とも会いたいと申し出ているようなものだった。

支配人も二人のことを知っており、動揺を隠せない様子だ。

それだけの有名人が、わざわざトーマスに会いに来た。

トーマスは二人の目的に見当がつく。

「目的があるとすれば一つだけか」

拒否することも出来ないため、トーマスはすぐに二人と面会することにした。

◇　◆　◇　◆　◇

俺の研修先は首都星にある兵站《へいたん》に関わる部署だった。

兵士や物資の輸送だけではなく、その他諸々《もろもろ》の管理をしている部署だ。

ハッキリ言えば花形とは言えないし、その仕事は地味だ。

士官学校を優秀な成績で卒業し、中尉からのスタートとなった俺には相応《ふさわ》しい場所ではないだろう。

もっとも、俺の成績は改ざんされたものだ。

貴族は何もしなくても、成績にプラス評価がつくと聞いている。

俺が中尉に昇進できたのも、言ってしまえば生まれのおかげだ。

そんな俺がどうして兵站関係の部署にいるのか？

――ここで書類仕事をしていれば、一年が過ぎれば大尉に昇進が決まっているからだ。

二年目が終わった頃には、少佐に昇進しているだろう。

後方で安全にデスクワークをするだけで貴族は出世する。

実に素晴らしい世界だ。

そして、正式配属となれば、ティアが用意した俺のパトロール艦隊で四年間もダラダラ過ごしておしまいだ。

修行も大きな山場を越えて、後は大学生活と役人として雑用を残すばかりとなる。

貴族はエリートコースで頑張らなくても出世するし、安全な場所から苦労している連中を見て楽しむのも悪くないだろう。

まさに完璧な悪徳領主だ。

そんな俺の新たな生活スタイルだが、研修期間は兵舎での生活が義務とされ、休日に首都星で世話になるホテルで過ごすくらいの生活となる。

毎日定時で仕事を終えてアフターファイブを楽しみ、兵舎に戻って休む日々。

忙しい部署で頑張っているエリート共を嘲笑《あざわら》う立場が実に素晴らしい。

職場は日当たりの悪い場所にある建物だ。

窓の外は隣の建物があって景色が悪いため、気休め程度にガラスに自然の映像を映している。

不人気な部署で安っぽい造りをしているが、個人スペースは広くて快適だ。

見様によっては前世の職場にも見えるが、働いている人間は全員が軍服姿だ。

隣にはウォーレスが嫌々仕事をしている姿がある。

少し離れた場所では、エイラが先輩から仕事を教わっている姿があった。

知り合い三人が一緒の部署に配置されたのも、やはり貴族だからだろう。

そう思いながら今日の仕事を処理していると、ウォーレスが一度席を立って離れていく。

トイレにでも行って戻ってくると、俺に話しかけてきた。

「うちに怒鳴り込んできた客がいるらしいぞ」

「怒鳴り込む？　何かミスでもあったのか？」

いったい誰がミスをしたんだ？

この手の仕事は人工知能に任せていれば、ほとんどミスなどしないはずだ。

多少は人の手がかかる部分もあるから、きっとその時に間違えたのだろう。

「いや、リアムの手配した補給物資に文句があるって」

「何だと？」

◇　◆　◇　◆　◇

帝国において、兵站を管理する部署は前線に出ないため舐《な》められる傾向が強い。

人工知能を利用する割合が高いのも、舐められる理由の一つだ。

帝国は人工知能を嫌っており、それは軍部でも同じである。

もっとも、人の手だけでやれば、作業効率は大幅に落ちてしまう。

帝国の戦線を維持することを考えれば、頼らざるを得ないのが現状だ。

それを理解しない軍人というのは、意外にも多かった。

怒鳴り込んできた軍人がそのもっともな例だろう。

「お前らのような人工知能に頼る半端者が、この私の出した申請書を却下するとは何事か！」

お腹《なか》が随分と出ている大佐が怒鳴り込んできたのは、昼過ぎのことだった。

准将が相手をしているのだが、大佐は貴族出身ということもあり階級を無視して強気だった。

「も、申し訳ない。大佐、すぐに追加で用意するので、ここは穏便に――」

人工知能を仕事に使う割合が多いため、兵站管理に携わる軍人も負い目がある。

帝国は人工知能に頼りすぎるのは悪と考えており、それを多用しているここは、部署としては出世コースとは言えない場所だ。

また、貴族たちが横柄な態度で怒鳴り込んでくるなど日常茶飯事だった。

大佐は気が収まらない様子だ。

「私の船の補給物資を用意した馬鹿を連れて来い！　この私が直々に教育してやる！」

鞭《むち》を持ってニヤニヤしている大佐を前にして、准将が慌てて止める。

「大佐、それは駄目だ。お勧めしない」

「前線にも出ない腰抜けを、この私が鍛えてやろうと言っているのだ。むしろ泣いて喜んだらどうかな？」

弱者をいたぶることが好きそうな大佐は、自分こそが正しいと本気で思い込んでいるような態度だった。

准将は説得を諦め、肩を落とす。

「忠告はした」

准将が「中尉を呼んでくれ」と言うと、大佐は鞭で手を叩《たた》いてピシャッと音を立てる。

「ふん。その階級では新米か研修中のガキか。帝国軍人というものを、この私が教えてやる必要があるな」

最近の若い奴《やつ》は～、などと言っている大佐から准将が目をそらし呟《つぶや》く。

「――教えてやれるなら、是非とも教えて欲しいものだな」

「何か言ったか？」

「いえ、何も」

しばらくすると、部屋をノックする音が聞こえて大佐が声を張り上げる。

「入れ！」

ドアを開けて入室してくるのは、不機嫌そうなリアムだった。上司の部屋に入室したというのに、緊張感のかけらもない態度を見せていた。

それが大佐には腹立たしかったのだろう。

「貴様が私の船の補給物資を担当したものか？　貴様、自分が何をしたのか理解しているのか！」

太々《ふてぶて》しい態度のリアムは、大佐を見て鼻で笑うと無礼な態度を取る。

「お前は誰だ？」

「な、何？　貴様、階級章も分からないのか！」

「たかがパトロール艦隊の大佐が、俺に偉そうにものを言うな。准将閣下、俺も忙しいのですよ。この程度の事で呼び出さないで欲しいですね」

リアムがそう言うと、准将は「そうしたかったが、大佐がどうしても君を教育すると言って聞かなくてね」と答えていた。

それを聞いたリアムの目の色が変わる。

「誰を教育するって？」

「お前だ！　まったく、士官学校で一体何を学んできたのか。今日は帰れると思うなよ！」

大佐がどうやってリアムをいたぶってやろうか考えていると――大佐は激しい痛みに襲われる。

「ぶべっ!?」

壁にぶつかり、何が起きたのか分からないでいるとリアムの声が聞こえてくる。

「准将閣下、こいつの上司を呼び出してもらえますか」

「い、いや、しかし」

「こいつの申請書には、戦艦に必要ない設備や人員を用意しろと書かれていましてね。そのことについてしっかり聞いておきたいんですよ。パトロール艦隊程度の閑職にいる軍人が、いったい誰に文句を言うのか、とね」

頭痛を覚える准将が、リアムにどのような設備や人財を求められたのか確認する。

「詳細を教えてくれるか？」

「戦艦にカジノや接待を行う女性を百人単位で要求してきていますね。任務中の艦内で何をするつもりだったのか疑問ですよ。詳しく調べてみましたが、パトロール艦隊としての実績はほとんどない無能の集まりです。こいつらには補給物資すら与えるだけ無駄です」

「調べたのか？」

「俺に酒や女を用意させて楽しもうとする馬鹿が、どんな奴なのか知りたかっただけですよ。――さて、それではこの馬鹿の上司を呼び出して頂けますか？」

笑顔のリアムに准将が「わ、分かった」と大佐の上司を呼び出す。

相手は首都星周辺を守るパトロール艦隊を預かる少将だった。

通信で呼び出すと不機嫌そうな顔が空中に投影される。

『いったい何事だ？』

少将を相手に、リアムは気安い態度で話しかける。

「やぁ、少将。お前のところの部下が俺に喧嘩《けんか》を売ってきた。上司として責任を取ってもらおうか」

少将は最初に激怒して顔を赤くするが、すぐにリアムに気付いたのか青ざめてしまう。

『――は、伯爵！』

少将も貴族出身者ではあったが、現役の当主であるリアムとでは格が劣る。

おまけに、リアムはバークリー家と争っている有名人。

相手の少将が狼狽《ろうばい》する。

『ぶ、部下が大変失礼した。すぐに戻ってくるように伝えて欲しい』

リアムは転んでいる大佐を蹴り飛ばし、激しい音を立てると少将を威圧する。

「伝えろ？　お前がここに来て連れて帰るんだよ。お前は俺に命令するつもりか？　随分と偉そうじゃないか。軍の階級だけで、俺を見下せると思っているのか？」

本来ならリアムの態度があり得ないのだが、貴族たちは普段から爵位などを理由に好き勝手していた。それはつまり、相手が格上であれば階級が下でも従うことを意味する。

『し、失礼した。すぐに迎えに行く。いや、迎えに行きます』

「早くしろよ。それから、お前のところから来る申請書は戯《ざ》れ言《ごと》が多すぎる。いいか、俺の時間を削るような注文を付けるな。俺は定時で帰りたいんだ。意味は理解できるな？」

余計なことをするな。そう言われて、少将は返事に困る。

素直に受け入れれば、贅沢《ぜいたく》が出来なくなるからだ。

『い、いや、それは』

「文句があるなら聞いてやる。ほら、言ったらどうだ？」

聞いてやるといいながら、リアムは何を言われても拒否するだろう。

どんなに理由を並べても、この場合はリアムが正しいため説得など出来ない。

少将は諦めて、か細い声で返事をする。

『な、ないです』

普段の仕事とは別に、特別な対応をしようと思えば手間もかかる。

リアムはそれを嫌がっていた。

「素直な奴は大好きだ。それから、早くお前の無能な部下を迎えに来いよ」

『――了解した』

少将が通信を切ると、リアムが現役の伯爵で相応に力を持っていると知った大佐が震えていた。

「さてと、俺を教育してくれるらしいな。デスクワークばかりで体がなまってしまうところだった。丁度良い運動になるかな？」

大佐が慌てて立ち上がり敬礼をする。

「た、大変申し訳ありませんでした！」

相手が自分よりも格上だと認めたが——少し遅かった。

リアムが大佐の肩に手を置くと、諦めるように言う。

「手の平を返すのは嫌いじゃない。だが、お前を許せるほどに俺は懐の深い男でもない。迎えが来るまで、俺がお前を〝教育〟してやるよ。——嬉《うれ》しいだろう？　泣いて喜べよ」

大佐が震えると、リアムが胸倉を摑《つか》んで部屋から連れ出していく。

准将はその姿を見て、普段のうっぷんから解放された事もあって笑みを浮かべる。

「ふっ——うちに連れてきて正解だったな」

リアムが来たことにより、部署の仕事がスムーズになった事を喜ぶ。

兵站《へいたん》部署を見下し、色々と要求してくる軍人が実に多かった。

そのため、誰か有力貴族を連れてきたかった。

これがバークリー家のような悪い貴族なら、兵站部署を嫌がるだろうし余計なことをする。

しかし、リアムのような真面目な貴族なら、きっと不正を許さないと思っていた。

准将は研修に入る前のリアムに駄目元で交渉を行ったのだが、まさか本当に来てくれるとは思っていなかった。

だが、こうして研修先に選んでくれた。

そして、想像以上の働きに満足する。

「これで少しは変な要求も減ってくれるといいのだが――それにしても、彼のような逸材が、よくうちに来たものだ」

准将はリアムを引っ張ってきて良かったと思いつつ、リアムの行動が理解できなかった。

◇　◆　◇　◆　◇

最前線。

そこで歩兵として研修を受けることになったのは――マリーだった。

「おのれミンチ女がぁ」

ティアへの呪詛《じゅそ》を呟きながら、パワードスーツに身を包み輸送機から飛び降りる。

パラシュートなどないが、着地する寸前に周囲にバリアが張られ衝撃を吸収して砕けた。

密林の中、マリーは周囲を警戒する。

『マリー、無事か？　何か叫んでいたようだが？』

「問題ない」

素っ気なく答えるマリーに、通信相手はそれ以上詮索しなかった。

『そうか。ならば、敵の施設へ侵入し、速やかに人質を救助してくれ。困難な任務ではあるが、君ならやり遂げると信じている』

たった一人で敵の基地に侵入させられ、人質を助けてこいと無茶振りをされるマリーは心の中で呟く。

（よくもあたくしをこんな場所に配属してくれたな。必ず戻って、あのミンチ女の首を取る）

特殊部隊に配属された理由は、ティアが裏で手を回したからである。

ティア曰《いわ》く「リアム様の側《そば》にお前の居場所はない」だ、そうだ。

素早く密林の中を進み、見張りを見つけるとナイフで殺していく。

その手際を見守っている上司が通信で褒める。

『素晴らしい腕だな。かつての部下を思い出す』

マリーは暇つぶしに会話をすることにした。

「私のような凄腕《すごうで》がいたのか？　どこのどいつだ？」

自分と同じように強い人間がいると聞いて興味を持った。

『以前は名前を変えていた。君とは違ってスパイとして活躍してくれたよ。戦闘でも間違いなく強いだろうが、どんな任務もやり遂げた』

「興味があるな」

『軍規により教えられないが、彼女も優秀な部下だったよ』

敵の基地が見えてくると、マリーは通信を切って潜入する。

「さて、リアム様のもとに戻りたいから、早く仕事を終えるとするか。それに、最近暴れ足りなかったからな。憂さ晴らしもさせてもらおうか」
その日——犯罪組織が一つ消えた。

◇　◆　◇　◆　◇

適度な運動は気持ちがいいものだ。

大佐を殴ってスッキリした俺は、気分爽快だった。

「今日も定時で仕事が終わったな」

本日もやり遂げたと思っていると、疲れた顔をしたウォーレスが話しかけてくる。

「リアムは定時にこだわるな。いいのか？　まだ残っている連中もいるのに」

定時で上がれない先輩たちが、帰ろうとする俺たちをチラチラと見ていた。

ウォーレスと俺の間に立つエイラは、職場を見て気まずそうにしている。

「ちょっと目立っているよね」

しかし、俺には何の関係もない。

だって俺の仕事は終わっているから。

「残業なんて何の価値もないからな」

「助けてやらないのか？　リアムが手伝えばすぐに終わるだろ？」

俺に手伝って欲しいようなことを言って来た馬鹿がいたが、自分でやれと言って突き放してやった。

そもそも、手伝うことに何の意味がある？

協調性？　助け合い？――全て無駄だ。

「それに何の価値がある？」

前世では会社のため、部下のため、後輩のため――頑張ってきたが、その努力は俺のためにならなかった。

仕事など定時で終わらせ、さっさと帰れば良いのだ。

給料分の仕事をしてやれば問題ない。

社会や会社はそれ以上を求めてくるだろうが、こちらの善意などまったく理解しないのでやるだけ無駄だ。

口では「ありがとう」と言うだけで、こちらの努力に報いる奴《やつ》は少ないからな。

だから俺は、この世界では給料分しか働かない。

「誰がなんと言おうと、俺は必要以上の仕事をしない。俺を動かしたければ、金の延べ棒でも積み上げて頭を下げに来い！」

無茶苦茶な事を言うと、エイラが肩をすくめた。

「うわ～、出たよ。リアム君の黄金好き～」

「黄金は大好きだ。それより帰るぞ」

二人を連れて職場のある建物を出ると、俺たちの前に大きなリムジンが待ち構えていた。

「随分と豪華だな。誰か偉い人間でも来るのか？」

やたら豪華なリムジンに疑問を持つ。

兵站関係の部署は人気がないため、貴族は少なかったように思うから客だろう。だが、金持ちが来る理由も想像できない。

文句を言いに来た大貴族か？　そう思っていると、ウォーレスが何かに気付く。

「リアムを迎えに来たんじゃないか？」

「何？」

近付くと、ドアが開いてそこから私服姿のロゼッタが飛び出してきた。

久しぶりに見るロゼッタは、少し大人びたように見える。

「ダーリン！」

「ロゼッタ!?」

逃げようと思ったが、下手に避けるとロゼッタが倒れてしまうかもしれないので受け止める。

「お、お前、どうしてここに？」

「今日はもうお仕事が終わったのよね？　わたくしも修行が終わったから、今はホテルで過ごしているの。一緒に過ごそうと思って迎えに来たのよ」

ウォーレスやエイラはそれを聞いて、すぐにリムジンに乗り込んでいた。

「お、気が利くね。なら乗らせてもらうよ。――リアム！　中も凄《すご》いぞ！　酒やつまみが揃《そろ》っている！　全部極上だ！」

「この車、内装も凄いわね」

何の疑問も抱かず乗り込む二人を見て、俺は慌てて止めに入る。

「お、おい！　今日はこのまま飲みに行く約束だろうが！」

ウォーレスはつまみを食べ始めていた。

「別にホテルで良いじゃん。というか、私は金欠であまり遊べないから、お金のかからない方がいい」

こいつ！　ウォーレスは役に立たないと思い、エイラの方を見る。

エイラは積み込まれているお菓子を見ていた。

「ロゼッタさん、これ食べていい!?」

俺の隣に立つロゼッタが、エイラに微笑《ほほえ》んでいる。

「構いませんよ」

「やった～！　リアム君も早く乗ってよ。リアム君の住まいとか気になるし、見ておきたかったんだよね」

――お前も役に立たないのか。

ロゼッタは上目遣いで俺を見る。

「ダーリン、これから遊びに行くの？　そ、そうよね。職場の付き合いもあるものね。だ、だったら無理強いしないわ」

ちょっと悲しんでいるロゼッタを見ていると、罪悪感がわいてくるのは何故《なぜ》だ？

そもそも、ウォーレスやエイラと飲み屋を巡るというだけの話で、付き合い関係ではない。

「い、いや、今日は二人と飲みに行くだけで、付き合いじゃない」

何故か素直に答えてしまい、逃げ道を自分で塞いでしまった。

「そうなの？　なら、ホテルに行きましょう。レストランも種類が豊富だから飽きないわよ。ダーリンのためにお酒も沢山用意しているみたいなの」

「そ、そうか」

以前は鉄の女——鋼の折れない心を持つ冷徹な女だと思っていたのに、俺の婚約者になった途端にこれだ。

俺をダーリンと呼んで甘えてくる。

本当は嫌がるロゼッタを期待していたのに、これでは遊べないではないか。

「——ロゼッタ、お前はホテルで何をしているんだ？」

とりあえず話をしようと、ホテルでの暮らしについて聞いてみた。

「今は首都星で習いごとをしているわ。一緒に来ている貴族のお嬢さんたちと、首都星の文化を学んでいるの。楽しいわよ」

お料理教室に若い奥さんが通う感じだろうか？

それは実に楽しそうだな。——俺は少しも興味がないけどな。

ロゼッタが真剣な表情になった。

「それとね、ダーリン。――実はダーリンにお客さんが来ているの」

「客？」

また客か。お昼の大佐のような客でないことを祈ろう。

◇　◆　◇　◆　◇

リアムが帰った職場。

そこでは、二人の軍人が話をしていた。

二人とも兵站《へいたん》課で数十年働いているベテランで、今まで色んな貴族たちを見てきている。

だからこそリアムを見ていて思うのだろう。

「あの方は何で普通に出勤して、普通に働くんだろうな？」

二人が気にしているのは、リアムが真面目に働いていることだった。

「あり得ないよな。普通は遅刻早退ならマシな方で、ほとんど出勤せず働かない貴族様たちが普通なのに」

リアムたちの他にも、兵站関係に研修に来ている貴族たちはいる。

いるのだが、ほとんどが出勤せずに遊び歩いている。

これが普通で、真面目に働くリアムたちの方がおかしく見えていた。

「それに聞いたか？　准将が鼻歌を歌いながら定時で帰ったらしいぞ」

「あの人が定時で帰れたのって、何十年ぶりだよ？」

今まで貴族たちの要望に振り回され、苦労してきた二人はリアムのすごさに驚いていた。

「パトロール艦隊なんか、最近は文句一つ言ってこないからな」

「あの方に教育されたのが堪《こた》えたんだろうさ。それにしても、あのバンフィールド伯爵っていうのは、聞いた通り真面目だな」

「真面目で仕事も出来て、地位や権力も振りかざさない貴族様っているんだな」

パトロール艦隊の大佐のような人間には暴力も振るうが、普段関わる同僚たちには手出しをしてこなかった。

それもあって、彼らにはリアムが素晴らしい貴族に見えていた。

「噂《うわさ》だと思っていたけど、あの人は本当に名君かもな」

「バンフィールド家がうらやましいぜ」

第六話　帝国商人

老舗高級ホテルのラウンジ。

高層階に用意された高級感のあるラウンジは、落ち着いた雰囲気だった。

煌《きら》びやかな雰囲気も好きだが、普段から暮らすならこちらの方が良いだろう。

トーマスに俺の首都星の住居を用意させたのは正解だったな。

無駄に金をかけるところが、いかにも悪徳領主らしい。

首都星での拠点に満足した俺は、ソファーで脚を組みトーマスの仲介で面会している二人を前にしていた。

金髪を七三にしたスーツ姿のエリオットは、クラーベ商会の若き当主――会長だ。

二十代前半の姿で、実際に年齢的にも若い。

人の良さそうなニコニコ笑顔を浮かべている。

「本日は面会していただきありがとうございます」

その隣に座っているのは、ニューランズ商会の幹部――パトリスだ。

赤い髪に緑の瞳。

美しい女性で、グラマラスな胸元を見せるスーツを着用している。

色仕掛けのつもりだろうか？　確かに、男なら簡単に転びそうだな。

色香の漂う女性が俺に媚《こ》びてくる。

「いずれ公爵となられるリアム様と面会できて大変嬉《うれ》しいですわ。ご高名は首都星でも轟《とどろ》いておりますよ」

美女が甘えるような声で俺をおだててくるが、この手の女は苦手だ。

――前世の元妻を思い出す。

どうやら、派手な女は俺の好みではないらしい。

トーマスを見れば、商人として格上の二人を前に縮こまっていた。

「リアム様、今日はお二人が御用商人の件でご相談したいそうです。バンフィールド家の御用商人になりたいと申し出ておられます」

首都星で活躍する大商人と幹部が、俺の御用商人になりたいと足を運んできたわけだ。

両者共に、トーマスの商会よりも規模が大きいため、色々と役立ちそうではあるな。

「俺の御用商人ね」

「はい。是非ともリアム様のお手伝いをさせてください。クラーベ商会は帝国の御用商人でもあり、長年の伝統と実績のある商家です。きっとお役に立ちますよ」

エリオットが笑顔でそう言えば、隣のパトリスも負けてはいられないと胸元を見せながらアピールしてくる。

「確かにクラーベ商会は首都星でも指折りですが、我がニューランズ商会は帝国中で商売をしています。領主の方たちに幅広く支持されているニューランズ商会が、リアム様のお役に立つと思いますけどね」

俺は媚びを売ってくる奴《やつ》が大好きだが――うまい話には裏がある。

そして、俺を手伝いたいとか言うだけの奴を信用するつもりもない。

善意？　金儲《かねもう》けの場では無意味だ。

「俺の御用商人はトーマスだ。そこに割り込むという意味を理解しているのか？」

名前を出されたトーマスが、オロオロとしていた。

お前も悪徳商人なら、もっと堂々としていろよ。

エリオットが身振り手振りを加えて俺を説得してくる。

「もちろんです。ヘンフリー商会を追い出そうなどと思ってはいません。ただ、クラーベ商会もご利用いただければ嬉しいというお話です」

パトリスも同意見らしい。

「独占など考えてもおりませんわ。ヘンフリー商会同様に、バンフィールド家を支えていければと思っています」

二人して俺に笑顔で、今後のことを語ってくる。

エリオットもパトリスも、俺に多額の献金をすると言い出した。

「クラーベ商会は、バンフィールド家に献金をさせていただきます。首都星での生活の支援についても、全て無料で行わせていただきます」

「ニューランズ商会をご利用くださるのなら、バンフィールド家が望む物資を格安で提供させていただきます。もちろん、毎年の献金もご期待ください」

　バンフィールド家を高く評価しているようだ。

　俺は媚びを売ってくる人間は大好きだが——無償で働くという人間は信用しない。

「大変結構なことだ。——それで？　お前らの目的は何だ？」

　俺が尋ねると、エリオットもパトリスも張り付けた笑顔のまま問いかけてくる。

「目的ですか？　私も商人ですからね。当然、儲けを考えていますよ。バンフィールド家ならば、大口のお客様になっていただけますからね」

「ニューランズ商会は、飛ぶ鳥を落とす勢いのバンフィールド家を高く評価しております。今後お付き合いしていただけるだけで、大きなメリットになると考えていますわ」

　張り付けたような笑顔をよく見てきた。

　元妻の笑顔だ。

　俺を騙《だま》してきたあの女の顔は、今でも忘れない。

　目を細める俺は、二人にきっぱりと告げる。

「その張り付けた笑顔を今すぐに止《や》めろ」

　すぐにエリオットから表情が消えた。

「——慈愛に満ちた名君という噂でしたが、やはりこうして対面してみないと分からない事がありますね」

　パトリスは笑顔だが、先程とは質の違うものに変わっていた。

俺を値踏みするような視線は、まるで捕食者のようだ。

「そちらが本性なのでしょうか？　ただ、私としては好みですね」

ほら、やっぱり裏があった。

「そうか。それで？　お前らは俺に何を求める？」

二人の雰囲気が変わったところで、トーマスが俺に説明するのだ。

「リアム様、お二人が求められているのは、バンフィールド家の戦力です」

「妥当なところだな。ただ、大商家が俺を頼るのが怪しい。他にも頼りになる奴らはいるはずだ」

バンフィールド家の看板を使用して商売がしたいという商人は多い。

ただ、こいつらは既に頼りにしている貴族がいるはずだ。

そうでなければ、大商家になってなどいない。

クラーベ商会など、帝国の御用商人だ。つまり、後ろ盾は帝国そのものである。

バンフィールド家の看板など必要ないはずだ。

エリオットが口の前で手を組むと、少し悩んでから自身の事情を話し始める。

「私は数年前に当主の座についたばかりでしてね。何かと幹部たちと衝突が多いのですよ。それに、今の当家はあるお貴族様との繫《つな》がりが深すぎましてね。私個人として警戒しているわけです。手を切りたいのですが、幹部たちが許してくれません」

後を継いだのはいいが、幹部たちをまとめられていないようだ。

また、クラーベ商会はある貴族に近すぎるらしい。

「若輩者ならいいように操れると考えている連中が多くて困りますね。――実は父も私と同様にある貴族様と縁を切るつもりでしたが、それを知られて暗殺されています。私も危険な立場にいましてね」

血なまぐさい話だ。大きな商会にも色々とあるな。

「帝国に泣きついたらどうだ？」

「帝国が必要なのはクラーベ商会であって私ではない。そして、帝国には私の父を殺した奴らの手先が多いわけです」

このまま幹部たちの言いなりになるくらいなら、自分を支援する貴族を得たいと考えたようだ。

パトリスに視線を向けると、事情を話してくれるが――こっちは野心家だった。

「守りに入ったエリオット殿と違いまして、私はニューランズ商会が欲しいのですよ」

エリオットは面白くなさそうにしているが、俺は興味がわいた。

「続けろ」

「ニューランズ商会は私も含め親族に幹部が多いのです。おかげで、代替わりをする際は荒れるんですよ。誰が次の当主になるのか、とね」

パトリスは腕を組み、わざと大きな胸を強調する。

「リアム様のお力で、私を未来のニューランズ商会の会長にしてみませんか？　もちろん、見返りはご用意させていただきますよ」

トーマスが二人と手を組むデメリットを俺に教えてくれる。

「リアム様、この二人の力を借りれば、バンフィールド家は大きく飛躍できるでしょう。しかし、同時に厄介事も舞い込みます」

「だろうな」

大商家も内部争いで力が必要だから、俺にすり寄ってきたわけだ。

実に分かりやすいじゃないか。

つまり、こいつらは暴力装置として俺を高く評価しているわけだ。

二人に俺の答えを聞かせてやる。

「面白そうだから力を貸してやる」

エリオットもパトリスも真剣な顔付きをしていた。俺があっさりと協力を約束したことが、かえって不安になったのだろう。

「その意味を理解されていると考えて良いのですよね？」

「当然だろうが」

エリオットが念を押してくるが、俺のような男に頼ってくる時点でこいつらも相当な悪党である。

俺が今まで何をしてきたのか、トーマスから聞いているはずだ。

きっと、こいつが手を切りたい貴族というのは品行方正で金儲けに義理人情を持ち込む面倒な奴なのだろう。

俺はそういう善人が嫌いだから、エリオットに手を貸してやろうじゃないか。

パトリスが俺を見て笑みを浮かべるが、それは美しいとは言えないものだった。悪党がしそうな笑み、とでも言えばいいだろうか？　美人が口角を上げて笑っている姿は妙に恐ろしい。

「それでは、私個人にもご協力頂けるのですよね？　親族を追い落とし、会長の地位を狙う私を全力で支援してくださると？」

親族同士で骨肉の争いをするというのに、パトリスは随分楽しそうだった。

「好きにしろ。この俺がお前らの後ろ盾になってやる。だが、これだけは言っておく。お前らは俺を儲けさせろ。そして、お前らも儲けろ。両方に利益がある関係がベストだと思わないか？」

忠誠？　恩？　義理？

そんなものは信じられない。

利益があるなら人は裏切らない。

実にシンプルじゃないか。

パトリスが唇に手を当てると、僅かに褐色の頬を赤く染めていた。

「――リアム様は想像していた方と違いますね。もちろん良い意味で、ですけどね。もっと利益よりも義理を重視する方かと思っていましたよ」

義理？　悪徳領主に義理？　あぁ、任侠《にんきょう》ドラマとかで出てくる義理みたいな？

俺、そういうのは昔ならともかく、今は嫌いなんだよね。

「お前らは義理を重視して儲けを捨てるのか？　そいつはめでたい商人だな。お前もそう思うだろ、トーマス？」

話を振ると、トーマスが困った顔をしていた。

「な、何と言いましょうか」

「俺の御用商人ならもっとしっかりしろ。──話を戻すが、お前らが俺を儲けさせるなら、俺はお前らに手を貸してやる。実にシンプルな契約だろ？」

エリオットが笑みを浮かべるが、最初に見せていた好青年の笑顔ではなかった。

「もちろんです。目に見えない義理や人情よりも、契約によって縛られたものが信用できますからね」

パトリスは少し興奮しているのか頬が赤い。

「さっそく契約を結んでいただきましょうか。リアム様と──私個人との契約を」

いいね。

最初のいい人ぶった顔よりも、今のこいつらの方が俺は好きだ。

俺も随分と悪徳領主らしくなってきたものだ。

◇　◆　◇　◆　◇

リアムとの契約を結んだエリオットとパトリスは、ホテルの一階を目指す途中のエレベーターで二人だけとなっていた。

壁はガラス張りになっており、首都星の夜景を眺められる。

エリオットはネクタイを少しだけ緩め、パトリスに話しかける。

「――思っていたよりも話しやすい人でしたね」

パトリスは腕を組み、エリオットに背中を見せないように壁を背にして気を抜かない姿勢を見せている。

「馴《な》れ馴《な》れしいわね。お互いに敵同士なのは変わらないわよ」

「おや、互いに協力すればメリットがあると思いますけどね？」

「――力のない当主と手を組んでも意味がないわ」

「言ってくれますね。そちらこそ、ただの一幹部でしょうに」

「バークリー家が怖くて、バンフィールド家に泣きついたお坊ちゃんとは違うのよ」

エリオットが恐れる貴族というのはバークリー家だった。

クラーベ商会の幹部たちは、バークリー家を支援する立場にある。

海賊貴族だろうと金払いが良ければ客だ。しかし、世の中はそれだけではない。

海賊が幅を利かせるようになれば、商売にだって問題が出る。

エリオットはそれを嫌い、バークリー家と正面から争うリアムに手を貸すことにした。

真面目すぎるという話を聞いていたので心配もしたが、これがどうして——非常に興味深い人物だった。

「そちらも私と同じ事情だと思っていたのですけどね。幹部の多くがバークリー家と親しいそうじゃないですか。正義感なんて今時流行《はや》りませんよ」

エリオットが正義感という言葉を使ったのは、パトリスが自分で言うよりも義理人情に厚い人物だからだ。

パトリスは顔を背けると、正義感を否定するために話をそらす。

「何のことかしら？」

「ニューランズ商会が、随分前から海賊を取り仕切るバークリー家と親しいのは知っています。あなたは、その状況を変えたかったのではありませんか？」

地方で稼ぐニューランズ商会にとって、バークリー家というのは厄介な存在だ。無視も出来ず、今の当主が選んだのは共存の道だった。

海賊たちの襲撃を回避するために、ニューランズ商会もバークリー家に支援をしている。

それが、パトリスには不愉快だった。

「周りと同じ事をしても意味がないわ。周りがバークリー家に賭けるなら、私はバンフィールド家に賭けて上を目指すだけよ」

商会の中で成り上がるためにリアムを利用したいだけだ、と言うパトリスの言葉にエリオットは微笑する。

「そういうことにしておきましょう」

「それ以外に理由なんてないわよ。それにしても、バンフィールド家の当主は思ったよりも話せる人だったわね」

「油断は出来ませんけどね」

本来ならリアムを言葉巧みに操るつもりだったパトリスは、予定外の事態だが楽しむように微笑《ほほえ》む。

「思っていたよりも楽しめそうね。ただのいい子ちゃんじゃないのが気に入ったわ」

多くの貴族は自分の儲《もう》けを優先するが、リアムはそのような関係を信用していない。

「――伯爵にはどうしても勝ってもらわないといけませんね」

エリオットがそう言うと、パトリスも頷《うなず》く。

「もちろん。勝ってもらわないと私が困るもの」

◇　◆　◇　◆　◇

リアムの研修が始まると、割を食う軍人たちが現れた。

今まで無駄に贅沢《ぜいたく》をしてきた不良軍人たちだ。

「くそ！　小僧が偉そうに！」

パトロール艦隊に配属された貴族に加え、今まで甘い汁を吸ってきた軍人たちが怒りを覚えていた。

横領、贈収賄、様々な悪事に手を出している者たちだ。

「まったくだ。支給される酒は安物で、オマケに接待など不要とはどういう事だ！」

「貴族のために贅沢な暮らしを用意できず、何が兵站《へいたん》だ！」

「おまけに艦隊だ。私の艦隊は理由を付けられ、数を減らされた！」

全てバンフィールドのリアムが悪い、と彼らの意見はまとまっていた。

時折こうして集まっては、リアムの悪口を言うのが彼らの習慣になりつつある。

しかし、誰もリアムに逆らえなかった。

「誰かあいつを教育してやれ！」

「お、お前がやれ。私は嫌だぞ」

「実力は本物だからな。忌々しい小僧だ」

「オマケに賄賂も効果がない。弱みも探したが、こちらが付け入る隙がないのも問題だ」

リアムに対して様々な手を打とうとしているようだが、それらは全て無駄だった。

くだを巻く不良軍人たちを案内人が見ていた。

空いていた椅子に腰掛け、足を揺らしながら拍手をしていた。

「順調に敵を作っているようで何より。さて、こいつらにも働いてもらうとしましょうか」

指を鳴らすと、案内人の体から黒い煙が漂い始める。

部屋に充満した黒い煙を吸った貴族たちだが、まるで気にした様子がない。

そして、一人があることを思いつく。

「――バークリー家がバンフィールド家と決着をつけるという噂《うわさ》があったな？」

すると、集まっていた軍人たちがその話に興味を持った。

「本当か？」

「誘いを受けている軍人も多い。ここはどうだろう？――帝国貴族として、軍を正しい姿に戻すためにバークリー家に手を貸さないか？　今ならバークリー家が報酬を山ほど用意するだろうよ」

下卑た顔で笑う不良軍人たち。

軍の中でバークリー家に加担する人間たちを用意する案内人は、また一つリアムの敵を増やしてやった。

「仕込みはまだ足りないな。あのリアムを倒すためには手を抜けない」

今まで油断をしていた。

もう、リアムを侮ることはしない。

案内人は立ち上がると、帽子をかぶり直して部屋を出ていく。

ただ、部屋の隅でその様子を見ていた犬の姿をした淡い光が、案内人の後を静かに追いかけるのだった。

◇　◆　◇　◆　◇

その日は、久しぶりにクルトと休日を過ごしていた。

本来ならばウォーレスやエイラ、そしてロゼッタも誘うはずだった。

だが、都合が悪いようで三人はこの場にいない。

喫茶店のテラス席で、丸テーブルを囲みながら互いに近況を話し合っている。

「リアムは最近どうなの？　仕事の方は順調？」

「暇すぎてあくびが出るくらいには順調だ」

研修先では、ダラダラ過ごす日々が続いていた。

仕事など人工知能に任せ、チェックが終わればお昼前だ。

その後は優雅に昼食を食べ、時には軽くすませつつノンビリ休憩だ。

午後は残った仕事を終わらせ、定時で帰る準備をして後は休憩時間である。

文句を言う奴《やつ》が来たら身分を盾に追い返し、時には正規艦隊の司令官に賄賂——違った。

季節の挨拶を送るくらいか？

ティアが「前線に補給物資を大量に送れば、きっと皆さんリアム様の素晴らしさを理解されるでしょう」と言っていたからな。

何故《なぜ》かこれまでに、補給物資が前線に届かないという事情があった。予算が削られていたのもあるが、多くは中抜き——途中で物資を横流しする連中がいたせいだ。

同じ兵站関係に所属する部署が行っていたのだが、速攻でチクってやった。

俺を不当に連行した憲兵隊の准将に、あの時の借りを返せと言って徹底的に調べさせた。

おかげでスムーズに補給物資が前線に届けられるようになった。

パトロール艦隊に無駄な物資を供給するのを止《や》めたら予算も復活したし、おかげで俺は国境を警備する正規艦隊に恩を売れた。

普通のことしかしていないのに、恩が売れるのだからおいしい話である。

正規艦隊の司令官に恩を売っておけば、いつか役に立ってくれるだろう。

今度は俺がクルトに話を振る。

「俺の方は代わり映えがないな。お前の方はどうなんだ？　大学も卒業して、役人として研修中だろ？」

クルトは昼食を食べる手を止めて、やや困った顔を見せる。

「実はちょっと困っているかな。別に仕事は問題ないんだけどさ。女性陣のアプローチが多くてね」

幼年学校を卒業し、久しぶりに対面するクルトは理想的とも言える成長をしていた。

美少年が美男子に。

職場の女性たちからアプローチが日増しに増えて、困っていると言う。

「うらやましい限りだな」

「これでも大変なんだけど？　リアムの方は浮ついた話とかないの？」

俺からすればうらやましい限りだが、クルトからすれば面白くないらしい。

「ないな。職場は男の方が多いし、遊びに出かけても付き合うのはウォーレスやエイラだけだ。――時々、ロゼッタも顔を出すくらいか？」

自分で言っていて情けなくなってきた。

どうして悪徳領主である俺が、美女を侍《はべ》らせていないのだろうか？　エイラは確かに美少女だが、付き合いとしては友人だ。

ティアは忙しく、マリーは研修先が別――俺の周りには女が少ない気がする。そもそも、あいつらに異性としての魅力を最近は求めていない。

有能ではあるが、女を感じないからな。

溜息《ためいき》を吐《つ》く俺に、何故かクルトは嬉《うれ》しそうにしている。

「そっか」

「何で嬉しそうにする？」

「い、いや、別に嬉しくはないよ。え、えっと、あ、そうだ！　リアムもそろそろ正式に任官するけど、副官選びはどうなっているの？」

「副官？」

やや強引にクルトが話題を変更してくるが、情けない会話をするより有益と判断して俺も副官について考える。

俺のような大貴族は、正式に任官する際には佐官になっている場合がほとんどだ。

その際は軍から副官が用意される。

「あまり気にしてなかったな」

ただ、正直に言えば誰でもいい。軍から派遣されるとなれば、有能で容姿にだって優れているのが前提条件みたいなものだ。

誰が来ても大きく外れることはないだろう。

クルトは、そんな俺の副官が誰になるのか気になっているらしい。

「軍では話題になっていると噂で聞いたよ。リアムの副官に名乗りを上げている軍人は多いからね。軍も選考で苦労しているはずさ」

将来の公爵様の副官になりたい軍人は多い。

「美女なら誰でもいいけどな」

そう言い切ると、クルトは「相変わらずだよね」と言って忠告してくる。

「気を付けなよ。派遣されてくる副官は、リアムと個人的に繋《つな》がりを持ちたいと考えるはずだ。中には厄介な人たちもいるらしいからね。僕も父さんに気を付けるように言われたよ。それに、今の研修先でも愛人にして欲しいって人がいるくらいだ」

疲れた溜息を吐くクルトは、本当に勘弁して欲しいと言いたいようだ。

「人気者じゃないか」

「別に僕に限った話じゃないよ。貴族の跡取りには、秘書や副官に名乗り出る人が多いんだ」

「そうなのか？」

「軍の副官、役人の秘書。そういう人たちは、気に入られればそのまま引き抜かれるからね。貴族の愛人になれば勝ち組、なんて言われているそうだよ」

玉《たま》の輿《こし》狙いのようなものだろうか？

貴族ではない一般人は、成り上がるために苦労しているらしい。

クルトの話を俺は興味深く聞き、そしてある思いが浮かんだ。

「なら、俺の副官はとびきりの美女を希望しよう。媚《こ》びを売る女は嫌いじゃない。精々、こき使ってやるさ」

俺の物言いに、クルトも苦笑いだ。

「リアムは相変わらずだよね。でも、リアムに派遣される軍人なら、とびきりの美人は確実だと思うよ。容姿も選考基準だからね」

「楽しみだな」

そう言って食事に戻る俺を見て、クルトは何か言いたげにしていたが――結局、何も言わずに違う話をする。

◇　◆　◇　◆　◇

随分と広い部屋に並んだのは、見目うるわしい女性士官たちだった。

まるで美女を集めて軍服を着せて並べた場所を、ティアが堂々と歩いている。

階級章は大佐を示している。

パトロール艦隊の再編やら何やらを大きく評価され、異例の出世を遂げていた。

当初はリアムのパトロール艦隊を用意するはずだったティアだが、その規模は既に下手な正規艦隊を超えていた。

誰がどう見ても、パトロール艦隊とは思えない精強な艦隊を用意してしまった。

本来は増えすぎたパトロール艦隊の一部を再編し、リアムにとって都合の良い配属先を用意するだけだった。

しかし、リアムが用意したポケットマネーが多すぎて、無駄に張り切ったティアが用意したのは正規艦隊並のパトロール艦隊三万隻という規模である。

無駄なパトロール艦隊を減らしつつ、正規艦隊として二個艦隊規模を用意したティアはまさしく有能だった。

そんなティアが、身振り手振りを加えながら女性士官たちに大声で語りかける。

「諸君、ついにリアム様が正式に軍に配属されることになった」

整列した女性士官たちは、士官学校を卒業して正式に帝国軍に任官した者たちだ。全員が、バンフィールド家の領地出身者、という前置きが付くが。

「君たちはリアム様の領地から選ばれた精鋭だ。きっとこの中からリアム様が自身の副官をお選びになるだろう。いや——選ばれなければならない！」

正式に軍に任官するリアムのために、軍は副官を用意する。

リアムの副官に名乗りを上げる軍人は非常に多いが、ティアからすれば余所者《よそもの》をリアムの側《そば》には置きたくなかった。

その副官をリアムが気に入れば、軍を去る際に一緒に連れ出してしまうからだ。

軍事面でリアムのサポートをしてくれるだろうが、リアムよりも帝国軍を優先する人物であると面倒になる。

それならば、最初からバンフィールド家の出身者を用意すればいい、という結論に至った。

あと、リアムが手を出す可能性があり、それなら領内から選《よ》りすぐった精鋭を側に置きたいという思惑もある。

とにかく、関係者以外をリアムの側に置きたくないというわけだ。

「リアム様のために尽くせ。身も心も捧《ささ》げろ！」

「はっ！」

全員が一斉に返事をして敬礼すると、その動作にティアは満足する。

(副官としての能力、そして容姿――これ以上はない者たちだ。きっとリアム様も満足してくださるだろう。問題はリアム様がお選びになるかどうか、か)

美しい副官候補たちを用意はしたが、問題はリアムがこの中から自身の副官を選ぶかだ。

前もって説明することも出来るが、リアムは不正行為を嫌う傾向にある。

ティアとしてもリアムを煩わせたくはないため、無理強いは出来なかった。

（精鋭中の精鋭だ。並の女性士官が現れても、きっとリアム様ならば能力を優先して我々を選ぶはず！）

◇　◆　◇　◆　◇

その頃、軍の上層部は頭を抱えていた。

「どうするのだ？」

「伯爵、いや次期公爵との間でパイプ役が必要だ」

「そのパイプ役になる人物がいるのかと聞いているのだ」

兵站《へいたん》関係で実績を作っているリアムは、自身の騎士に命じて軍に最新鋭の艦艇を配備した正規艦隊を用意してしまった。

軍の頭の痛い問題を解決しつつ、レアメタルを大量に保有している貴族だ。

上層部はどうしても繋がりが欲しい。

だが、普段からリアムの家臣団に邪魔され、友好な関係を築ける人材がいなかった。

リアムの副官選びというのは、上層部にとってはチャンスである。

しかし、それを黙って見ていないのがティアだ。

リアムの副官候補に、バンフィールド家の精鋭を持ってきている。

容姿、能力、性格――これを超える人材を簡単に用意できずにいた。

一人が顔を上げた。

「彼女なら可能かも知れないな」

「容姿は？」

「問題ない。それに、伯爵とは面識もある」

「誰だ？」

その女性のデータがその場に表示された。

「ユリーシア少佐だ。元は兵器工場に配属されていたが、その後に再訓練を受けて特殊部隊入りを果たした。特殊工作員として活躍もしている」

様々な資格を保有しており、おまけに実績もある。

軍としては手放したくない人物だが、これだけ優秀で容姿にも恵まれていればリアムも納得するだろうという判断だった。

「本人の意思は？　この手の話は、どうしても将来的な問題が出てくる。彼女は納得してくれるのか？」

貴族の愛人や側室になるのか？　そのような問題があった。

中には喜んで手を上げる者もいるが、それを嫌がる女性も多い。

本人が嫌がれば、この話は成立しない。

無理強いして失敗するくらいなら、やらない方がマシというのが上層部の意見だった。

「問題ない。本人からも希望が出ている。もっとも、手放したくない人材ではあるがな」

「それにしても凄《すご》い実績だな。部下に欲しいくらいだ」

ユリーシアは上層部に高く評価されていた。

「少佐で駄目なら諦めもつく。すぐに伯爵に資料を送れ」

――案内人の力が働き、ユリーシアがリアムの副官候補に滑り込む。

◇　◆　◇　◆　◇

職場でお見合い写真のような資料を見ていた。

周囲ではそんな俺を気にしているようだが、誰も文句を言ってこない。

ウォーレスがその中の一枚を手に取り、中身を見ると驚く。

「凄い美人だな！　はぁ～、私の副官になってくれないかな」

ウォーレスも一応は皇族だから、研修が終われば中尉に昇進する予定である。

だが、副官がつく予定はない。

そのような立場にならないからだ。

側にいたエイラも一枚手に取って、中身を確認する。

「ウォーレスには不要でしょ。いっそ鬼軍曹でも付けてもらえば？　申請してあげようか？」

「君も冗談がうまいな。——おい、なんで本当に申請書を用意している？　お願いだから止《や》めてくれ！」

二人が言い争いを始めるが、ウォーレスには鬼軍曹がいた方がいいかも知れないな。

俺は資料の山から適当に一つを取って中身を確認する。

そして、意外な人物に驚いた。

「こいつは何をしているんだ？」

そこにはユリーシアの写真があった。

経歴を見れば、第三兵器工場から軍の再教育施設へ——その後、特殊部隊に配属されていた。

その後にまた再教育施設で、情報関係の技術を学んでいる。

まるで女スパイみたいな奴《やつ》だな。

以前はそれなりに有能だと思っていたが、今は本当に有能な女性士官になっていた。

「何で特殊部隊になんか進んだんだ？」

不思議に思っていると、ウォーレスが首をかしげていた。

「知り合いか？」

エイラも俺が持つ資料を覗《のぞ》き込み、ユリーシアを思い出していた。

「あ、この人ってもしかしてあの時の人？」

「元は兵器工場セールスレディだな。うちの担当だった」

ユリーシアの容姿を確認したウォーレスが、俺を羨んでくる。

「いいな～。伯爵だと黙っていても美人が寄ってくるんだろうな～」

羨ましがっているウォーレスを見ていると気分が良いが、問題は山積みの資料だ。

――これを全部チェックすると定時で上がれそうにない。

あと、パラパラと全て確認したが、どうにも決定打に欠ける女性ばかりだ。

はぁ――天城《あまぎ》に会いたい。

いっそ首都星に連れてくるべきだろうか？

領地の仕事を任せているし、今はバークリーとかいう連中が俺の回りをウロウロしているので連れてくるのは不安だ。

何だかバークリーと争うのも飽きてきた。

さっさと勝負を付けられたら良いのに。

そう思うと、副官選びがどうでも良くなってきた。

「もうユリーシアで良いか。あいつとは面識もあるし、外れじゃないだろ」

適当な俺をエイラが驚く。

「簡単に決めて良いの？　恋人選びみたいなものでしょ？」

軍にいる間は、副官が公私共にサポートしてくれる。時には肉体的な関係もサポートに含まれるため、選考の際には多くが自分の好みを真剣に選ぶらしい。

俺はどうでもいいけどな。

「はっ！　美女などいくらでも集められるからな。別に副官にこだわる必要がない」

深く考える必要もないので、もうユリーシアに決めた。

ちょっと残念な奴だったが、何の問題もないだろう。

ウォーレスが悔しそうに俺を見ている。

「私もそれくらい言える立場になりたいよ」

副官選びが終わると、エイラが話題を変える。

「そろそろ研修も終わるし、正式な任官ももうすぐだね。あ、私もリアム君のパトロール艦隊にお世話になっていいかな？」

俺について行くと言い出すエイラは賢い奴だ。

俺の側にいれば、間違いなく贅沢《ぜいたく》な暮らしが出来るからな。

だが、残念なことにパトロール艦隊は僅かながら危険もある配属先だ。

「無理だ。お前の配属先は、研修先のここになるように軍に伝えてある」

「え？　な、なんで!?」

驚くエイラに、俺は溜息《ためいき》を吐《つ》きながら説明する。

「俺が離れれば馬鹿共がまた騒ぐからな。お前を代理としてここに置くから、問題があれば俺に連絡しろ。いいな？」

優しい口調で確認を取ると、エイラは渋々納得する。

「そ、そう言われたら受けるけどさ」

これを聞いて、ウォーレスが何か期待するような目で尋ねてくる。

「リアム、私も残ろうか？」

「お前は来い！　配属先でこき使ってやる」

「私の扱い酷《ひど》くない!?」

◇　◆　◇　◆　◇

副官を決めた翌日には、ユリーシアが俺のもとにやって来た。

「リアム様、お久しぶりですね」

笑顔で敬礼をしてくるユリーシアだが、以前よりもいくらか引き締まった体をしている。

だが、胸や尻には脂肪もついていて――スタイルが前よりも良くなっていた。

引き締めるべきところを引き締め、より胸や尻が強調されたようだ。

デスクワークをしている俺のところにやって来たユリーシアを見て、俺は電子書類を処理する手を止めた。

――どうしてお前がここにいる？

「俺のところに配属されるのは半年後じゃなかったのか？」

ユリーシアはハキハキと俺の質問に答える。

「許可は得ています。それに、正式な配属前に仕事も増えるかと思い、お手伝いにまいりました。公私共にサポートさせていただきます」

随分と気が利くじゃないか。

それにしても、以前に第三兵器工場で働いていた時とはまるで別人だな。

ただ、ユリーシアが「公私共に」と言うと、周囲の男性たちから鋭い嫉妬のこもった視線が飛んでくる。

どうやら、羨ましがられているらしい。

実に気分がいい。

何故《なぜ》かウォーレスまで俺を睨《にら》んでいるから、後で尻を蹴り飛ばしておこう。

「まぁ、いいか。なら手伝え」

「はっ！」

真面目な顔で敬礼をした後に、ユリーシアはすぐに微笑《ほほえ》みかけてくる。

——あれ？　以前より可愛《かわい》く見えたのは何故だろうか？

◇　◆　◇　◆　◇

リアムの前に立つユリーシアは、そのドス黒い感情を隠していた。

(ようやくだ。ようやくこの時が来た)

ユリーシアは、以前へし折られたプライドの復讐《ふくしゅう》のためにリアムに近付いた。

自分の色仕掛けを袖にしたこの男のことだけを考え、何十年と自分を磨いてきた。

「リアム様、早速ですが――」

(お前の側《そば》で、お前の弱点を全て調べ尽くしてやるよ)

復讐の第一歩は、ここからはじまろうとしていた。

そう思っていたのだが、リアムの職場に泣きながら入ってくる者がいた。

色々と問題のある第七兵器工場の技術大尉である【ニアス・カーリン】だった。

一見すると黒髪に眼鏡のインテリ女性だが、中身が残念である。

「リアム様～！」

ドアを乱暴に開け放って入ってくるニアスは、そのまま泣き崩れてしまう。

まず、この態度があり得ない。

リアムは現在伯爵で、軍の階級は大尉だ。

階級だけならばニアスも気にする必要のない立場だが、貴族であるリアムには無礼極まりない。

(お、お前は!?)

ユリーシアとも面識のあるニアスは、再会の挨拶すらしない。

リアムが呆《あき》れた顔をしている。

「何の用だ？」

本来ならば叩《たた》き出しても許されるのに、リアムはニアスの話を聞こうとしている。

（くっ！　無礼なんだから追い返しなさいよ！　相変わらず甘い男ね）

ユリーシアから見て、リアムは基本的に知り合いに甘い。

厳しさもあるが、帝国の貴族としては慈悲深い部類だ。

それは理解しているが、リアムがニアスに甘いのを腹立たしく思う。

「聞いてくださいよ！　以前リアム様からもらったレアメタルで試作艦を建造したんです！　そしたら、みんなして横やりを入れてきて――」

「それは前に聞いたな」

ニアスが色々と実験をしていたのに、第七兵器工場の関係者がわらわら集まってきて色んな新技術を試したようだ。

「あんまりじゃないですか！　私だって色々とテストしたかったのにぃ！」

「そうか」

結果――ニアスはやりたいことが出来なかったらしい。

ユリーシアは内心でほくそ笑む。

（いい気味よね。ほら、愚痴が終わったらさっさと帰りなさいよ）

早くリアムを骨抜きにしたいのに、ニアスがいては邪魔だ。

しかし、ニアスがとんでもないことを言い出す。

「追加でレアメタルと予算が欲しいです。私は新造戦艦を作りたいんです！」

「はぁ!?」

図々《ずうずう》しい願いに、流石《さすが》のユリーシアも驚いて声が出てしまった。

そもそも、ニアスがリアムにレアメタルを追加で頼むのは筋違いである。

だが、リアムは興味を持ってしまった。

「新造戦艦か」

「リアム様のために特別な戦艦をご用意いたします！　そのための開発費だと思って、ここは予算とレアメタルを！」

流石のリアムもその程度の交渉で予算を出す気はなかったらしいが、泣き崩れたニアスが立ち上がったことでスカートがめくれていた。

狙ってやったのではないのだろう。

何しろショーツは――機能性を重視するタイプだった。男性が見れば少しがっかりするのではないかと思われる下着姿。

しかし、それを見たリアムの目が見開かれる。

（ま、まずい！）

ユリーシアは常にリアムのことだけを考え続け、その趣味嗜好《しこう》も調べてきた。だから理解していた――リアムが好きなのは、派手な下着よりもスポーティーなタイプだと。

リアムの視線に気が付き、慌ててニアスがスカートを元の位置に戻す。

恥ずかしがっているニアスは、照れながら言い訳を始める。

「し、失礼しました。いや、最近は本当に忙しくて、つい簡単に手に入る下着を着けていたんです。普段はもっといい下着を着けていますからね！」

ユリーシアは絶対に嘘《うそ》だと思いながらも、リアムが嬉《うれ》しそうにしているのを見逃さなかった。

咳払《せきばら》いをするように、リアムは表情を隠している。

「そ、そうか。うん、そうだな。え〜と、予算だったか？　俺のポケットマネーで用意してやろう」

ユリーシアは両手で顔を覆う。

(馬鹿！　何でそんなところはウブなのよ！)

リアムの財布のヒモが緩んだ瞬間を見逃さないニアスは、更に追加で要求する。

「レアメタルもお願いします！　あと、うちの戦艦も買ってください。酷いじゃないですか。今編制中の艦隊は、リアム様が用意する艦隊なのにうちからは一隻も購入しないなんて。第三と第六の共同開発の艦艇で統一とか、本当に酷すぎますよ」

「え、そうなの？　ティアに丸投げしたから知らなかったな」

リアムは自分の艦隊なのに、興味すらないような口振りだ。

元第三兵器工場で働いていたユリーシアは、その伝で共同開発の件を聞いていた。

(第九兵器工場も動いていると聞いたけど、見事に第七は省かれたわね)

正規艦隊を用意するため、各兵器工場が忙しく動いていた。

そんな中、ティアにより第七兵器工場は除かれていた。その理由を、リアムも何となく察したのだろう。

「――お前ら、また外見を無視した艦艇ばかり造っただろ」

　ニアスが眼鏡を外して涙を拭う。

「私たちも頑張ったんです！　なのに、あの人が〝リアム様に相応《ふさわ》しくないから〟って断ってきたんですよ。うちに在庫として八百隻もあるんです！　買ってくれないと困るんですよ！」

　ユリーシアは思う。

（相変わらず技術偏重は変わらないのね。そもそも、注文も受けていないのに八百隻も造るんじゃないわよ。馬鹿じゃないの？）

　リアムも呆れていたが――何かを思い付いたようだ。

「いいだろう。その八百隻は買ってやる」

「本当ですか!?」

　喜ぶニアスに、リアムが条件を付けるのだ。

「ついでに追加で注文もしてやるよ。他の兵器工場は忙しそうだが、お前らは暇そうだし。後な――廃棄前の艦艇やら兵器があるだろ？　あれ、俺の方に回せよ」

「もちろん構いませんよ！　やった！　これで次世代艦の開発が進みます」

「それから、俺のために一隻用意しろ」

「一隻？　戦艦ですか？」

「戦艦ではあるが、ちょっとした趣味みたいなものだ」

「は、はぁ?」

そのままニアスと打ち合わせをするリアムは、自分の希望を伝える。

リアムが何を考えているのか、よく理解できないユリーシアだった。

バークリー家の本拠地である惑星。

カシミロは一人の軍人を前にしていた。

「お前の作戦は見せてもらった。実に素晴らしいじゃないか。もっとも、バンフィールド家の小僧を倒すために、大規模な改革を必要とするがな」

軍人は少佐に昇進していたドルフだった。

リアムに負け、その後に人生を大きく踏み外したドルフは軍では閑職に回されていた。損なドルフだが、バークリー家がリアムと戦うと聞いてすぐに馳《は》せ参じた。

リアムと戦う機会を求めていたドルフからは、この作戦に全身全霊で挑もうとする気迫のようなものが漂っている。

「お言葉ですが、この程度でも足りないくらいです。現実的に時間と予算を考慮し、この程度までおさえたのです」

足りないというドルフの意見を聞いて、カシミロはやや驚く。

「艦艇を全て買い換えて、編制まで大きく変えても足りないだと？　中距離や近距離に特化した艦艇の編制など聞いたことがない」

ドルフがカシミロの前に映像を投影する。

　そこにはバンフィールド家の艦隊が映し出されていた。

「バンフィールド家の艦隊は帝国軍と比べても見劣りがしません。また、その規模は最低でも三万隻。多ければ六万隻と予想されます」

「伯爵家にしては大した規模だが、バークリー家の敵ではないな」

「数よりも重要な点があります」

　海賊たちを蹂躙《じゅうりん》する姿が再生されており、バンフィールド家の軍隊の精強さが嫌と言うほど伝わってくる。

「バンフィールド家の強みは、その高い練度と装備の質にあります」

「数で押し切れないのか？　向こうはかき集めても精々六万だろ？」

「こちらが十万だろうと、やつらが一点突破をすれば互いに大きな損害を出してしまいます。最悪、司令官を失うかもしれません。そうなれば負けたも同然です」

　ドルフの作戦だが、それはバンフィールド家のみを倒すために考えられたものだった。

「奴《やつ》らに突撃させ、それを懐で迎え撃ちます。近距離、中距離に特化した艦艇を用意するのはこのためです」

　バンフィールド家の艦隊を倒すためだけに、遠距離攻撃を捨てた応用の利かない十万隻以上の大艦隊を用意すると言い出した。

　だが、カシミロはそんなドルフを評価する。

（どいつもこいつも、あの小僧を低く見て数だけ揃《そろ》えれば勝てると言っていた。だが、こ

いつは違う。こいつほど真剣にあの小僧のことを警戒する奴もいない）

カシミロはドルフを試すような質問をする。

「この編制で相手が普通に戦ってきたらどうするつもりだ？」

「危険ですね。ですが、バンフィールド家にとっては突撃こそが必勝の戦法です。何十年と運用し、そして敵に通用してきた必勝法を捨てるのは難しいものです。強ければ強い程に、彼らは突撃を捨てられないのです」

海賊相手に何十年と突撃してきたのがバンフィールド家だ。

突撃に関しては芸術の域に達していた。

一糸乱れぬ陣形や、恐れを知らぬ勇敢な将兵たち。

こいつらが一番大事な場面で頼るのは、やはり必勝の突撃だろう。

カシミロは、バンフィールド家を理解するドルフに満足する。

（こいつだ。こいつしかいない）

カシミロの期待に気付かないドルフは、説得のため熱弁を振るう。

「確かに金も時間もかかります。ですが、バンフィールド家に勝つために必要な出費です！　艦艇を全て買い換え、人員にはこの作戦を行うだけの訓練が必要になるでしょう。ですが、それだけの価値がある相手なのです！　バンフィールド家を侮ってはなりません！」

リアムのためだけに、バークリー家の艦隊は融通の利かない艦隊になる。

突撃対策は万全になるが、通常での戦闘では弱くなる。

今までカシミロが面会してきた軍人たちは、数を揃えて普通に戦えば勝てると言うだけだった。だが、それでは足りないと、カシミロも考えていた。

「——間に合うか？　バンフィールド家も軍備を増強しているという話だぞ」

「間に合わせて見せます。いえ、間に合わせるのです！　今すぐに動き、一隻でも多く艦艇を揃えるのです！」

ドルフの熱意にカシミロも覚悟を決めた。

「いいだろう。お前を雇おう」

カシミロの言葉に、ドルフは嬉しさのあまり笑みを浮かべてしまう。だが、すぐに顔を引き締めて真顔になった。

「ありがとうございます！　それから、海賊たちをかき集めていただきたい」

「何だと？　あいつらも使うのか？」

「バンフィールド家を叩《たた》くのはバークリー家の艦隊に担ってもらいますが、その他にも圧力をかけておきたいのです」

「小僧の味方は少ないが、ゼロではないからな。いいだろう」

ドルフは今回の戦いで、リアムに味方をする者たちにも圧力をかけることにした。

リアムに増援を出させないためだ。

「それから、リアムが正規艦隊を編制している噂《うわさ》があります。確認しましたが事実でした。

あいつは、その艦隊を切り札にするつもりのようです」

正規艦隊で何万隻。

カシミロはそれを聞いて、海賊たちではどうにもならないと考える。

「軍の中にバンフィールドの小僧を煙たがる連中がいる。そいつらをかき集めるのも悪くないな」

「おぉ、それは是非ともお願いしたい！」

パトロール艦隊やら、貴族の軍人崩れ。

かき集めれば数万隻に届くだろう。

そして、カシミロに味方をするのは軍人ばかりではない。

商人――更には第一、第二の兵器工場も手を貸すと言って秘密裏に接触してきていた。

「ドルフ、集まった軍人共で艦隊を編制できるか？」

「可能ではあります。ですが、使えるとは思えません。囮《おとり》程度ならなんとか、というところでしょう」

ドルフもすり寄ってくる連中が使えるとは思っていないのだろう。

カシミロも同様だ。

「兵器工場に連絡して、そいつらの装備も揃えさせる」

「よろしいのですか？　予算がとんでもないことになりますが？　それに、その手の軍人は待遇が少しでも悪ければ文句を言い離反しますよ」

そこまで金をかけて捨て駒にする価値はないと言うと、カシミロは予算など気にするなと言い放つ。

「構わん！　やるなら徹底的にやれ！　多少金がかかっても、あの小僧へぶつけて少しでも消耗させることが出来れば構わない」

そしてカシミロは、策を完璧なものにするためにもう一手用意する。

「それから海賊共はバンフィールド家の餌になってもらう」

「餌ですか？」

「そうだ。奴らが突撃にこだわるように、これまで以上に戦わせる。奴らが突撃を必勝の戦法だと疑わない状況を維持しておきたい」

仲間である海賊たちを切り捨てて勝ちに行く覚悟を決めるカシミロに、ドルフが冷や汗を流しながら笑う。

「──名案です。これで勝利に一歩近付くでしょう」

海賊たちだけではない。商人、兵器工場──それら全てを巻き込み、バンフィールド家と戦うことになる。

その姿を最初から見守っていた案内人が、拍手を送っている。

「素晴らしい。二人とも、リアムを倒すために頑張ってくれ。私も陰ながら支援してやろう」

そして、ドルフがダメ押しの策を披露する。

「カシミロ様、もう一つ提案してもよろしいでしょうか?」

「何だ?」

「リアムが配属されるパトロール艦隊へ仕込みをお願いします。リアムは出世スピードこそ異常ですが、軍は艦隊司令を任せるとは思えません。配属先のパトロール艦隊司令をこちらに寝返らせましょう」

「そいつはいいな!」

盛り上がる二人の悪巧みに、案内人も満面の笑みを浮かべる。

◇　◆　◇　◆　◇

「これは何だ?」

パトロール艦隊に配属されたはずなのに、現地に来ると複数規模の正規艦隊が待っていた。

三千メートルを超える超弩級《ちょうどきゅう》戦艦のブリッジから見える光景は、宇宙空間に整列したもの凄《すご》い数の大艦隊だ。

視界いっぱいに戦艦が並んでいる光景は圧巻だが、どうしてこうなってしまったのか?

宇宙空間に立体映像が映し出され、俺の配属を歓迎するセレモニーが行われている。

俺の側《そば》にいるのは、副官であるユリーシアと——特殊部隊から戻ってきたマリーだ。

ウォーレスはブリッジの補欠要員として俺の側にいた。

そして――。

「特務参謀殿、この度は俺を艦長に指名していただきありがとう！　本当にありがとう！」

――短髪を逆立てた体の大きな男が、本気で礼を言ってくる。俺の両手を握り、上下に激しく動かしていた。

こいつは最近昇進した【セドリック・ノーア・アルバレイト】准将だ。ウォーレスの腹違いの兄であるため、一応は皇族だが継承権はずっと後ろの方らしい。つまり、ウォーレスと同じく価値のない皇子様だ。

俺が乗り込んでいる旗艦の艦長である。

そして中佐に昇進した俺は、特務参謀という特別な役職が与えられた。

本来存在しない役職だが、俺のためにわざわざ用意されている。

泣いて喜んでいるセドリックに、ウォーレスが呆《あき》れていた。

「泣くほど嬉《うれ》しいのかい？」

「当たり前だ！　意味もなく宇宙をパトロールする日々がどれだけ辛《つら》いと思っている！というか、お前だけこんな優秀なパトロンを見つけやがって！」

羨ましいのか、セドリックがウォーレスの首を絞めていた。

「ギブ、ギブ！」

そんな騒がしいブリッジに、司令官を連れてティアがやって来る。

「リアム様、司令官をお連れしました」

見れば四十代くらいに見える男性だった。

結構な年齢なのだろう。

アンチエイジングが進んでいる今の技術で、中年に見えるというのは長寿の証《あかし》みたいなものだ。

「司令官、世話になるぞ」

人の良さそうな司令官は、ニコニコ笑っていた。

「今話題の伯爵様のお世話をすることになるとは思ってもいませんでしたよ。ま、私は私の仕事をさせてもらいます」

媚《こ》びてくる男ではなかったが、これだけの規模の艦隊を任せられるのなら相応の人物なのだろう。

色々と面倒そうなので、こいつとは喧嘩《けんか》しないことにしよう。

面倒な相手とは喧嘩しないというのを、俺は最近になって嫌というほど学んだ。

——バークリー家。

あいつらは本当にしつこい。

挨拶も終わったところで、ティアが今後の予定を俺に伝えてくる。

「リアム様、明日からは艦隊を率いて辺境基地を巡ります」

「基地巡りだと？」

「はい。顔合わせのようなものです。また、航路の安全確保を同時に行います」

大艦隊を率いて進み、その進路の安全を確保するのが狙いだろう。

普通ならもっと少ない艦隊でやるのだが、これだけの規模でやるというとかなりの無駄だな。

だから、お遊びを思いついた。

「いっそバラバラに動いて目的地を目指したらどうだ？　そうだな、競争にしよう。一番に到着し、海賊やら面倒な問題を解決した艦隊には俺がボーナスをくれてやる」

真面目にするつもりもないので、ゲームでもしようかと言えば――珍しくティアが難色を示す。

「これはリアム様のご威光を示す場でもあります。そのような艦隊運用は、あまりお勧めできません」

「そうなのか？」

大艦隊を率いて威張り散らすのも悪くないかと考えを改めていると、マリーがティアに反論する。

「あら、リアム様のご希望に添えないと？　いいじゃない。これだけの規模なら、一つにまとめて移動しても無駄ですわよ」

挑発するような笑みを向けられたティアは、鋭い目つきになる。

「これだけの規模の艦隊を動かすことを学ぶ場でもある。お前には理解できないようだな」

「常に一緒でなくても、ゴール手前でまとまればいいでしょう。融通の利かない筆頭騎士様ですこと」

二人のいがみ合いに、セドリックとウォーレスがコソコソと話を始める。

「お前のパトロンの騎士たち、何かギスギスしてないか？」

「いつものことだよ。すぐに慣れるさ」

笑っているウォーレスだったが、俺の筆頭騎士と次席騎士が喧嘩とか笑えない。

見かねたユリーシアが、話をまとめ始める。

「中佐、それでは目的地手前まで競争ということでよろしいでしょうか？」

司令官を無視して色々と決まろうとしていた。

俺が司令官に視線を向けると、本人は肩をすくめて答える。

「どちらでも構いませんよ。緊急の用事もありませんからね」

ちょっと規模は大きいが、俺が用意した艦隊なので好きに扱って問題ないのだろう。

そもそもこの規模でも一応はパトロール艦隊だからな。

「なら競争だ。そうだな、海賊を倒せば点数でも付けるか。大規模なら十点とか。点数次第で報酬を用意してやろう」

俺の思いつきで、ゲームが始まると決まり――数日後の少将以上を集めた会議ではルール説明で盛り上がったとか聞いた。

俺？　みんなが競っているのを眺めるのが、悪徳領主というものだ。

だから俺は参加しない。

◇　◆　◇　◆　◇

三千隻を率いてゴール地点——まぁ、ある惑星にやって来た。

そこは帝国の直轄地であり、開拓途中の惑星に指定されていた。

報酬目当てに目の色を変えて競っている連中が、ゴールに来るのはいつ頃になるだろうか？

ブリッジで豪華なシートに座る俺は、グラスに入った飲み物を揺らしていた。

「暇だな。ウォーレス、何か芸をしろ」

「ふっ、私に一発芸を求めるのかい？　残念だが、もうネタが切れてしまったよ」

ウォーレスに無茶振りすること数十回。

流石《さすが》にネタ切れしてしまったようだ。

何もない場所でただ待機して数日を過ごしているが——暇だ。

「暇すぎるな」

豪華客船でダラダラ過ごそうと思っていた。

確かに艦内の設備は充実しており、ちょっとしたショッピングモールもある。

非戦闘員も多く、中にはチェーン店も出店していた。

休憩中や休日中のクルーたちで賑《にぎ》わっており、艦内はちょっとした居住コロニーになっている。

俺も興味はある。あるのだが、悪徳領主の俺がそんなところで遊んで何になる？

一般人として楽しむなどあり得ない。

しかし、部屋にいても暇だ。

最近は一閃《いっせん》流の修行ばかりしている気がする。

「セドリック、ものまねをやれ」

「ふっ、伯爵――俺の持ちネタも使い切ったぜ」

セドリックにも無茶振りをするが、こちらもネタ切れだ。

万策尽きてしまった。

すると、マリーが俺に提案してくる。

「それでしたら、宇宙港の建設などいかがでしょう？　兵士たちに仕事をさせられますし、多少は暇を潰せます。それに、宇宙港を建造すれば今後の活動も楽になるでしょう」

「宇宙港か」

訪れた開拓惑星には、まともな宇宙港が存在しなかった。簡易的な宇宙港はいくつも用意しているが、しっかりした物があれば便利ではある。

外の景色をモニター越しに眺めていると、自然豊かな開拓惑星が見えた。

ブリッジから見える開拓惑星は、開発がほとんど進んでいなかった。

そのため、宇宙港も存在していないため大規模な艦隊が駐留するような場所ではなかった。

この場所に来たのも、日頃帝国軍が来ないからだ。海賊たちの根城がないか、見て回れという上からの命令である。

僻地《へきち》に飛ばされ、そこで賊退治をするように命令されたわけだ。

だが——そこで何をするな、とは命令されていない。宇宙港だって建造して構わないだろうし、その先だっていいはずだ。

「いいな。だが、建造するのが宇宙港だけとは物足りない。ついでだ。この開拓惑星も暇つぶしに開発してやろうじゃないか」

俺の提案にブリッジが一瞬騒然とするが、マリーが睨《にら》み付けて黙らせた後に問いかけてくる。

「よろしいのですか？　ここは帝国の直轄地ですから、リアム様の利益には繋《つな》がりませんが？」

いくら開発しようと俺の物にはならない。だが、そんなことはどうでもいい。

「俺の暇を潰す余興だ。すぐに取りかかるぞ」

やる気を見せる俺に、ユリーシアが提案してくる。

「中佐、地上には開拓民たちがいます。そちらも支援されれば、今後はここを中継基地として利用する際に、住民たちの協力も得やすいかと」

　正直に言えば住人に対して興味はないが、やるからには本気で遊びたい。

　リアル内政ゲームを遊ぶような気分になってきた。

　領地では将来的な収入も考えて天城《あまぎ》に色々と任せたが、こういうのは自分でやってみる方が面白い。

　ま、結果的に失敗しても帝国の領地だ。

　俺は痛くも痒《かゆ》くもない。

「支援してやれ。それからウォーレス。地上にビルを建てるからお前が現場監督な」

「え～」

　嫌がるウォーレスを地上に行かせ、立派な政庁を用意させることにした。次から次にやるべき事が思い浮かんでくる。

　そして、前世の思い出が蘇《よみがえ》る。

「そうだ。箱物とかバンバン建ててやろう」

　箱物とか無駄の極みだからな。

　デザイン重視で設置していこう。

　瞳を輝かせたティアが、手を組んで俺を見ていた。

「流石です、リアム様。思うように開拓が進まない惑星に手を差し伸べられるとは、徳の高い名君に相応《ふさわ》しい振る舞いです」

こいつは本当に俺を誤解しているな。

ゲーム感覚で弄ばれる住民たちの事を考えれば、俺を褒めている場合ではない。

まぁ、他者を踏みつけてこそ悪徳領主だ。

好きなように開発するとしよう。

◇　◆　◇　◆　◇

——リアムの艦隊が、ある地方の海賊たちを根こそぎ滅ぼした。

そんな話題が聞こえてきたのは、リアムが正式配属された半年後のことだった。

首都星でその話を聞いた宰相は、報告の内容に目を見開く。

「凄《すご》いものだな」

宰相はリアムの艦隊がどの程度の実力を持っているのか調べるために、スパイを送り込んでいた。

そんな彼らからの報告は、リアムを褒め称《たた》えるものが多い。

部下の一人が安堵《あんど》した顔をしていた。

「海賊退治を競争させたそうですが、それよりも合流地点の惑星を整備してくれたのが嬉《うれ》しいですね。あそこは開発費の捻出がうまくいかず、放置されていましたから」

リアムの艦隊が競争を行い、ゴール地点となった惑星がある。

そこに一番乗りをして待つ間に、リアムが勝手に色々と整備を進めたようだ。

簡易の宇宙港が出来たため、今後の発展も期待できそうである。

実際、宇宙港が出来たと聞いて、商人たちがリアムを相手に商売するため集まっていた。

そして地上にも開発の手を伸ばしていたのだが、宰相はその報告を見て笑みを浮かべる。

「ふむ、必要な施設を配置したか。機能的でセンスもいい」

そもそも地上にろくな施設がなかったので、何を配置しても住民からすればありがたい話だろう。

外観のデザイン性も重視しており、宰相的には高評価だった。

(八十点だな。経験を積めば、もっと上を目指せるだろう。――軍事ばかりに目がいきがちだが、伯爵は内政手腕で有名になったからな)

最近は海賊狩りの武名ばかり目立っているリアムだが、元々は内政手腕も高く評価されている。

そんなリアムが、辺境にいるだけで勝手に整備を進めてくれる。

放置していれば状況が良くなるため、宰相も笑みがこぼれる。

ただ――宰相も人を信じ切れるタイプではない。

リアムがこのまま無報酬で働くとは、考えていなかった。

「これだけの功績があれば軍も納得するだろう。伯爵の階級を大佐に昇進させてやれ。勲章もつけてやる」

「よろしいのですか？」

「この程度なら安いものだ。来年になれば准将に昇進か？　軍から離れる前には、中将の階級を与えてやれ」

（ま、この程度では喜ばないだろうから、また何か考えておくか）

◇　◆　◇　◆　◇

「やはり生まれが全てを決めるな。そうだろ、司令官」

軍服に輝く階級章は、中将のものだ。

ダラダラとリアル内政ゲームをやるだけで、俺はたった数年で中将になれてしまう。

戦場を必死で駆けずり回る兵士たちが、やっと階級を一つ上げる間に俺は四つも階級が上がっていた。

これが貴族――これこそが悪徳領主だ。

麻雀《マージャン》のようなゲームをしている俺は、対面に座る司令官に話しかけながら自信満々に牌《はい》を切った。

「あ、伯爵。それです。裏ドラも乗りましたね」

だが、捨てた牌を待っていた司令官に、俺は直撃を食らうのだった。

「嘘《うそ》だろ！」

腰が椅子から浮き上がる俺に、司令官は自分の手牌を披露する。

確かに役が出来ているし、裏ドラも乗っている。

この司令官はこのゲームが強すぎて、俺は負け越していた。

「ま、また負けただと!?」

「いや～、申し訳ないです」

この司令官——賭け事にめっぽう強い。

あまりにも強すぎて、ウォーレスやセドリックなどは司令官に丸裸にされて今月は金欠で俺に泣きついてくる始末だ。

一緒に卓を囲むティアとマリーが、勝ち続ける司令官を殺気を宿した目で睨みつける。

「私とこの化石が手を組んで、どうしてリアム様が負ける!?」

「てめぇ！　イカサマしてんじゃないだろうな！」

——いや、イカサマして負けたの俺なんだけどね。

ティアやマリーと組んで、司令官と三対一の状況を作り出していた。普通に考えれば、俺が勝って当たり前の勝負である。

それなのに負け続けていた。

俺が点棒を司令官に投げて渡す。

「ここまでやって負けるのか。司令官、何か勝つコツがあるのか？」

「私は運が良い方でしてね。おかげでこんな大艦隊を率いてゲームをして儲《もう》けています。

まぁ、大事なのは運と——流れを読むことですかね」

「流れ？」

「そう流れです。何事も力任せではいけませんからね。それより、次もやりますか？」

——流れか。確かに世の中には抗《あらが》いようのない流れがある——気がする。

この司令官から、その流れを学ぶのも悪くない気がしてきた。

負け越しているが、そもそも俺には金など関係ない。

いくら負けようと、俺の財布は底を突くことはない。

この司令官から流れを読む力を学ぶために、いくらでも散財してやるよ。

「いいだろう。司令官から流れを読むという事を学ばせてもらう」

「——お手柔らかに」

またゲームが始まろうとすると、ティアもマリーもヤル気になる。

「今度こそ丸裸にしてやる」

「リアム様、合図の確認をしましょう」

堂々とイカサマをする俺たちに勝つ司令官——やはりただ者ではなかったな。

何というか、師匠と同じ臭いを感じる。

師匠——元気にしているだろうか？

相変わらず行方が摑《つか》めないが、師匠のことだから俺が心配するまでもないだろう。

◇　◆　◇　◆　◇

司令官は思っていた。

（――何でイカサマをしているのに、こいつら食いついてくるんだよ！）

リアムが堂々とイカサマをしているのもあるが、圧倒的に強いのは司令官だ。

そもそも、麻雀のようなゲームの台を用意したのは司令官である。

当然のように勝つために必要な仕掛けが用意されており、勝って当たり前の状態だ。

イカサマで金持ちの貴族から金をむしり取ろうと持ち込んだのだが、リアムたちが食らいついてきて焦っていた。

司令官は、リアムの剣の師である安士《やすし》と同じ――詐欺師の部類だ。

（簡単な仕事だって言っていたじゃないか！）

元々、司令官は貴族出身だ。

家の事情、帝国の事情、その他諸々《もろもろ》の事情で司令官という立場にいるだけだ。

士官学校での成績も悪かったが、実家の力でここまで出世してきた。

（というか、こいつら絶対におかしいって！　何だよ。好き勝手にしているのに軍で昇進するとか――俺なんか、出世するために賄賂が必要だったのに！）

貴族だろうと軍隊で出世するのは大変だ。

大貴族だろうと、リアムのように簡単に出世は出来ない。

それだけ、リアムは異例だった。

(何なの？　何で自分の利益にならない領地を発展させているの？　やっぱりこいつとは合わないわ)

性格の不一致を感じながら、司令官は次のゲームを始める。

すると、ゲームを見守っていたユリーシアがタブレット型の端末でメールをチェックしていた。

「中将、この近くの領主より増援要請が来ています」

「またか？　内容は？　規模は？」

「他領から流れてきた海賊退治の依頼ですね。数は一千隻を希望しています」

「暇そうな連中を派遣しろ。それからゴミは全て回収させろよ」

「では、すぐに派遣します。それで、海賊の処分は――」

ユリーシアが海賊の処分を訪ねると、牌を見ているティアが会話に割って入る。

「皆殺しになさい。海賊など生きている価値がないわ。――そうですよね、リアム様？」

酷《ひど》く冷たい声で皆殺しと言ったかと思えば、後半は猫が甘えるような声で同意を求める。

マリーが舌打ちをするが、リアムは自分の手牌を見て小さく頷《うなず》いていた。

「消せ」

敵対する者に対して酷く冷たいリアムの一言に、司令官は震えが止まらなかった。

(助けなくてもいいのに、わざわざ海賊退治に味方を出すのか。海賊嫌いの噂《うわさ》は本当だったな。それよりも――バークリー家にはこいつを裏切れって言われているけど、もし裏切りが知られたら俺はこいつらにどんな目に遭わされるか）

リアムも恐ろしいが、ティアやマリーも司令官には恐ろしくてたまらなかった。

ユリーシアがゲームを続ける四人に呆《あき》れつつ、話をまとめる。

「それでは一千隻を派遣し、海賊はいつものように」

派遣が決まると、リアムは手牌を眺めながらゲームに集中する。

「さて、どれを捨てるか」

司令官は、艦隊の派遣を決めたリアムを不思議そうに見る。

（別に周辺の小領主の頼みなんか聞く必要もないんだがな。それに、開拓惑星なんて無視しても誰も文句を言わないのに。やっぱり、善人って嫌いだわ）

司令官から見てリアムは、必要以上に働く真面目な貴族だった。

頼まれてもいないのに周辺領主を助け、味方からの救援要請も快く引き受ける。

普段口は悪いが、その姿はまさに正しい貴族の姿だ。

それが司令官のような、自分を俗物と理解している人間には、眩《まぶ》しく見えて仕方がない。

（ま、基本的に本人は動かないし、俺も暇だからいいけどさ）

「伯爵、それロンです」

「何だと!?」

◇　◆　◇　◆　◇

機動騎士が並ぶ格納庫。

そこで腕組みをして量産機であるネヴァンを見上げているのは、紫色の長い髪を揺らしているマリーだった。

周囲にはマリーに従う同じ派閥の騎士たちもいて、同じようにネヴァンに視線を向けている。

皆の視線を集める紫色のネヴァンは、マリーのために用意されたカスタム機だ。

ティアと同様に、エース用に改修されていた。

しかし、マリーたちは物足りなさから、小さな溜息《ためいき》を吐《つ》く。

「こいつも悪い機体ではないのだけど、やはり物足りないわね」

ネヴァン——第三兵器工場で製造された次期主力量産機候補の機体は、バンフィールド家やリアムのパトロール艦隊が先行して配備を進めている。

多少コストはかかるが、機体性能は全てにおいて高くまとまっている優秀な機体だ。

それでも物足りないと言うマリーは、自分たちの時代を思い出す。

二千年も前。石化される前は、ネヴァンのような機体は主流ではなかった。

「アシスト機能が煩わしいわね。リアム様のアヴィドは例外としても、主力機全てにサポートが充実しているのはどうなのかしらね？」

例を出すならば、車のマニュアル車とオートマチック車だろう。

アシスト機能が充実している代わりに、操縦している感覚が乏しい。

それが物足りなさに繋《つな》がっていた。

マリーの副官的な立場の騎士が、ティアたちを引き合いに出す。

「今の時代の騎士たちが軟弱ですからね。あのミンチ女からして、筆頭でありながら機体はアシスト機能がついています」

「騎士を名乗るには実力不足よね。それはともかく、ネヴァンではあたくしたちの実力を発揮できそうにないわね」

ネヴァンは優秀な機体だが、マリーたちは今後を考えてもっと自分たち好みの機体を求めていた。

悩むマリーたちの側《そば》を通りがかるのは、ニアスを連れたリアムだった。リアムの副官であるユリーシアの姿もあるが、少しばかり不機嫌に見える。

マリーたちが敬礼を行うと、周囲で作業をしていた整備兵たちも続く。

リアムがマリーの側に来ると、片手を上げた。

「作業を続けろ」

周囲が作業に戻ると、マリーはリアムに問う。

「リアム様、格納庫に何用でしょうか？」

チラリとニアスの方を一瞥《いちべつ》したリアムは、格納庫に来た理由を答える。

「ニアスとの打ち合わせだ。依頼していた品が完成間近だから、その最終確認をしていたところだ」

全員の視線がニアスに集まると、本人は嬉《うれ》しそうに微笑《ほほえ》んでいる。

「随分と楽しい依頼でしたよ」

対して、ユリーシアはそんなニアスから顔を背けていた。

「何が楽しいんだか。――それよりも、マリー大佐たちはどうして格納庫に？」

逆に問われたマリーは、視線を紫色のネヴァンへと向けて皆の視線を誘導する。

「機動騎士について相談していましたわ。ネヴァンは確かに優秀ですが、あたくしたちの乗機としては性能不足かと思いまして」

マリーの言葉に、元第三兵器工場の関係者であるユリーシアが眉をひそめる。

「ネヴァンは次期主力機の最有力候補ですよ。これ以上の機体は、帝国には存在しません」

「それは残念ね」

肩をすくめるマリーに、商機を感じ取ったニアスが売り込みをかける。

「それでしたら、第七兵器工場が皆様にピッタリの機動騎士をご用意しましょうか？」

こいつはまた何を言い出すのか？　そんな風に周囲が思っていると、興味を示す人物がいた。――リアムだ。

「面白そうだな。どうせ暇だから造らせてみるか」

まるでプラモデルでも作らせるような気軽さで許可が出ると、ニアスの目の色が変わる。

マリーたちを無視して、リアムに近付いて熱心に売り込みをはじめる。

「本当ですか!!　本当に建造して構わないんですよね？　ね!?」

「好きにしろと言った。それより、本当に造れるのか？」

リアムが疑った視線をニアスへと向ける。

ニアスは眼鏡の位置を正しながら、マリーたちの専用機開発への自信を見せた。

「お忘れですか？　前回のアヴィドの改修時に、テストパイロットをしたのはマリー大佐ですよ。その時のデータは第七兵器工場に残っていますからね。予算を用意していただければ、すぐにでも開発に取りかかれますよ」

不敵に笑うニアスに噛《か》みつくのは、ユリーシアだった。

「ネヴァンは第三兵器工場が開発した傑作機ですよ！　これ以上の機体なんて、次の世代を待たないと出ませんよ！　でまかせを言わないでください！」

「失礼ね。確かにネヴァンはバランスの取れた機体だと思うわよ。けど、汎用性を追求して、エースに回す機体としては物足りないわよね？」

「うっ！　で、でも、エース用のカスタム機だってありますし」

「この前、そのカスタム機の開発で失敗したそうじゃない。馬鹿みたいな出力を出すようにしたら、誰も乗りこなせなかったのよね？」

「何であなたが知っているんですか!?」

「誰も扱えない欠陥機という噂は、私の耳にも届いているわよ。第三兵器工場って量産機は得意でも、エース用の特機は下手くそなのよね」

「こ、この変態集団が」

万能故に突出した能力がないのが、ネヴァンの弱点だった。

マリーがそんなエース用のネヴァンに興味を示す。

「その機体、気になるわね。データを見せてくれるかしら？」

ユリーシアが欠陥機のデータを公開するのをためらうが、ここでリアムも興味を示した。

「気になるな。俺にも見せろ」

ユリーシアが諦めてデータを公開する。

「あまり言いふらさないでくださいよ」

空中に投影された映像には、改造されたネヴァンの姿があった。装甲が外され、フレームだけのネヴァンのデータにマリーが眉をひそめる。

「これは駄目ね」

そう言うと、ユリーシアが肩を落とす。

「マリー大佐でも駄目ですか？」

「乗れと言われれば乗れるけれど、性能を引き出すのは無理よ。それこそ、普通のネヴァンに乗った方がマシね。こんな機体を乗りこなせるのは、リアム様か――もしくは一種の操縦の天才だけね」

リアムがアヴィドを降りてまでネヴァンに乗ることはなく、これでは無意味という話でまとまった。

すると、自信を見せるニアスが胸を張る。

「まぁ、見ていなさい。第七兵器工場の実力を見せてあげるわ！」

そんなニアスに、マリーも期待を寄せる。

「お願いするわよ、ニアス。あたくしたちに相応《ふさわ》しい機体を用意して頂戴。そうね、あたくしたちのように優美で力強い機体がいいわね。性能はもちろんだけど、外見だって軽んじては駄目よ。リアム様のお側に立つに相応しい機体でなければね」

「任せてくださいよ！　完璧に仕上げて見せます！」

◇　◆　◇　◆　◇

それからしばらくして、第七兵器工場から新型機が到着した。

シンプルな造りをしながらも、頑丈で高性能な機体だ。

スペックだけならばネヴァンを凌駕《りようが》していた。

その分だけ操縦性に問題を抱えているが、エース級のパイロットが乗り込むならば問題ないという機体だ。

エースのために開発された高性能機だ。

「これが第七兵器工場の開発したラクーンです！」

カタログスペックは確かに驚異的で、資料を見ている野次馬のパイロットや整備士たちが感嘆の声を上げていた。

だが。

「ラクーン。ラクーンですって。良かったわね、マリー大佐」

手で口元を隠していたティアだが、笑っているのが丸わかりの顔と声だった。

機体の足下から見上げているマリーは、握った手を震わせている。

マリーの部下たちが、なだめようと必死に声をかけていた。

「マリー様、性能はネヴァン以上ですから！」

「こ、これはこれで可愛《かわい》いのではないでしょうか？」

「お気持ちは理解できますが、この場は落ち着いてください」

自分たちのために用意された専用機だが、性能は何も問題なかった。

むしろ、マリーたちの好みだろう。――性能だけならば。

ただ、問題が一つだけ。

「この丸っこいデザインは誰の発案なのかしら？」

ニアスが笑顔を見せる。

「私です！　狸《たぬき》のように見えますが、尻尾に見える部分は交換可能で、色んな状況に対応できますよ。ラクーンこそが、次世代の量産機ですよ！」

血管をひくつかせ、目を血走らせたマリーがニアスに殺気を向けていた。

馬鹿にして笑っているティアたち敵対派閥の騎士たちも許せないが、何よりもこんな機体を自分たちに相応しいと用意したニアスが気に入らない。

ラクーン――それは見るからに重装甲。いや、丸くてぽってりと太っているような機動騎士だった。

見ようによっては可愛いのだろうが、騎士が乗るにしては格好がつかない。

マリーはニアスの胸元を摑《つか》んで持ち上げる。

「お前はあたくしをどんな目で見ているのかしらね？　あたくしが、狸が似合う女だと言いたいのかしら？　これのどこが優美なのよ！」

「どうしてですか!?　自信作ですよ!!　それにほら、この曲線美！　力強さも兼ね備えた素晴らしい外観じゃないですか!?」

「殺すぞ！　こんな機体が、このあたくしに相応しいと本当に思っていたの!?　その頭、一度かち割って中身を確認させなさいよ」

激怒するマリーにニアスが怯《おび》えて震えていると、ティアが馬鹿にした笑みを作って近付いてくる。

「おいおい、そんなに怒るなよ。お前に相応しい機体じゃないか」

「――てめぇはこの場で殺してやる」

無表情になったマリーがニアスを放り投げ、武器に手をかける。同様に、周囲にいた仲間も武器を手に取った。

ティアや、その仲間の騎士たちもためらうことなく武器を抜く。

「上等だごらぁ！」

汚い声を出して二人が互いに踏み込もうとすると、格納庫にリアムがやって来た。

ユリーシアを連れており、ギスギスした格納庫で一人だけ上機嫌である。

「ニアスが開発したにしては、思っていたよりもまともだな。見た目が可愛いじゃないか」

リアムがそう言うと、床に捨てられたニアスが四《よ》つん這《ば》いで駆け寄ってすがりついた。

「リアム様助けてください！　せっかく造ったラクーンを、皆さんが馬鹿にするんです！　最高傑作なのに！　私の自信作なのに！」

泣きつくニアスの言葉に、リアムがマリーやティアを睨《にら》む。

「――そうか。俺は気に入ったのに、お前たちは気に入らないのか。何か文句があるなら言っていいぞ。だが、先にどうして武器を持っているのか教えて欲しいけどな。おい、早く答えろよ」

上機嫌なリアムが、最後の言葉だけ語気を強めると全員が武器を納めた。

格納庫の整備兵や一般兵士たちが、胸をなで下ろしている。

マリーとティアは、ガクガクと震えながらリアムの前に来て膝をついて頭を垂れた。

「お、お許しを」

「申し訳ありません」

喧嘩《けんか》を止《や》めた自分の騎士たちを見て、リアムは目を細める。

「お前らは少し五月蠅《うるさ》すぎる。それはそれとして、ラクーンは気に入ったが格好がちょっとな。今の流行ではないからリテイクだ。もっとスマートな機体にしろ」

「そんなぁ～!!　採用されると思って、もう三百機は製造したのに!!」

泣き叫ぶニアスを見下ろすユリーシアは、心底理解に苦しむという顔をしていた。

「何で採用される前提なの？」

◇　◆　◇　◆　◇

リアムたちがそれなりに楽しく過ごしている頃。

バークリー家では、三十万隻を超える大艦隊の準備が整いつつあった。

率いるのはカシミロの息子と、参謀としてドルフが側《そば》につく。

実質的にドルフが中心となって艦隊を動かす事になっていた。

宇宙に整列する大艦隊は、バークリー家が全力を出して用意した結果だ。

エリクサーをばらまき、レアメタルを大量にかき集めた。

傘下の海賊たちをバンフィールド家の餌にしたため随分と失ったが、その穴埋めのように帝国軍から協力者たちが集まっている。

当初の予定よりも数は膨れ上がっていた。

質と数――両方揃《そろ》った艦隊だ。

「ドルフ、この艦隊でバンフィールド家を潰せるんだろうな？」

幹部――カシミロの長男である【ジーン】の言葉に、ドルフは深く頷《うなず》いた。

「この艦隊で駄目なら、誰もリアムを止められないでしょう」

「そうだな。――よし、出撃だ！」

三十万を超える艦隊が、バンフィールド家に向かって出撃する。

◇　◆　◇　◆　◇

その頃、バンフィールド家でも動きがあった。

いつものようにブライアンが仕事をしていると、焦ったセリーナが近付いてくる。

ほとんど廊下を走っており、侍女長としてどうかと思うブライアンだったのだが――。

「ブライアン、バークリー家が動いたよ」

「な、何ですと!?　リアム様がまだ戻られていないというのに！」

こうした戦いの際、当主が修行中で不在時の時は狙わないのが暗黙のルールだ。

何しろこれでは騙《だま》し討《う》ちに近い。

そんな行為をするということは、バークリー家が貴族として汚い――という以上に、なりふり構わない事を示していた。

「ブライアン、リアム様にすぐに知らせな」

「わ、分かりました！」

この日のためにバンフィールド家でも軍事力を増強してきた。

しかし、セリーナは不安を隠せない。

「それにしても三十万を超える大艦隊か。バークリー家を甘く見ていたね」

リアムが軍事力に力を入れてきたとは言え、バンフィールド家の艦隊は九万隻に届かない。

そこから戦力として出せるのは――七万隻。

相手の戦力は四倍を超えている。

「リアム様がいないのもタイミングが悪いね。これは、本当にバンフィールド家も――」

バークリー家のなりふり構わない行為に、セリーナも苛立《いらだ》ちを覚える。

そんな様子を楽しそうに見ているのは、誰にも気付かれない案内人だ。

「――そうだ。慌てろ。リアムが来れば助かると思っているだろうが。お前たちに待っているのは死だけだ」

バンフィールド家の全てが滅びる様を想像し、案内人は声を上げて笑うのだった。

「リアム、早く来い！　いや、全てが消え去った後に来るのもいいな。お前が絶望する顔を見せてくれ！」

◇　◆　◇　◆　◇

開拓惑星に用意された簡易な宇宙港。

そこにやって来たのはトーマスだ。

「リアム様、相変わらず精力的に動かれているそうですね」

――これは急造の宇宙港を見て、嫌みを言っているのだろうか？

暇潰しで建造した宇宙港は、問題も多いが必要機能は所持しているはずだ。

「こんなの暇潰しだ。それより、今日は何の用だ？」

「はい。実は艦隊向けの商品を運んできましたので、商売の許可をいただけたらと思いまして」

艦隊のクルー向けに商売をしたいらしい。

「好きにしろ」

「ありがとうございます。では、すぐにでも――」

トーマスと商談をしていると、宇宙港にサイレンが鳴り響く。

「何だ？」

すぐに俺のところにユリーシアから通信が入ってきた。

「何があった？」

『輸送船団が現れました。敵対するつもりはないようですが、あまりに急にワープしてきたので警戒しています』

急に現れるなど交通違反をしているようなものだ。

俺は舌打ちする。

「どこの馬鹿だ」

『クラーベ商会とニューランズ商会です。パトリスと名乗る商人が、急いで中将に面会したいとのことです』

何があったのか聞く前に、大体の予想がついてしまった。

トーマスを見ると顔が青ざめていた。

「まさか！　リアム様、もしやバークリー家が動いたのでは!?」

――またバークリー家だ。

いい加減に嫌になる。

◇　◆　◇　◆　◇

俺が旗艦に乗り込むと、ブリッジでは慌ただしい声が飛び交っていた。

「補給と整備が終わった艦艇の数は！」

「現在約一万隻です！」

「かき集められるだけかき集めろ！」

ティアが中心となって指示を出している。

その様子を見ている司令官は腕を組んで黙っていたので、暇そうだから話しかける。

「司令官は落ち着いていますね」

「慌てても意味がない。こういう時は落ち着くべきだよ。勝率を少しでも上げたいのならね」

これも流れを読むという司令官のやり方なのだろうか？

だが、確かに慌てても仕方がないな。

「それもそうですね」

数が集まりきらない内に出撃しようとするティアに、俺は待ったをかける。

「ティア、艦隊が揃うまで出撃はするな。それから、クラーベとニューランズが補給物資を山のように持って来たぞ。配ってやれ」

俺の提案にティアは驚いていた。

「リアム様!?　で、ですが」

「俺の領地には突撃は禁止して時間を稼ぐように伝えろ」

切れ者の司令官が言うのだから、きっと何かあるのだろう。

今は落ち着いて対処すべきだ。

マリーがブリッジに駆け込んでくると、すぐに俺に報告してきた。

「リアム様！　バークリー家の艦隊の数、おおよそ三十万隻とのことです。それから、ワープする宙域に帝国軍が待ち構えているとの情報があります」

「帝国軍だと？」

俺たちが利用するワープできる宙域を塞ぐように、帝国の艦隊が待ち受けているらしい。

——何がしたいんだ？

◇　◆　◇　◆　◇

ワープ可能宙域。

リアムを待ち受けるのは、不良軍人たちが率いる艦隊だった。

バークリー家や兵器工場から提供された艦艇の数は三万隻に届く。

中には古い艦艇もあるが、その数は大艦隊と言って間違いない。

旗艦のブリッジには、貴族出身の将軍たちがいた。

軍服を派手に改造し、胸には勲章をいくつもぶら下げている。

「今頃は大慌てでこちらに向かっていることだろうな」

「バークリー家が本気になれば、あの小僧もおしまいだ」

「帝国軍の戦いというものを見せてやろうではないか」

笑っている将軍たち。

だが、オペレーターが叫び声に近い大声を上げる。

「司令！　て、敵が攻めてきました！」

「もう来たのか？　では、相手をしてやるとしよう。小僧に通信を繋《つな》げ！」

だが、通信を繋ぐと、出て来た顔はリアムではなかった。

眼帯を付けた軍人――歴戦の将軍という風格を持つ男がモニターの画面に登場する。

「き、貴様は誰だ!?」

将軍が知らない人物に慌てると、相手が先に口を開く。

『貴官らの行動は軍規に違反している。よって、これより我々が貴官らを拘束することになった』

「な、何!?」

『すぐに戻れば許してやる。そうでなければ、我々が相手になってやろう』

集まったのは国境配備されている正規艦隊だ。

他にもかき集め、その数は四万隻になっている。

「我々に逆らうというのか！」

自分たちが貴族出身であることを振りかざすが、相手の将軍は気にもとめない。

『違うな。帝国に逆らっているのは貴官たちだ』

「あ、あの小僧に味方するというのか！」

リアムに味方をする軍人たちは、貴族や不良軍人たちを前に真実を告げる。

『――バークリー家に勝たれては困るのだよ。これ以上、貴族たちを優遇されては軍を維持できない。それにな、伯爵は貴官らと違って品行方正だ。その彼がバークリー家と戦うというなら、支援したいというのが我々の――いや、辺境にいる軍の決定だよ』

貴族の将軍たちが優遇されるため、割を食う軍人たちが多かった。

特に国境や辺境に配置されている艦隊は酷《ひど》く、貴族たちに対して不満が強い。

そんな状態でも、帝国には何とかなる国力があった。

しかし、リアムのような存在が出てくれば別だ。バークリー家を廃して、リアムを支援する方が辺境や国境の軍には都合がいい。

貴族の将軍が叫ぶ。

「こ、攻撃しろ！」

だが、相手は余裕すらある。

『そうなると思っていたよ。残念だが、貴官らと経験が違う。本物の戦いというものを教えてやろう』

こうして、貴族の艦隊はリアムとは違う正規艦隊に攻撃を受けて全滅するのだった。

バークリー家に攻め込まれたバンフィールド家は、七万という規模の大艦隊を出撃させて迎え撃っていた。

要塞級と呼ばれる球状の戦艦が総旗艦とされ、そこには各艦隊の司令官が立体映像で軍議を行っていた。

七万隻もの大艦隊を出撃させたのは、バークリー家が三十万規模の大艦隊を出撃させたからだ。

宇宙空間で、四十万近い艦艇が今もにらみ合いを続けている。

そんな四倍もの敵と戦うために軍議を開始したのはいいが、バンフィールド家の将軍たちは対処法でもめていた。

「何故《なぜ》突撃しない！　三十万の大軍だぞ。これが散開し、領内を荒らし回る前に叩《たた》かねば、バンフィールド家は負けたのも同義ではないか！」

「司令官、ここは突撃あるのみだ！」

「これだけの数の差があれば、まともにぶつかれば勝ち目はない。一点突破で、敵の頭を潰すのが合理的だ。我々は常にそうしてきた！」

将軍たちが突撃を進言するが、全軍を預かる総司令官は腕を組んで難色を示している。

両軍が向かい合ったまま、既に一週間が過ぎようとしていた。

大規模な艦隊がぶつかる前は、異様に静かだ。

互いの陣形を探り、その対処で陣形を変えて距離を詰めるなり開けたりする。

実際に攻撃を行うのに、一ヶ月以上も時間がかかることもある。

だが、海賊相手にこれまで突撃で叩き潰してきたバンフィールド家の艦隊は、この待つ時間に焦《じ》れていた。

不満の声を上げる将軍たちに、総司令官が重い口を開いた。

「リアム様のご命令だ」

総司令官がそう言うと、将軍たちが顔を見合わせる。

「リアム様の命令だと?」

「今は帝国軍に任官しているはずだが」

「連絡がついていたのか?」

総司令官はリアムの現状について語る。

「配属された艦隊を率いてこちらに向かっているそうだ。それまでは睨《にら》み合っていろとの命令だ」

何十年と突撃してきた艦隊は、突撃志向が強くなっていた。

「司令官、だがこのまま援軍を待っても状況は変わりません」

リアムが配属された艦隊は多くて三万隻。

その程度の数が増えたからと言って、戦力差はそこまで変わらない。

バークリー家が依然有利だった。

「それは理解している。だが、これは命令だ」

リアムの命令では従わざるを得ない。

将軍たちが口を噤《つぐ》む。

◇　◆　◇　◆　◇

バークリー家の旗艦。

レアメタルを贅沢《ぜいたく》に使用した戦艦のブリッジで、ドルフにジーンが詰め寄っていた。

「おい、あいつらは動かないぞ！」

一週間もの間、バンフィールド家が突撃してこない。

これに動揺したジーンが、不安を覚えたようだ。

だが、詰め寄られたドルフは動じない。

「心配ありません。リアムがいないため、判断に困っているだけでしょう」

「だが、これでは予定が違う」

「最初から予定通りにいくとは考えていませんよ。ですが、この戦力差を覆すのはほぼ不可能です」

兵器工場からは、最新鋭の艦艇やら機動騎士を用意させた。

クルーの教育や訓練も行っている。

莫大《ばくだい》な予算をかけて用意した大艦隊だ。

だが、その陰でエリクサーを確保するために滅んだ惑星や、重税で苦しむバークリー家の領民たちがいた。

もっとも、ドルフもジーンもそんなことは気にしない。

大事なのはリアムを――バンフィールド家を滅ぼすことだ。

「リアムが軍で自分の艦隊を編制した噂《うわさ》もある」

パトロール艦隊の編制と言いながら、三万隻の艦隊を用意した噂はドルフたちにも届いていた。

「三万隻を用意したようですが、その艦隊が加わっても我々の優位は崩れません。挟み撃ちされたとしても、艦隊を二つに分けて対処可能です。そして、この状況を覆すために残っているのは――」

「バンフィールド家のお家芸の突撃か？」

「はい。もっとも、突撃などしてこなくても問題ないのです。我々は既に勝っているのですよ」

リアムを警戒し、出来うる限りの準備をしてきた。

今のドルフは、リアムの天敵であるという自負がある。

（士官学校での借りを返させてもらうぞ、リアム。お前の大好きな実戦で、お前を負かしてやる！）

堂々としたドルフに、ジーンも不安が払拭され落ち着きを取り戻す。

「そ、そうか。なら、安心だな」

バークリー家の艦隊は、これまでの海賊たちとは違い訓練されている兵士たちである。

ドルフの命令にしっかり従い、バンフィールド家の艦隊と向き合っている。

自分の手足のように動く味方を得て、ドルフは勝利を確信していた。

だが、気を抜いた様子は一切ない。

士官学校でリアムに負けたことで、ドルフが成長したからだ。

（あの時の敗北は、今日この時のためのものだ。シミュレーターでの負けは受け入れてやる。だが、最後に勝つのはこの私だ！）

◇　◆　◇　◆　◇

宇宙空間で旅行鞄《かばん》の上に立つ案内人がいた。

向かい合う艦隊を眺め、カップを手に持って紅茶を飲んでいる。

ここが宇宙空間であるとか、そんなことは案内人には関係ない。

「両軍共に動きはなし。だが、もう勝敗は決まったようなもの。後は、どのような形でリアムが絶望するのかが気になるところですね」

リアムがバンフィールド家の軍隊に合流しても十万。

バークリー家の戦力は三十万以上。

共に装備、練度では大差がない。

バンフィールド家の方が全体的に優れているが、それで覆せる差ではなかった。

「ある程度実力が同じであれば、戦いは数が多い方が勝利するのが自明の理。奇策、油断、奇跡――その他諸々《もろもろ》が起きようとも、この差は覆せない。もっとも、今のドルフは油断もなければ奇策が通じる相手でもないがね」

動きはないが、一度動いてしまえば後は終わるまで続く。

この静かな時間を案内人は楽しんでいた。

「私をここまで苦しめてくれたリアムとの関係もこれで終わる、か」

実に感慨深い――というのが案内人の感想だ。

ここまで自分を苦しめたのはリアムが初めてである。

「全てが終わったら、リアムにはとびきりの地獄を用意してやろう。一度死んだくらいでは許してやらないぞ。何度も転生させて――」

リアムが泣いて許しを請う姿を想像しながら、案内人はその時が来るのを待つ。

すると、肌を焼くような嫌な感覚が強くなった。

それだけで、案内人はリアムが近くにいると判断する。

「来たか、リアム！」

ワープホールが出現し、そこから次々に艦艇が出現してきた。

「ふははは！　待っていたぞ、リアムゥゥゥ――ん？」

案内人が喜んでカップを放り投げ両手を広げていたのだが、ワープホールから出てくる艦艇の数が――多い。多すぎる。

続々と現れる艦艇の数が、三万隻を超えて更に増加している。

「おい、ちょっと待て！　いったいどういう事だ!?　どうしてそんな数を用意できる！」

リアムが近くにいるのは間違いない。

だが、あまりにも様子がおかしかった。

間違いなくリアムが率いている大艦隊は――その数が十万を超えている。

案内人が頭を抱える。

リアムの強い感謝の気持ちが、案内人の皮膚をこがしていく。

「何故だ。どうしてだぁぁぁ！　お前はどうしてぇぇぇ!!」

◇　◆　◇　◆　◇

旗艦がワープホールを抜けた直後だった。

「ん？」

俺が顔を上げると、紅茶を持って来たマリーが俺の様子に疑問を持ったらしい。

「どうしました、リアム様？」

「――いや、気のせいだ」

マリーにはごまかしたが、懐かしい案内人の声が聞こえたような気がした。

きっと、この戦場でもあいつが見守ってくれているのだろう。

なら、この結果も当然だな。

マリーから受け取った紅茶を飲むと、オペレーターたちの報告が次々に聞こえてくる。

「第二十四艦隊、無事にホールアウトしました」

「第三十六艦隊、こちらの指示を求めています」

「敵艦隊を確認！　両軍、まだ交戦していません！」

俺の領地に攻め込む馬鹿がいると聞いて戻ろうとしたら「あ、手を貸すよ」と言ってくれた正規艦隊の司令官が多かった。

国境を守る艦隊も必要なので、連れて来られたのは十二万隻だ。

やはり賄賂の効果は絶大だな！

賄賂というか、補給物資を適切に届けただけなのに恩を感じてくれるからありがたい。

それから、商人たちが補給物資を次々に送ってくれたため、気兼ねなく大艦隊を動かせる。

御用商人を増やしておいて正解だった。

ティアが俺に作戦を提案してくる。

「リアム様、この状況なら敵を挟み撃ちに出来ます。数はこちらが少ないですが、バンフィールド家の艦隊を突撃させれば、大打撃を与えられるかと」

「そうか」

ティアの作戦を受け入れようとすると、これまで黙っていた司令官が慌てて俺を止めてきた。

「待つんだ！」

普段何も言わない司令官の慌て振りに、少しばかりティアも驚いていた。

「――司令、何か問題でも？」

だが、すぐに司令官をティアが睨み付け、マリーが武器に手をかけようとしているところで俺はシートから立ち上がって二人を止める。

「待て。司令官、何か他に提案があるのですか？」

すると、司令官は咳払《せきばら》いをしてから俺に説明してくれる。

「確かに有効な手だが、それでは被害が大きすぎる。これだけの規模の戦いならば、相応のやり方があると思う」

ユリーシアが疑った視線を司令官に向けていた。

「相応のやり方とは？」

司令官は一瞬視線を泳がせたが、すぐに作戦を説明してくれる。

「まずは距離を取り撃ち合うのがいいだろう」

腕を組むマリーは、司令官の弱腰の戦い方が気に入らないようだ。

「消極的すぎますわね。リアム様に相応《ふさわ》しい戦いではありませんわ」

――え？　そうかな？　そもそも、俺に相応しい戦い方って何だろう？

周囲から反対される司令官だが、今回はいつにも増して真剣な表情をしていた。

「王者には王者の戦い方がある。特務参謀――君がこれまで海賊相手に武功を重ねてきたのは事実だが、これだけの規模を率いる身でそれは駄目だ」

俺に王者の戦い方を説く司令官に、ティアが激怒して武器に手をかけた。

「無礼な。リアム様は既に王者の風格をお持ちだ！　お前に言われるまでもない！」

ティアに続いて、マリーも俺を褒め称《たた》えてくる。

「この世の絶対的な存在がリアム様よ。お前の浅い考えなど、リアム様には必要ないわ」

――こいつら、本当に俺という人間を理解していない。

きっとこいつらの中で、俺は凄《すご》く素晴らしい人間に見えているのだろう。

だが、それは全て錯覚だ。

「俺は止《や》めろと言った」

ティアを押しのけ、俺は司令官を見る。

その真剣な目に、俺は勝負師としての司令官を信じた。

流れを読む。――ここで実戦してやろうじゃないか。

「いいでしょう。全軍に通達。距離を取り攻撃を開始する。敵との距離は常に一定に保つように伝えろ」

俺の命令に、ティアとマリーが目を見開いて驚いていた。

それだけ意外なのだろう。

遠距離からチマチマ攻撃するという卑怯《ひきょう》な戦い方だが、そもそも悪徳領主は卑怯者だ。

勝てば良いのだ。

戦い方などどうでもいい。

マリーが俺の意思を確認してくる。

「リアム様!?　ほ、本当によろしいのですか？」

「くどい。俺の命令に従え」

◇◆◇◆◇

司令官は安堵《あんど》していた。

（ふざけんな！　あんな大艦隊に突撃とか馬鹿なのか？　ここはチマチマ撃ち合って、互いに疲れて退く方が安全だろうが）

突撃をなんとか回避して安堵する司令官は、もうリアムたちとは関わらないと心の中で誓うのだった。

(このまま距離を取って戦えば、この戦艦は沈まないだろ)

リアムの乗る戦艦は特注である。

そのため、簡単には沈まないようになっていた。

だが、ここでリアムがとんでもない事を言い出す。

「よし、俺も主砲を撃ちたいから、旗艦は前に出ろ！」

ノリノリで旗艦を前に出せ、と言い出した。

(——え？)

驚く司令官だが、それは周囲も同じだ。副官のユリーシアも驚いている。

「中将、前に出ないのでは？」

「距離を取れば安全だろう？　なら、一番前に出て敵を撃ち落としてやる。おい、主砲のトリガーを俺に寄越《よこ》せ」

(嘘《うそ》!?　何言ってんの、こいつ!?　普通、旗艦は安全な後ろに控えるものだろうが！)

司令官は、リアムという人間が理解できなかった。

当のリアムはトリガーを握り、残念そうに呟《つぶや》く。

「アヴィドも持って来れば良かった。そうすれば、出撃できたのにな」

本当に残念そうにするリアムは、有利な敵に機動騎士で突撃したかったと言いだしている。その気持ちが少しも司令官には理解できない。

(俺は多分、こいつとは一生理解し合えないと思う)

◇　◆　◇　◆　◇

挟み撃ちにされたバークリー家の艦隊が、大混乱に陥っていた。

援軍として現れたリアムたちの艦隊が、後ろから距離を保ちつつ攻撃してくる。

こちらも撃ち返せば良いのだが、問題は近距離に強い艦艇が多いことだ。

長距離射撃に対応できる艦艇が少なく、敵の攻撃に耐えるしかない状況が続いている。

ミサイルを大量に積み込んだ艦艇が、旗艦の近くで大爆発を起こした。

「くそ！」

ドルフが拳を操作パネルの上に振り下ろす。

敵はどうやら守りの薄い艦艇を狙っているらしい。

ジーンがドルフの胸倉を摑《つか》む。

「おい、話が違うじゃねーか！　あいつらは突撃してくるんじゃなかったのか⁉」

「落ち着いてください。こうなれば、敵の旗艦を探して狙い撃つしかありません。頭を叩《たた》き、敵を混乱させるのです」

「敵の大将がどこにいるのか分かれば苦労はしない！」

バークリー家の艦隊も、敵の指揮官が乗っているであろう艦艇を探していた。

だが、バンフィールド家の艦隊の方には、破壊するのも難しそうな要塞級の姿がある。

一方、援軍として駆けつけた艦隊は――どこに指揮官がいるのか判断がつかない。

ドルフが乗っていた艦艇に攻撃が当たって、大きく揺れるとジーンが倒れた。

ジーンはヨロヨロと立ち上がると、ブリッジから逃げようとする。

「こ、こんなところにいられるか！　俺はバークリー家の跡取りだぞ！　こんなところで死ねるかよ！」

逃げ出したジーンの姿を見て、ドルフは邪魔者がいなくなったと清々した顔をする。

「ふん、お前など最初から当てにしていない。だが、この状況はまずいな」

数はこちらが多いのだが、距離を取られ攻撃されてはいずれ逆転してしまう。

ドルフが逆転の策を考えていると、不思議な声が聞こえてきた。

『――ドルフ、お前に力を貸してやる』

「誰だ!?」

ドルフが振り返るが、そこには誰もいない。

幻聴でも聞こえたのかと思っていると、オペレーターが叫ぶ。

「敵援軍の旗艦を発見しました！」

「何だと!?」

十万を超える敵からリアムが乗っているだろう艦艇を割り出せた。

それはとんでもない幸運だった。

「こうなれば予定は違うが、我々が突撃してリアムを叩く！」

バークリー家の艦隊がリアムの戦艦に突撃をかけようとしていた。

◇　◆　◇　◆　◇

バンフィールド家――要塞級の格納庫。

そこにはリアムの専用機であるアヴィドが保管されていた。

黒く大きな機体は、主人がいないため出番がない。

そんな格納庫に保管されているアヴィドの前に現れるのは、一匹の犬だった。

その犬は半透明で透けており、淡く光っているように見える。

お座りをしてからアヴィドを見上げると、犬は遠吠《とおぼ》えをするように鳴く。

鳴き声に呼応するように、アヴィドのツインアイが光を放った。

エンジンが動き出し、周囲に魔法陣が浮かび上がるとそこから大きなロケットブースターが三つ出現した。

人の手を借りず、ほとんど勝手に連結されていく。

ブースターを取り付けたアヴィドは、自身を固定する装置を勝手に外して一歩踏み出した。動き出したアヴィドは、そのまま歩いて――ハッチをこじ開ける。

犬はいつの間にか姿を消したが、アヴィドが急に動いたことに慌てた整備兵が通信機で確認を取る。

「おい、誰かアヴィドの出撃許可を出したのか!?」

『何を言っている？　アヴィドはリアム様の専用機だ。動かせる奴《やつ》がいるものか』

「だから、動いているんだって！」

『いや、だから──』

アヴィドはそのまま宇宙空間に出ると、ブースターを使用して敵陣の中へ突っ込むのだった。

◇　◆　◇　◆　◇

敵を狙い撃っていたが飽きてきた。

今は砲撃手に任せ、俺はシートに座って欠伸《あくび》をしている。

戦闘が始まって数日が過ぎているが、敵が想像以上に脆《もろ》くて反撃も温《ぬる》い。

何というか──弱い。予想以上に弱すぎる。

緊張した様子のセドリックが、気を抜いている俺に話しかけてくる。

「特務参謀殿は余裕そうだな」

「もう終わったようなものだろ？」

「最後まで気を抜かない方がいいと思うけどな」

真面目なセドリックは、戦争が始まってからずっとこの調子だ。

それなのに、ウォーレスの方はウトウトして眠りそうにしている。

腹違いとはいえ、兄弟でこの差は何だ？

まるで俺が、ウォーレスという外れ皇族を引いたような気分になる。

部屋にでも戻ろうか考えていると、ユリーシアが俺に報告してくる。

「中将、敵の一部がこちらに向かって突撃してきます！」

「何？」

モニターを見れば、戦場を簡略化した映像で一部が俺の乗る旗艦に突撃をかけていた。

真《ま》っ直《す》ぐに俺のいる旗艦を目指していた。

即座にティアが、味方に指示を出す。

「旗艦を下げろ！　陣形を変更して奴らを囲め！」

すぐに艦隊が鶴翼《かくよく》のような陣形になり敵を包み込もうとするが、敵の勢いの方が勝っているように見えた。

俺は腕を組む。

「――無理だな。いずれこちらに届く」

戦場で突撃を繰り返してきたおかげか、何となく予想できてしまう。そして、俺の勘は敵の突撃が届くと告げている。

騒ぎに目を覚ましたウォーレスが、状況を確認すると震え始める。

「ど、どうするんだよ！　あんなに突撃してきたら、私たちの戦艦は耐えられるのか!?」

セドリックが混乱して騒ぎ出したウォーレスを羽交い締めにした。

「騒ぐな！　特務参謀、あんたはすぐに脱出しろ。あいつらの狙いはあんただ」

そんなことを言うセドリックに、俺は首をかしげて聞き返す。

「お前は一緒に逃げないのか？」

「悪いが、この艦を気に入っている。うだつのあがらない人生の中で、ようやく手に入れた幸運だからな。最後まで守ってみせるさ」

こいつはウォーレスより使える人間だな。

まぁ、俺とは違うタイプ——真面目な奴だけどな。

使う分には好感が持てる。

「そうか。好きにしろ。だが、俺はこの程度で負けるつもりはない。ティア、機動騎士を用意しろ。俺はラクーンで出る」

「リアム様!?」

俺が機体を用意しろと言うと、ティアが珍しく反抗してくる。

「いえ、ここはお下がりください。このような状況でリアム様を出撃させられません！」

だが、側《そば》に控えていたマリーが俺の意見に賛成し、ティアに反論する。

「リアム様がやれと命じたなら、従うのが騎士ですわよ。——てめぇの都合を押しつけるな！」

ティアが武器を抜いた。

「化石がぁ！　リアム様に万が一のことがあったらどう責任を取るつもりだ！　お前のゴミ屑《くず》みたいな命とは価値が違うぞ！」

口汚くなる二人の威圧感に周囲が口を閉じていた。

争うあまり、二人は周りの様子が見えていないらしい。

——いい加減うんざりだ。

「おい」

俺は二人に近付き、その頭を摑むと床に叩き付けた。

「リ、リアム様!?」

「な、何を——」

狼狽《ろうばい》するティアとマリーの二人は、必死にもがくが俺の力に逆らえない。

頭部を床に押さえつけられ、二人が尻を突き出している形になる。

戸惑っている二人に俺は説教をする。

「お前らは俺の目の前でいつまで五月蠅《うるさ》く争うつもりだ？　俺は自分の騎士に仲違《なかたが》いを許した覚えはない」

力を強めていくと、マリーが慌てて弁解してくる。

「ち、違います！　これはリアム様の命令に逆らうこのミンチ女を——ひっ！」

更に強く床に二人の頭部を押しつけると——床がへこんだ。

「お前たちに許されたのは、俺の前に功績を積み上げることだけだ。そうすれば、俺はお前らを正しく評価してやる。いつまでも子供の喧嘩《けんか》を俺に見せるな」

ティアが泣きそうな目で俺を見上げていた。

「お、お許しください。何卒《なにとぞ》。何卒！」

怯《おび》えきった二人の女性騎士というのは悪くないが、普段の行いが酷《ひど》すぎてちっとも性的に興奮しない。だが、こいつらは優秀なので今回は許してやろう。

しかし、罰は必要だ。

「これまでの功績に免じて許してやるが、二人とも筆頭騎士と次席騎士の地位は剝奪だ」

ティアとマリーが絶望した顔を見せるが、そんなことはどうでもいい。

もっと早くに躾《しつけ》ておくべきだった。

「返事はどうした？」

ティアとマリーが「は、はい」とか細い声でそう言うと、解放してやり俺は笑顔で告げる。

「よし、出撃だ。機動騎士の準備をしろ」

顔を床から上げたティアとマリーが、頰を染めて俺を見ていた。

きっと泣きたいのだろう。

それも仕方ない。

何しろ、せっかくの地位を奪われたのだからな。

◇　◆　◇　◆　◇

リアムが去り、そしてついていったマリーもいないブリッジ。

そこでティアは頬を染めてウットリしていた。

ウォーレスがドン引きしている。

「おい、なんで嬉《うれ》しそうなんだ？」

ティアは「ふっ」と言って、どうして惚《ほう》けているのか分からないウォーレスに自分の気持ちを伝える。

「私たち二人を片手で押さえつける膂力《りょりょく》。そして死兵となって突撃してくる敵に向かう胆力。これぞリアム様ですよ」

リアムに叱られることすらご褒美であるティアにしてみれば、今まであまり見られなかったリアムの姿に嬉しくなる。

セドリックが肩を落としていた。

「そいつはいいが、さっさと指示を出してくれないですかね？」

突撃してくる敵に対して、味方は押され気味である。

ティアはすぐに気持ちを切り替えると、次々に指示を出していく。

「機動騎士隊の出撃準備！　近距離に強い艦艇を前に出せ！　装甲に不安のある艦艇は下げ、砲撃に集中させる。味方を撃つなと伝えておけ」

切り替わると次々に指示を出し、機動騎士が活躍できる戦場を整えていく。

ユリーシアはその姿を見て呟《つぶや》くのだ。

「――本性はともかく、優秀ではあるのよね」

放置された司令官は、シートで祈るように生き残ることだけを願っていた。

◇　◆　◇　◆　◇

バークリー家の艦隊。

ドルフは敵が機動騎士を出撃させたと報告を受け、すぐに待機させていた機動騎士たちを出撃させる。

そして、リアムのアヴィド対策に用意していた機体も出させる。

「特機も出撃させろ！　出し惜しみをするな！」

バークリー家が用意した特機――それは、アヴィドと同じ大型に分類される機動騎士である。

時代遅れだが、アヴィドを研究した第一、第二兵器工場が作った最新の機動騎士だ。

アヴィドを倒すために開発したと言っても過言ではない。

それを十二機も用意していた。

オペレーターが声を張り上げる。

「アヴィド、確認できません！」

「構わない！　出てこないなら、敵の旗艦を襲わせろ！」

訓練していない突撃ながら、バークリー家の艦隊は数を大きく減らしつつもリアムの喉元にまで迫っていた。

ドルフの執念と――案内人の加護によるものだ。

ドルフの隣に立つ案内人も、この好機に叫ぶ。

「奴だ！　リアムは確実に出て来ている！　ドルフ、一番前の機体を破壊しろ！」

案内人の声など聞こえていないはずなのに、ドルフがハッと気が付いた顔をする。

「一番前の機体だ！　奴はそこだ！」

ドルフは直感でそう言ったつもりだが、案内人が側でリアムの位置を教えている。

案内人が両手を広げると、黒い煙が床に吸い込まれていく。

その黒い煙が――格納庫まで届き、対アヴィド用の特機に入り込む。

「リアムゥゥゥ！」

案内人もヒートアップし、量産機に乗ったリアムに特機を向かわせるのだった。

◇　◆　◇　◆　◇

リアムがラクーンに乗り込んだのを確認したマリーは、紫色のパイロットスーツに身を

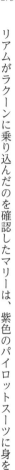

包んでいた。

そして、側にいるニアスに話しかける。

「良い機体よ。やれば出来るじゃない」

コックピットを前にそう言うと、ニアスが恨みがましい目を向けてくる。

「ラクーンから装甲板を削って、耐久性に問題を抱える機体ですよ。確かに機動性は向上しましたけど、こんなのあんまりですよ」

「あたくしは身軽な機体が好きなのよ」

二人が前にしている機動騎士は、スリムなフォルムをしていた。

ラクーンが狸《たぬき》ならば、こちらは狐《きつね》をイメージしたデザインだ。

頭部も狐を思わせる仕上がりになっている。

両腕にはビームマシンガン、マルチランチャーを搭載した複合武器が用意されていた。

両腕に小さな盾を持っているように見えるが、他にも様々な機能が搭載されている。

ラクーンとはコンセプトが大きく違ったデザインに変更され、装甲にはやや不安を抱える機体に仕上がったのが弱点だろう。

ニアスは外見重視の機体――【テウメッサ】を見て溜息《ためいき》を吐《つ》く。

「操縦に関しては本当に難しいですよ。皆さん、本当に使いこなせるんですか？」

ニアスはマリーの操縦技術を信用しているが、マリーの部下たちがどの程度の実力なのか把握していなかった。

全員が扱いの難しい機体を操縦できるのか？　その問いにマリーは、パーソナルカラーの紫で塗装された愛機に乗り込みながら答える。

「アヴィドに比べれば、どんな機体も素直に感じられるわ。それに、二千年前はもっと扱いの難しい機体に乗っていたから問題ないわ」

ニアスが不思議そうに首をかしげるが、マリーはそれ以上の説明をしなかった。

コックピットのシートに座ると、自動で操縦桿《かん》が適正な位置で固定される。

操縦桿を握るとハッチが閉じて、壁に周囲の映像が映し出された。

格納庫では、同じように色違いのテウメッサに乗り込む同じ派閥の騎士たちが見える。

量産型であるテウメッサのバイザーが起動して光を放つのを見ながら、マリーは口角を上げた。

「これだけの機体を用意していただいたのなら、やはり相応の活躍をお見せしなければね。全員――リアム様の敵を全て血祭りに上げるわよ」

マリーが命令すると、仲間たちが歓声を上げる。

「お任せください！」

「久しぶりに暴れてやりますよ」

「それに敵は帝国貴族でしょう？　こっちも楽しみで仕方がありませんよ」

血の気の多い部下たちの反応にマリーも応える。

「――マリーが戦場に帰ってきたと、愚図共に教えてやるよ」

◇　◆　◇　◆　◇

ラクーンのコックピットは、一般的な機動騎士よりも広かった。

だが、やはりアヴィドと比べると見劣りがするな。

「思ったより悪くないな」

空中に小窓が出現し、ニアスの顔が表示された。

『リアム様が乗るラクーンは、初期ロットで特別製です』

「初期ロットとか不安しかないぞ」

そもそも、初期ロットなんて問題が出てもおかしくない。

次世代機とは言っても次期量産機候補というだけ。

見た目の問題もあって、採用されるかは微妙だ。

俺は嫌いではないが、今時の流行とは違っているため帝国軍に普及するとは思えない。

操縦桿の感触を確かめる俺は、アヴィドのコックピットが懐かしくなってくる。

「やっぱり、アヴィドを持ってくればよかった」

『ラクーンだって良い機体ですよ。アヴィドと比べないでください』

高級シートが懐かしい。

そう思っていると、バークリー家の艦隊からも機動騎士が出撃してくる。

随分と機動騎士を詰め込んでいたのか、何千という数が戦艦から出撃してきた。

そして、今も次々に出撃して数を増やしている。

バークリー家の艦隊を中心に考えるなら、直上から襲いかかるのが俺たちで、敵は上がってくる形になっている。

もっとも、無重力なので上下など関係ないが。

俺の乗るラクーンは、右手に大斧《おおおの》を持ち、左手にビームガトリングガンを持っていた。

アヴィドと違って武装に制約は多いが、この状況も縛りプレイみたいで面白い。

「ほら、お出ましだ！」

フットペダルを踏み込み加速すると、コックピット内部にも多少の揺れを感じる。

アヴィドならこの程度では揺れなかった。

俺を目指して次々に機動騎士が向かってくる敵の機体は、現在主流の機体ばかりだ。

旧式など一機もいない。

敵とのすれ違いざまに大斧を振り抜けば、敵一機を両断して撃破する。

襲いかかってくる光や弾丸――ミサイルを避け、ビームガトリングガンの引き金を引いた。

連射された光学兵器が、敵の表面を焼き、貫いて破壊していく。

「デリックよりは歯ごたえがあるな！」

俺に襲いかかろうとした敵を、味方の機動騎士がビームマシンガンで破壊していく。

『リアム様、援護します！』

マリーの乗る紫色のテウメッサが、俺の援護に入った。

俺の死角を守るマリーのおかげで、俺は目の前の敵に専念できる。

「アヴィド以外で実戦に出るのは初めてだな。さて、どんな感じだ？」

向かってくる敵に大斧を振り下ろし、放たれたミサイルをビームガトリングガンで迎撃していく。

確かにラクーンも悪い機体じゃない。

見た目は可愛《かわい》すぎるが、これならニアスが勝手に製造した三百機は購入してもいいな。

次々に破壊していく敵機が、宇宙空間で爆《は》ぜていく。

「宇宙空間で爆発って凄《すご》いよな！　どういう原理だろうな！」

圧倒的な力で倒していく。

ただ、アヴィドに乗り慣れた俺から言わせれば、ラクーンは物足りない機体だ。

俺の後ろに回ろうとした機体を、マリーが危なげなく破壊していく。

こいつも黙っていれば優秀だ。

目の前に迫った敵を大斧で両断して破壊し、俺はラクーンの評価を口にする。

「初期ロットにしては上出来だ」

そう呟くと、敵の中にアヴィドと同様の大型機が混じっていた。

マリーがビームマシンガンで撃ち抜こうとするも、装甲が分厚く、光学兵器対策もしているためビームがはじかれている。

『リアム様、お下がりを！』

すぐにマリーが俺を庇《かば》おうとするが、ラクーンの腕でテウメッサを押しのけた。

「馬鹿。こういう奴《やつ》を待っていたんだろうが」

機体を前に進ませ大斧で斬りつけると、敵はバリアシールドを展開して球体状の光に包まれる。

出力が高く、大斧がはじかれてしまった。

「いい機体じゃないか。だが、それだけで勝てると思うなよ！」

敵が俺を捕まえようと、その両腕を伸ばしてきたので斬り飛ばす。

バリアシールドごと両断されたのが理解できないのか、動きが単調になっていた。

「残念だったな」

踏み込んで大斧を振り下ろすと、敵のバリアシールドを破って――分厚い胸部装甲に刃が止められてしまう。

「ちっ」

舌打ちして大斧を手放し距離を取ると、俺がいた場所にビームやら弾丸が襲いかかる。

その攻撃に飲み込まれ、敵の機体は爆散した。

「少し硬いな」

見上げると、そこにいたのは同じような大きな機体が十一機。

赤いツインアイが輝きを放ち、俺の乗るラクーンを見ていた。

マリーが俺を庇うように前に出る。

『リアム様、こいつらは危険です。数で囲んで叩《たた》きます』

「そうしたいが、周りが許してくれそうにないな」

遠くでは、敵の戦艦が俺に船首を向けて攻撃を開始しようとしていた。

こちら側の機動騎士が取り付き、攻撃をしているのに無視して俺を目指していた。

ここは素直に下がるかと考えていると――。

「――アヴィド？」

気配を感じた先に視線を向ければ、敵艦の間を縫うようにこちらに向かってくる機体があった。

流れ星が徐々に大きな光に見えて、拡大した映像を確認すればブースターを取り付けたアヴィドの姿が映し出される。

マリーが通信を受けて混乱している。

『アヴィドが勝手に？　馬鹿を言うな！　いったい誰が乗っている！』

どうやら、バンフィールド家の艦隊からアヴィドが飛び出したらしい。

一人で――勝手に。

俺は笑みが浮かんだ。

こんな事が出来る奴がいるとすれば、一人しかいない。

「完璧なフォローだよ、案内人！」

アヴィドに向かって機体を突撃させ、そこから相対速度を合わせると周囲に敵が集まって来る。

アヴィドが手を広げると、魔法陣が出現してそこから光を放ちそれらを破壊した。

アヴィドに取り付けられたブースターが、役目を終えて切り離された。

俺の乗っているラクーンをアヴィドが両手で捕まえると、コックピットのハッチを開けて俺を迎える準備をする。

「いい子だ」

ヘルメットのバイザーを下げ、コックピットハッチを開けて飛び出す。

すると、アヴィドが手を伸ばして俺を捕まえるとコックピットに放り込む。

中に入ると、広々とした懐かしのコックピットがそこにあった。

ヘルメットを脱ぎ捨てる。

「お前に乗るのも久しぶりだな」

シートには誰も座っていない。

確実に案内人のアフターフォローの一環だろう。

やはり、あいつは頼りになる。

最高のタイミングでアヴィドを届けてくれた。

「案内人に、何かお礼が出来るといいんだが。——さて、ここまでしてもらったんだ。

バークリー家を蹂躙《じゅうりん》するとするか」

シートに座り操縦桿を握ると、久しぶりにアヴィドを操縦する。

バークリー家にとって悪夢が現れた。

『大型機を用意したくらいで、俺のアヴィドに勝てるわけがないだろうがぁぁぁ！』

両肩に大きな盾を浮かべている黒い機体が、近付く全ての機動騎士を破壊していた。

今では珍しい大型の機体が、バークリー家の大型機動騎士をその手に摑《つか》んで戦艦に突撃して――ぶち抜く。

貫かれた戦艦は爆散するが、爆風に巻き込まれたアヴィドは無傷だった。

爆散する戦艦を背景に、アヴィドが大型機の残骸を放り投げるように手放す。

その映像を見せられたドルフは、眉間に皺《しわ》を寄せる。

「これが噂《うわさ》に聞くリアムのアヴィドか」

第一兵器工場の新型機では歯が立たなかった機体。

そして、搭乗するパイロットのリアムは、騎士としてもパイロットとしても超一流だ。

アヴィドの性能を引き出せる数少ないパイロットでもある。

そして――数々の名のある海賊たちを屠《ほふ》ってきた、海賊にとっての恐怖の象徴。

それがアヴィドだ。

ドルフが揺れる艦内で指示を出す。

「恐れるな！　数で押し切ればいい。囲んで叩け！」

ドルフが命令を出す前に、現場の味方は数で囲んで倒そうとしていた。だが、それを圧倒的な力でアヴィドが押し返している。

一方的に味方が破壊されていく光景が広がっていた。

「だ、駄目です。味方機は他の敵機を相手にして動けません」

違う映像がドルフの前に出現すると、両手に大鉈《おおなた》のような武器を持った機動騎士が味方機を破壊していた。

荒々しい動きと叫び声が聞こえてくる。

『邪魔だぁぁぁ！』

◇　◆　◇　◆　◇

戦場で戦うマリーのテウメッサは、リアムを狙う大型機動騎士に接近していた。

大型機動騎士に乗るパイロットはエース級の実力者で、マリーの動きに付いてくる。

相手の忌々しそうな声が、マリーのコックピットにも届いていた。

『この化け物共が！　お前らを倒して、さっさとリアムの野郎を殺してやる！』

数の差をものともしないマリーたちに、敵は随分と焦っているようだ。

「誰が、誰を殺すって？　吐いた唾は飲み込めねーぞ！」

マリーは片目を大きく見開き、操縦桿《かん》を引いてテウメッサの本当の姿を披露する。

「――ぶっ殺してやる」

リアムを殺すと言われ、激怒するマリーに呼応してテウメッサの姿に変化が現れる。

尻尾型のユニットが展開され、炎のようなエフェクトが出現した。

粒子を散布している姿が、宇宙空間で炎が揺らいでいるように見えている。

展開されたユニットからは、球状のビットが複数飛び立った。

両肩から細身のアームが出現すると、複合武器に取り付けられたビームアックスを装着した。四本腕のテウメッサは、近付く敵の量産機をビームアックスで両断する。

そして、持っていた複合武器が本当の姿を見せる。

展開され、内部に収納されていたブレードが出現する。

ブレードの周囲にビームのノコギリ刃が出現してブレードに沿って動き始めた。

機体と同等の長さを持つチェーンソー型のブレードが出現すると、マリーが敵の大型機に向かって加速する。

一直線に向かってきたと思ったのか、敵機はライフルを構えてテウメッサを撃ち抜こうとする。

『馬鹿が！　変形したくらいでいい気に――なっ!?』

敵機はマリーの乗り込むテウメッサではなく、見当違いの方向へ銃口を向けていた。

弾丸も、そして光学兵器も、マリーのテウメッサには当たらない。

方向を変えた敵は、マリーに弱点を晒《さら》していた。

「馬鹿はてめぇだよ！　こいつの尻尾が、ただの飾りだとでも思ったのか？　今のお前には、あたくしがどう見えているか教えてみろよ！」

『敵が増えて。く、来るな！』

テウメッサがいない場所を必死に攻撃する敵に、マリーは容易《たやす》く近付いた。

敵の大型機の周囲を回っているのは、先ほど発射した球体ビットである。

それらの周囲に粒子がまとわりつき、敵に幻影を見せていた。

レーダーすらごまかす幻影だ。

「背中ががら空きだぜ」

『なっ!?』

マリーのテウメッサが敵の背後から接近し、大型のチェーンソーブレードを突き刺した。

ビームの刃が動き、敵の内部をズタズタにする。

強引に敵機を引き裂いたマリーのテウメッサだが、その姿は消えていた。

ビットが戻ってくると、テウメッサの周囲をぐるぐると回る。そして、消えていたテウメッサが姿を現した。

「本当に良い機体だわ。あたくしにピッタリよね」

テウメッサ。――この機体の特徴はスペックだけではなく、敵に幻影を見せることにある。また、本体を光学迷彩のように姿が消えたように見せることも出来た。

他のテウメッサも次々に敵機を撃破しており、周囲に漂う宇宙ゴミであるデブリは敵の残骸ばかりだった。

色違いのテウメッサ――味方が乗る機体も、周囲の敵を次々に破壊している。

そんな時、破壊された敵機がマリーのテウメッサの側《そば》に流れてきた。

どうやらコックピットは無事らしく、マリーたちの戦い振りに恐怖していた。

マリーが敵機を摑むと、相手の声が聞こえる。

『お、お前ら、どこの騎士団だ？　それだけ強ければ、名前くらい広がっているはずだ。いったいどこから現れた!?』

たとえ貴族が保有する陪臣騎士たちの騎士団だろうと、強ければ帝国内に名が知れ渡る。

驚異的な強さを発揮するマリーたちは、名のある騎士団に違いないと敵は勘違いしたらしい。

「どこから？　二千年前から蘇《よみがえ》ったのよ」

『に、二千？　何を――』

そんな敵のコックピットを――テウメッサは握り潰した。

◇　◆　◇　◆　◇

敵の精鋭部隊に味方が次々に食われていく光景を見て、ドルフは苦虫を嚙《か》み潰した顔をする。

「っ！」

ドルフがこの状況をどうにかしようと脳内でシミュレートするが、状況は待ってくれなかった。

「敵機、来ます！」

オペレーターの悲痛な叫び声が聞こえると、ドルフの乗る旗艦にアヴィドが荒々しく滑り込むように着地した。

装甲の一部がはげ、そこからエアーやら液体が噴き出していた。

アヴィドがブリッジまで近付いてくると、艦内の様子をのぞき込んでくる。

『これが総旗艦か？』

敗北した日から一度も忘れたことのなかったリアムの声に、ドルフは激高する。

「リィアムゥゥゥ!!」

その瞬間にドルフの憎悪が膨れ上がり、周囲の破壊された戦艦やら機動騎士が旗艦に集まってくる。

乱暴にくっつき、その形はまるで機動騎士の上半身のような姿だ。

「な、何が起こった!?」

ドルフも混乱していたが、その隣では苦々しい顔をした案内人の姿がある。

奥歯を噛みしめ、口の端から血を流して胸の辺りを握りしめていた。

「――どうしてお前は死なない。どうしてお前は――私をこんなに苦しめる！」

リアムの感謝の気持ちが増している。

リアムだけではなく、リアムに感謝する大勢の気持ちも合わさっていた。

それらが全て、案内人を苦しめる毒となる。

持てる力を振り絞り、なりふり構わずリアムを潰そうとした。

様子がおかしいと気付いたリアムが、アヴィドを旗艦から遠ざけて両手を広げる。

『まだ隠し球があったのか！　いいぞ！――ついに俺もこいつを使う時が来たな！』

実に嬉《うれ》しそうなリアムが、ドルフも案内人も憎くて仕方がない。

二人の声がかぶる。

「リアム、貴様だけはぁぁぁ！」

激怒する案内人がその手に出現させたのは、心臓の形に似ている機械だった。

鼓動して脈打つそれを旗艦の操作パネルに押しつけると、コードが伸びて操作パネルを侵食する。

血管が張り巡らされたようになり、脈打つ。

「こいつで――お前をぉぉぉ!!」

機械の心臓だが、各地を旅している間に偶然見つけたオーパーツの一つだ。

バークリー家の艦隊が集まり出来上がった巨大な機動騎士が、その口を開けて咆哮《ほうこう》すると艦内が激しく揺れた。

アヴィドの何倍も——何十倍も大きな巨大な人型兵器へと変貌する。

案内人は切り札を用意していた。

「いくらお前でも、こいつには勝てないだろう！」

◇　◆　◇　◆　◇

テウメッサに乗るマリーがコックピットから見たのは、破壊されたバークリー家の戦艦や機動騎士が何かに吸い寄せられる景色だった。

その流れは一点に収束し、残骸を取り込み徐々に大きくなっていく。

「何が起きている!?」

混乱するマリーが見たのは、残骸が集まり出来上がった人型の上半身と思われる機械の化け物だ。

戦艦よりも巨大なその姿は、機動騎士や戦艦では太刀打ちできる大きさには見えない。

マリーが素早く旗艦に指示を出そうとすると、先に動いたのはティアだった。

旗艦から全艦に向けて命令を出している。

『敵の巨大兵器に向けて一斉射！』

味方艦が主砲を化け物に向けると、持てる武装で全てを叩《たた》き込む。

ビームにレーザーを撃ち込むが、敵の表面を赤く染めるだけで大した効果はない。

ミサイルも撃ち込まれるが、爆発したとしても表面を僅かに削るだけ。

その削った場所も、周囲に漂うデブリを吸収して再生し――更に大きく膨れ上がっていく。

「本物の化け物かよ！」

舌打ちするマリーに、味方がある場所を指さして大声で叫んでくる。

『マリー様！　リアム様が！』

リアムの名前を聞いて即座にアヴィドを探せば、化け物の前にアヴィドがいた。

まるで立ち向かうように向かい合っているが、大きさが違いすぎている。

「リアム様！」

すぐに救助するため向かおうとすると、バークリー家の機動騎士たちが集まってくる。

『行かせるか！　ここで奴《やつ》を倒せば、我々の勝ちだ！』

「雑魚共が邪魔をするな！」

この状況にバークリー家も混乱しているようだが、それでも一部がマリーたちの邪魔をするため向かってくる。

テウメッサで次々に敵を破壊するが、アヴィドの救助に向かえずマリーは慌てていた。

そこに、リアムの声が通信でこの場の全員に聞こえる。

『隠し球がお前らだけにあると思うなよ。俺もお前らに見せてやるよ。とっておきの秘密兵器って奴をな』

◇　◆　◇　◆　◇

バークリー家は秘密兵器を用意していた。

周囲の戦艦や機動騎士を使って、巨大な機動騎士もどきが出来上がっている。

上半身だけのとんでもなく大きな機動騎士――だが、こんなのはただの大きな的だ。

「前回は全力を出せなかったから、不完全燃焼だったんだ。アヴィド――お前の本気を見せてやれるぞ。完成したアレを披露してやる」

操作パネルに手を触れると、音声が聞こえてくる。

『――コネクト』

電子音声が短くそう呟《つぶや》けば、アヴィドの背中に巨大な魔法陣が出現する。

そこから出現するのは艦首だ。

徐々に姿を見せるのは、超弩級《ちょうどきゅう》戦艦を超える巨大戦艦である。

一般的な戦艦と違うのは、形状が合理的ではない事だろう。

アヴィドの亜空間に保管された巨大戦艦――これが、俺の切り札だ。こいつを用意するのは、本当に大変だった。

あの第七兵器工場が一度は諦めた計画がある。

機動騎士に戦艦の性能を持たせたい、と願った連中が行き着いた答え。

それは——戦艦を機動騎士にすればよくね？　だった。

そして、無人戦艦と機動騎士の合体に行き着き——当然のごとくその計画は常識人によって却下された。

当たり前だ。

無駄すぎる。

だが、俺は無駄が大好きな男だ。

アヴィドが巨大戦艦に接近する。

巨大戦艦【グリフィン】からアヴィドに向かってコードが伸び、各部に接続するとエネルギーが流れ込んでくる。

空間魔法で収納しているのは、何も武器ばかりではない。

正式名称はギガンティック・ゲートキーパー・グリフィン何とか～などという長い名前がついた巨大戦艦が、丸ごと収納されている。

魔法陣からその姿を出現させたグリフィンに、アヴィドが吸い寄せられる。

出現したグリフィンだが、魔法陣からその姿を晒すと変形を開始する。

巨大な戦艦が変形するのは大変だが、そこは技術集団の第七兵器工場製だ。なめらかに、そして素早く人型へと変形していく。

頭部にアヴィドが格納される頃には、巨大戦艦が人型へと変わっていた。

本当に無駄！——圧倒的に無駄な機能だ。

「どうだ！　領民から搾り取った血税で作った兵器はぁ！　最高に無駄だろう？」

圧倒的に無駄の極みだろう。

そもそも、グリフィンを一隻用意するなら艦隊が万単位で揃《そろ》えられる。常日頃は亜空間で収納されているグリフィンだが、通常の艦隊ならば仕事を任せられる。

本来ならば、用意するなどあり得ない無駄の極み――それがグリフィンだ。

だが、俺は無駄に力を求めてきた。

その結果、行き着いたのが無駄の極み――戦艦を人型に変形させ、戦艦並みの性能を持つ機動騎士を手に入れる、だった。

敵の方が多少大きいが、そんなことは問題にならない。

というか、こんなものを本当に造る第七兵器工場は馬鹿である。

しかし、超巨大な機動騎士同士の戦いというのは心が踊るな。

一度は経験してみたかった！

「アヴィド、お前の全力を見せてやれ！」

グリフィンの頭部に格納されたアヴィドのコックピットから、俺は戦場を見る。

目の前には、何とも醜悪な巨大ロボットがいるではないか。

丁度いい遊び相手を前に、操縦桿《かん》を握りしめ、フットペダルを踏み込むとまるでアヴィドが返事をするようにうなり声を上げた。

エンジンやら動力炉の振動か何かだろうが、こんなのは気分の問題だ。

アヴィドのエネルギーや命令がグリフィンに伝わり、そして増幅されて巨大な手足が動き始める。

巨大なグリフィンの腕が、敵の腕とぶつかり――相手の腕を破壊した。

「どうだ。全てレアメタルの特別製だぞ。代用金属の塊じゃあ、太刀打ちできないよなぁ！」

破壊して相手の腕を一つ引きちぎって放り投げるが、敵は周囲のデブリを引き寄せて再生していく。

「再生機能付きか。――楽しませてくれるじゃないか」

せっかく全力を出せる機会だから、楽しませてもらうとしよう。

◇　◆　◇　◆　◇

パトロール艦隊の旗艦ブリッジでは、目の前の光景にユリーシアが愕然《がくぜん》としていた。

「なんて馬鹿なことを」

話には聞いていたグリフィンが、本当に戦場で暴れ回る光景は現実離れしたものだった。

グリフィンが指の先端を光らせると、十本の指からビームを放っていた。

一つ一つが、容易に戦艦を貫きそうな極太のビームである。

その十本の光を、グリフィンが指先を動かして振り回す。

デブリが集まり出来上がった巨大な化け物は、そのビームに体を焼かれ、斬り裂かれている。

指先だけではない。

グリフィンは体中に武装を搭載しており、各部からレーザーやビーム――時には実弾兵器まで使用して、化け物の装甲を削っていた。

その光景に、ユリーシアは叫んでしまう。

「馬鹿じゃないの!?　本当に馬鹿よね!?　そんな兵器を完成させられるなら、もっと他にやるべき事があるわよね!!」

理論上は可能。だが、多くの人間が思いつき、その段階で無駄と判断して開発すらしなかった兵器がグリフィンだ。

第三兵器工場で、開発に関してそれなりの知識を持つユリーシアからすれば、グリフィンは無駄以外の何物でもなかった。

混乱するブリッジに、眼鏡を怪しく光らせたニアスが現れる。

満を持しての登場――と、本人は思っているようだ。

「見ていただけましたか？　これが第七兵器工場の技術の粋を集めて完成させた機動騎士ですよ」

グリフィンを機動騎士と言い張るニアスに、我慢できなくなったユリーシアが詰め寄る。

「何をしているのよ！　あんな無駄な兵器、よくあんたたちは開発したわね。普段なら無駄だから絶対に開発しない癖に！」

第七兵器工場は、極端に整備性や生産性を重んじる技術集団だ。

そのため、グリフィンのような兵器開発は嫌悪すら覚えるはず――と、ユリーシアは想像していた。

だが、ニアスは不敵に笑う。

「浪漫《ロマン》ですよ」

「――え？」

「だから、浪漫です。我々だって、時に生産性や整備性、そして有用性を無視して完成させたい物くらいあります。誰も開発できない兵器って、浪漫じゃありません？」

「それは誰も開発できなかったんじゃなくて、誰も開発しなかったのよ！　あんなの、他の戦場で使い道がないじゃない！」

今回のように巨大な化け物でも出てくれれば使い道もあるだろうが、他の戦場で必要かと問われれば、否である。

◇　◆　◇　◆　◇

ブリッジで戦場を眺めていたウォーレスが叫んだ。

「リアムが勝負を決めるぞ！」

グリフィンが体中からビームやらレーザーを敵へ撃ち込んでいく。

テストには丁度いいが、これでは飽きてきてしまうな。

敵が暴れ回り腕を振り回してくるので、大きなグリフィンの手からブレードが出現して
その腕を斬り落とした。

「これでは駄目か」

手刀を作り、指先からビームを放って作りだしたビームソードだ。

敵の腕を斬り飛ばした際に、近くにいたバークリー家の戦艦や機動騎士を巻き込んでしまう。

グリフィンが動くだけでも、バークリー家には大きな被害が出ていた。

ビームソードも凄《すご》い威力だが、グリフィンの動きでは流石《さすが》に一閃《いっせん》流の再現は無理だな。

両手でビームソードを作り、化け物を斬り刻んでいく。

抵抗しようとする化け物は、腕を再生させると防御の構えを見せた。

その両腕をビームソードで両断するが、破壊する側《そば》から周囲のデブリを引き寄せて再生していく。

「ミサイル発射」

グリフィンの各部からミサイルを放つと、それが敵に命中して爆発した。小さな光がいくつも爆発しているように見えるが、それはグリフィンと化け物が大きすぎるからだろう。

本当はかなりの規模の爆発が起きているはずなのに、どれも小さな光にしか見えない程

のスケール感覚だ。

そんな小さな光が、数百、数千と続けば化け物の表面を削るには十分な威力になる。

破壊されて体の大半を失う敵だったが、散らばったデブリを回収してまた再生する。

これではきりがない。

「こいつのゴミを回収する機能だけは欲しいな。まぁ、そろそろいいか」

特別製の操縦桿が出現すると、それを俺が握って引いた。

エネルギーが充填され、グリフィンの胸部に集まっていく。

胸部の装甲が開き、そこから光があふれていた。

「とんでもない威力の主砲は浪漫だ。――お前もそう思うだろう？」

目の前で再生しながらこちらに向かってくる化け物に語りかけるが、ちゃんとした答えは返ってこない。

代わりに、化け物は再生しきらない腕を振り回してグリフィンを攻撃してくる。

その一撃一撃にグリフィンは大きく揺れるが、化け物よりも頑丈であるため大きな被害はない。

「少しは楽しめたぞ。グリフィンの試運転に付き合ってくれてありがとう――と、言っておいてやる」

操縦桿のトリガーを引くと、貯《た》め込まれたエネルギーが発射された。

――全ての敵を焼き尽くしてしまいそうな強力な兵器だ。

極太の光が敵を飲み込み、再生する側から焼き尽くしていく。

敵が防ごうと両手を伸ばしてくるが、そんな両手も焼き尽くしていく。

「無駄なんだよ！」

次第に体を維持できなくなったのか、敵がバラバラに砕けていくのを見て満足した。

光に飲まれ消えていった化け物は、もう再生できないのかその体の一部をバラバラにして周囲に漂っている。

「主砲を撃つだけなら、別に人型じゃなくてもよかったな」

当たり前のことを再確認しただけに終わった。

だが、無駄な機能がいいのだ。

グリフィンがある映像を拡大する。

そこには、敵の旗艦が浮かび上がっていた。

ボロボロで、もう動けそうにもない。

「てこずらせてくれたな。いや――よく耐えたと言っておこうか？　グリフィンの主砲を受けて生き残ったんだ。お前らは運がいい」

巨大なグリフィンの手が戦艦のブリッジを摑《つか》んだ。

『リアム様、敵が撤退を開始しました』

そのまま潰そうとすると、ティアの通信で俺は動きを止めた。

撤退と言っても、グリフィンと化け物の戦闘の余波でほとんどの敵が破壊されている。

生き残ったのは僅かな敵ばかりだ。

三十万の大艦隊が、数万隻にまで減っていた。

「終わってみれば教本通りの戦いだったな」

『王者の戦いに相応《ふさわ》しい勝ち方です』

「世辞はいい。だが、せっかくだから、最後まで教本通りにいこうじゃないか。――全軍突撃。一隻たりとも逃がすな」

逃げられて抵抗されても迷惑な話なので、このままバークリー家は潰すことにした。

しかし、親類が多い家だ。

今回の戦いで全てを倒すのは無理だろう。

――最後まで潰すことを考えると、億劫《おっくう》になってくるな。

だが、やるからには徹底的にやろうじゃないか。

誰に喧嘩《けんか》を売ったのか、教えてやる必要があるからな。

◇　◆　◇　◆　◇

床に倒れて仰向《あおむ》けになるドルフは、口から血を吐きながら笑っていた。

腹部から血が出ており、それを自分の手で押さえている。

「――やはり私は正しかった」

負けたのに笑っているドルフは、リアムとティアの会話を聞いていた。

グリフィンに握られ、逃げ場を失った旗艦の中でドルフは勝ちを宣言する。

「突撃などナンセンスだ。防御重視の戦術で、敵が崩れた場合にのみ突撃は有効。リアム、お前は勝ったかもしれないが、自ら間違いを認めたようなものだ！」

突撃して負けた。奇《く》しくも、ドルフは己の愚行で再確認した。

ドルフは自分の正しさを――候補生時代のシミュレーターでの戦いは、やはり自分が正しかったと確信する。

ブリッジを掴むグリフィンの手が動き、ドルフは迫り来る天井を見ながら笑っていた。

「私は間違ってなどいなかった！」

◇　◆　◇　◆　◇

グリフィンに握り潰されたドルフを、宇宙空間から見ていたのは案内人だった。

帽子のつばを両手で握り、深くかぶって震えている。

「どうすれば勝てる。どうすればリアムを倒せる！」

やれることは全てやった。

切り札も使った。

それなのに、全て通用しなかった。

そして、宇宙に漂う心臓の形をした装置をグリフィンから出てきたアヴィドが手に入れるところが見えた。

『お、こいつは何だか気になるな。ブライアンに見せてみるか』

リアムは上機嫌である。

三十万を超えたバークリー家の艦隊は、バンフィールド家の艦隊の突撃を受けて散り散りになっていた。

そこを正規軍に襲いかかられ、為《な》す術《すべ》なく沈んでいく。

降伏を申し出た敵だが——容赦なく撃墜されていた。

案内人は上機嫌のリアムに手を伸ばした。

「リアムゥゥゥ！」

リアムを不幸にする黒い煙が伸びるも、リアムには届かない。

見えない何かに守られていた。

「おのれ。おのれ。おのれぇぇぇ！」

案内人は何かないかと周囲を探す。

逃げたバークリー家の長男は、バンフィールド家の艦隊に捕まっていた。

その他も駄目だ。

奥歯を食いしばっていると、案内人は気が付く。

「いた。まだ一人、この状況を覆せる人間がいるぞ！」

それはリアムの側にいる人間だ。

――ユリーシアだ。

「リアムに復讐《ふくしゅう》を誓うユリーシア、お前に私が持っている力の全てを！」

案内人は、ユリーシアのために自らの力を分け与える。

「貴様の刃をリアムに突き立てろ！」

◇　◆　◇　◆　◇

――戦争の結果を聞いたカシミロは、燃え尽きたような顔をしていた。

「ま、負けただと？」

それもバークリー家の完敗である。

報告に来た息子が青い顔をしている。

「親父《おやじ》、すぐに逃げないとまずい！　正規艦隊は引き上げたが、バンフィールド家の艦隊はこっちに向かってきている。早く逃げないと、殺されちまう！」

長男はリアムの前に突き出され、命乞いをしたがその場で斬られたそうだ。

リアムは本気だ。

交渉などするつもりはないだろう。

「首都星に連絡しろ。帝国に仲介してもらって手打ちだ」

きっと多くのものを失うだろうが、ゼロになるよりはマシだ。

そう思っての決断だったが、通信用のモニターが開く。

一つではない。

いくつも同時に、だ。

「な、何だ!?」

狼狽《うろた》えるカシミロが見たのは、同じ帝国貴族の領主たちだった。

だが、普段手を組んでいる連中ではなかった。

白髪をオールバックにした男が、陽気に話しかけてくる。

『ハロー、海賊貴族の当主殿。景気はいかがかな?』

眼帯をした筋骨隆々の男は、忌々しそうにカシミロを威圧してくる。

『俺たちに海賊をけしかけたな。カシミロ、てめぇは覚悟が出来ているって事だよな?』

多くの領主たち――それは反カシミロ派の貴族たちで、リアムを支援する予定だった領主たちだ。

癖の強そうな彼らだが、帝国貴族としては真っ当な部類である。

その中にはクルトの父親であるエクスナー男爵の姿もあった。

『バークリー男爵。貴方《あなた》に指示されて我々を攻撃したと、貴方のお仲間が喋《しゃべ》ってくれましたよ』

カシミロに味方した貴族や海賊たちは、彼らの相手をしていた。

だが、リアムが勝利したと聞いて――全員が寝返ると全てを暴露したようだ。

眼帯の男は腕を組んでいる。

『叩《たた》き潰してやったらスッキリした！』

白髪の男も上機嫌だ。

『バンフィールド家も大勝利と聞いている。実にめでたい。――ところで、この落とし前はどう付けてくれるのかな？』

カシミロが声を絞り出そうとすると、屋敷中にアラートが鳴り響く。

同時に部下から通信が届いた。

『カシミロ様！　バ、バンフィールド家の艦隊三万隻が！』

窓を開けて空を見上げれば、空を覆い尽くさんとする宇宙戦艦が浮かんでいた。

次々に降下してきており、地上部隊が降りてきている。

領内の迎撃システムは次々に破壊され、屋敷にパワードスーツを着用した陸戦隊が乗り込んできていた。

屋敷の防備を突破し、すぐにカシミロの所に来るだろう。

息子が泣いている。

「親父ぃぃぃ！　あいつらが来ちゃうよぉぉぉ！」

カシミロは膝から崩れ落ち、床に座り込むのだった。

「――わしの首を差し出せ。それを持って、バンフィールド家の当主と交渉しろ」

「わ、分かったよ。親父」

カシミロの息子が、震える手で父親を銃で撃とうとする。

そこに、バンフィールド家の兵士たちが乗り込んできた。

「動くな！　抵抗すれば容赦はしない！」

兵士を率いてきたのは騎士で、カシミロを発見すると銃を持った息子を蹴り飛ばす。

そのままカシミロの身柄を拘束する。

「来い！」

乱暴に引っ張られるカシミロは、その騎士に願い出る。

「――小僧と――いや、バンフィールド家の当主と交渉させて欲しい」

◇　◆　◇　◆　◇

バークリー家の領地に降り立った俺は、みすぼらしい景色に溜息《ためいき》を吐《つ》く。

「呆《あき》れるほどに見るべきものがない領地だな」

本当に田舎だった。

デリックは羽振りが良いので、もっと領内は発展しているのかと思ったがそうではない。

一部は都会だが、それ以外は普通――いや、田舎だ。

暮らしぶりも酷《ひど》い。領民の生活レベルが特に酷い。

一部で電気は使われているが、それ以外は中世レベルの暮らしを送っていた。

バークリー家の屋敷で、椅子にふんぞり返っている俺は、縛られて床に座らされているカシミロを見下ろしていた。

「――さて、お前の扱いを決めないとな」

他人の屋敷を武力で制圧し、我が物顔でふんぞり返る俺は偉そうに脚を組む。

太々《ふてぶて》しい俺に、カシミロは潔い態度で懇願《こんがん》する。

「わしの首を差し出す。それで手打ちにして欲しい」

俺の側《そば》にいたティアが、そんなカシミロに冷たい視線を向けていた。

海賊に恨みを持つティアは、海賊貴族を名乗るバークリー家が生理的に無理なのだろう。

「その程度で済む話ではない」

俺を挟んでティアとは反対側に立つマリーも、同様にカシミロの提案を拒絶する。

「お前の首にそこまでの価値はないのよ。リアム様に話しかけるなど、不敬極まりないわね」

そもそも、カシミロの首などいらないからな。

勝って当たり前の戦いだ。

男爵家の集まりが、伯爵家に喧嘩を売ったのが悪い。

領地規模が違いすぎるのもあるが、俺の領地とは発展具合が違いすぎる。

何を考えて俺に喧嘩を売ってきたのだろうか？

だが、バークリー家を視察して、一つ確信したことがある。

領内を発展させることの重要性だ。

バークリー家が異様に弱かった理由を考えているのだが、やはり兵士の質が大きいように感じる。

中世の暮らしをしている人間を拾い上げ、教育カプセルで即席の兵士を用意するのは実に効率が良い。

だが、それだけでは埋められない何かがあるのだろう。

あと、中世の暮らしをしている領民に魅力を感じなかった。

俺の趣味的に合わないのもあるが、もっとも重要なのは――奪うものがないことだ。

悪徳領主だろうと、やはり領内の発展は必須であると感じたのは収穫だろう。

カシミロが俺に近付こうとしたので、俺の両脇に控えていた騎士たちが取り押さえて床に頭部を押しつけていた。

俺はその様子をニヤニヤ笑って見下ろしていた。

「頼む！　我が家の秘宝も渡す。財産も出来る限り引き渡す！　だ、だから、どうかバークリー家だけは存続を許して欲しい。伯爵は慈悲深い名君と聞く。一度だけ。一度だけ、バークリー家を信じて欲しい。今後は絶対に裏切らない！　一族を君の下に付けてもいい」

家族を生き残らせるために、財産や自分の首を差し出す――素晴らしい話じゃないか。

ティアはカシミロの提案に苛立《いらだ》っている。

「白々しいな。お前たちのこれまでの行動を考えれば、信じられた話ではない」

カシミロが顔を上げて俺に訴えかけてくる。

「頼む！　どうか家族だけは！　わしのバークリー家だけは存続させて欲しい！」

そうだな。――自分の命を差し出し、財産を差し出すのだ。

許してやっても良いだろう。

俺はカシミロを許してやることにした。

「それはいいな。よし、許そう。俺はバークリー家を恨まないと決めた」

「リアム様!?」

驚くマリーに手を上げて黙らせた俺は、許されたと思い込んで泣いて喜ぶカシミロに向かって真実を教えてやる。

「許してやるよ――お前らが滅んだ後なら、恨んでも仕方がないからな」

「な、何!?」

そもそも、一族の一人であるデリックを殺されてここまで俺に粘着してくる家だ。

カシミロを殺せば、きっと今後はもっと粘着してくるだろう。

「俺に逆らったことを後悔するんだな。男爵風情が、伯爵である俺に盾突いた罪は重いぞ」

「ま、待ってくれ！」

「カシミロ――お前の領地にはたいして興味もないが、今後は俺が有効活用してやる」

バークリー男爵家の領地から奪うものは何もないが、男爵家の財産は魅力的なので奪っておく。

略奪は悪徳領主の必須技能である。

「バークリー家の関係者は領民の前で公開処刑にしろ。誰が新しい領主なのか、領民共に教えてやらないといけないからな」

俺の判断を聞いて、ユリーシアが戸惑いを見せる。

「よろしいのですか？　慣例では成人前の子供は貴族の地位を剥奪後に辺境惑星送りが一般的ですが？」

「何だ？　そんな慣例があるのか？」

「はい。それに、他家との繋《つな》がりも厄介ですよ。バークリー家に嫁いできた女性もいます。ここはしっかりと調査を行い――」

そこまでユリーシアが言うと、マリーが口を挟んで来る。

「不要よ。既に調べはついているもの」

どうやら事前に調べていたらしい。

普段は駄目すぎるのに、こういう有能なところがあるから判断に困る。

「なら、問題のない奴《やつ》らはすぐに処刑しろ。帝国への連絡は――」

「そちらは私が」

俺が指示を出す前に、ティアが笑顔で引き受けてくれた。

こいつも普段は有能なんだよな。

「そうか。なら、全てお前たちで処理しろ。俺は母艦に戻ってノンビリする。流石《さすが》に飽きてきたからな」

◇　◆　◇　◆　◇

リアムがユリーシアを連れて去った後。

カシミロは俯《うつむ》いて涙を流していた。

「飽きた――飽きただと？」

まるで最初から自分たちを歯牙にもかけていないような態度だった。

自分が積み上げたものを興味もないと言い、そしてバークリー家を本当に滅ぼす事に何のためらいもなかった。

伝え聞いた話では慈悲深い名君だったのに――実際は違った。

「見誤った。――最後の最後で」

ここまで大きくしてきたバークリー家を、まだ子供のリアムに破壊されたカシミロは泣きながら笑っていた。

「地獄に落ちろ、小僧ぉぉぉ！　先に地獄でお前が来るのを――」

そこから先は言えなかった。

ティアがカシミロの顔面を踏みつけたからだ。

「もう喋《しゃべ》るな。お前のような男が、リアム様と会話をするだけで汚された気分になる」

海賊貴族。

海賊自体に恨みがあるティアは、カシミロの処分に手を抜くつもりはなかった。

この世の地獄を見せてやる、と心に決めていた。

「お前のために処刑方法は特別なものを用意した。精々、私を楽しませてくれよ。安心しろ——お前の家族もすぐに全員送ってやる」

加虐的な笑みを浮かべるティアに、騎士の一人が話しかけてくる。

「筆頭騎士殿、子供まで処刑すればリアム様の名前に傷がつきます」

リアムの名前を出されて、ティアは真顔になった。

「筆頭騎士はリアム様の命令で解任された。今の私は一人の騎士だ」

「え?」

「それから安心しろ。成人前の子供は辺境惑星送りだ」

過酷な辺境惑星に送られ、そこで貧しい暮らしをすることになる。

——成り上がるのも不可能な環境は、抜け出せない地獄を意味していた。

様子を見ていたマリーは、カシミロを摑《つか》み上げる。

「カシミロ、お前には聞きたいことが山のようにあるの。処刑前にあたくしとお喋りをしましょうね」

マリーがカシミロを連れて行くのを見て、騎士たちが動揺していた。

皆の視線がティアに集まる。

「ティア殿、よろしいのですか？」

マリーの勝手な行動を咎《とが》めないのか、という話だった。

しかし、普段のティアと違い様子がおかしい。

「殺さずにいるなら許すわ。あの女も、その程度は理解しているでしょうからね」

普段ならすぐに喧嘩《けんか》をする二人が、今日はまったく絡もうとしていなかったことに騎士たちが唖然《あぜん》としていた。

◇　◆　◇　◆　◇

バークリー家の領地に、カシミロたちの死体が晒《さら》された。

今まで苦しめられてきた領民たちは、その様子を見て溜飲《りゅういん》を下げている。

そんな様子を、領民に混ざって見ているのは案内人だ。

苦しそうに顔を歪《ゆが》めていた。

「――リアムを恨むお前たちの負の感情をもらうぞ」

カシミロたちの死体にまとわりつく、怨念などの負の感情を吸収する。

周囲の領民たちが抱く、リアムへの負の感情も同様に吸収した。

リアムがバークリー家の領民たちに恨まれている理由は、バークリー家の兵士たちに家族がいたからだ。

戦死して戻ってこないとなれば、リアムを恨むのも仕方がない。

この場に渦巻く全ての負の感情を吸い込み、案内人は人心地つく。

そうした恨みをかき集めた案内人は、以前仕込みをしていたユリーシアに期待する。

「これで少しは痛みも和らぐ。後は、ユリーシアに望みを託そう。リアムに復讐《ふくしゅう》するため牙を磨いてきたあの女だ。今頃はリアムの側にいて、隙をうかがっていることだろうな」

リアムに復讐するために特殊部隊に志願したのがユリーシアだ。

その復讐心は並ではなく、案内人も期待を寄せていた。

何よりも、ユリーシアはリアムの副官として側にいる。

暗殺するならば最高のポジションにいた。

「バークリー家を倒していい気になるなよ、リアム。お前の危機はまだ終わっていない！」

案内人はユリーシアがその目的を果たす瞬間を見に転移するため、何もない空間にドアを出現させた。

ドアノブを乱暴に回し、そして勢いよく開けた。

◇　◆　◇　◆　◇

バークリー家との戦争から三ヶ月。

リアムの副官であるユリーシアは、執務室で仕事のサポートをしていた。

任務を終えたパトロール艦隊は現在首都星に帰還しており、リアム自身は首都星に降りて軍の施設で雑務を片付けていた。

そろそろ軍隊生活も終わりが見えてきて、リアムは予備役に回る準備をしていた。

今は執務室でリアムとユリーシアの二人きりだ。

真面目に仕事をしているリアムを見ながら、ユリーシアは目を細める。

(そろそろ頃合いね)

リアムの生活の全てを把握しているユリーシアは、今が最高の機会であると確信していた。

リアムも男だから性欲はある。むしろ、性欲は強い部類だろう。

だが、周囲の女性に手を出さないリアムは、性欲の発散が下手くそだった。

ムラムラしているのが、ユリーシアには伝わってくる。

ユリーシアが行動を起こそうとしているのを感じ取った案内人は、二人に気付かれないようにその様子を見ていた。

その様子を、案内人に気付かれないように犬が見ており――目を細めてから部屋を出てどこかへと向かう。

案内人はユリーシアに夢中だった。

（いいぞ、ユリーシア！　そのままリアムを殺せ！）

リアムを恨み、リアムのことだけを考えているユリーシアがペンを落とした。

わざとらしくリアムに背中を向けて上半身を曲げてペンを拾うと――ユリーシアの短いスカートから、下着が覗《のぞ》けるようになる。

計算されたその動きにリアムが食いつき、ビクリと肩を揺らした。

ユリーシアは心の中でガッツポーズをする。

（食いついた！）

全てユリーシアの計算通りだ。

下着は機能性を重視したものを着用している。

色気はないが、それがリアムの好みだ。

ただし、色気がなさ過ぎても駄目だ。

リアムの好みは非常に難しいというか、ストライクゾーンが狭すぎる。

それを知っているユリーシアは、側《そば》で徹底的に調べ上げ――リアムの好みを知り尽くしていた。

（お前はこんな下着が好きだよなぁ！）

視線を感じながらゆっくりと上半身を起こして、振り返り笑顔を見せる。

わざとらしくお尻に手をやって恥ずかしそうにする。――全て演技だ。

「し、失礼しました、中将」

「い、いや、うん」

戸惑っているリアムを見て、ユリーシアは勝利を確信するのだった。

（おいおい、顔が赤いぞ）

獣のような眼光でリアムを見ているユリーシアを、案内人が陰ながら応援していた。

ちょっと違和感はあるが、リアムへの復讐心は本物だ。

案内人は小さいことは気にしない。

「いいぞ、ユリーシア！　そのまま色仕掛けでリアムを油断させ、命を奪うのだ！　お前なら出来る！」

ユリーシアが微笑《ほほえ》み、リアムを誘おうとしたところで——。

「リィアムゥ様ぁぁぁ！」

——泣きながら部屋にニアスが入ってきた。

しかも、水着姿で。

上着を羽織っているが、紺色の水着のようなものを着用して胸には名前を書くための白い大きな布がある。

そこに日本語で表すならば「にあす」と可愛《かわい》らしく書かれていた。

その姿を見て、ユリーシアはすぐに理解した。

（またお前かぁぁぁ！）

ただ邪魔しに来たなら追い返せば良いのだが、問題はニアスの格好である。

機能的でエロさもある作業着のインナー的な服装だ。

——リアムのドストライクである。

(これだと私の下着の印象が消えて——)

ユリーシアが慌ててリアムを見ると、思っていたのとは違う反応を見せる。

ボソボソと「スクール水着っぽい」と言って冷めた顔をしていた。

リアムの好みのはずなのに、何故《なぜ》か興味を失っているというか——むしろ、ニアスを可哀想《かわいそう》なものを見る目で見ている。

そんなリアムに気付くことなく、ニアスは泣きつく。

「リアム様、聞いてくださいよ！　せっかくもらった予算と資材を上に取り上げられたんです！　開発はうちで責任持ってするから、お前は大人しくしろって！　こんなのあんまりですよ～！」

こいついったい何をしたんだろう？

第七兵器工場の上層部が取り上げるとか、かなりぶっ飛んだことをしないとあり得ない。

そんなことを思うユリーシアは、首を横に振る。

「ニアス技術大尉、中将は仕事中よ。執務室から出ていきなさい」

ただ、リアムは泣いているニアスに同情したのか、話を聞いてやるつもりらしい。

「別に良いだろ。俺の仕事が遅れても誰も文句なんか言わないからな。というか、半分遊びだし。それよりニアス、お前は本当に残念だよな。なんだその格好は？」

グスグス泣いているニアスは、眼鏡を外して床に座り込んでいる。

「こっちでの作業中に上から命令されたんです！　せっかく、色々と試したい新技術があったのに！　爆発する危険性くらい、開発には付きものなのに！」

いや、駄目だろ。そう心の中でツッコミを入れたユリーシアだったが、リアムの態度を見て唖然とする。

「お前は本当に仕方がないな。第七兵器工場には俺から言っておくから」

「ありがとうございます！」

抱きつくニアスをうっとうしそうにしながらも、リアムは少し嬉《うれ》しそうだった。

欲情とかそういう話ではなく、実に楽しそうにしている。

その笑顔を見て――ユリーシアは負けたと認識してしまった。

どれだけ努力しても天然には勝てないと見せつけられたような気分だった。

膝から崩れ落ちる。

その様子を見ていた案内人が「え!?」と驚くのだが、座り込んだユリーシアが泣き出すとリアムが心配して声をかけてくる。

「お、おい、どうした？」

ユリーシアは、これまでの苦労を思い出して子供のように泣きじゃくる。

「私頑張ったのに！　何十年も貴方《あなた》のことを籠絡して捨ててやろうと決めていたのに！」

「お前は何を言っているんだ？　俺を籠絡？」

「レーゼル家で相手にしてくれなかったじゃないですか！　それ以外にも努力して誘ったのに、全部スルーしたのは中将――伯爵ですよ！」

「え？」

何を言い出すのかという顔をするリアムとニアスを前に、ユリーシアが膝を抱えた。

リアムが声をかける。

「お前は以前に俺がなびかなかったから、捨てるために籠絡するのか？」

ニアスがユリーシアの復讐方法を聞いて鼻で笑っていた。

「捨てる以前の問題だと思うけど」

スクール水着姿の大人にこの言われようである。

ユリーシアが膝に顔を埋《うず》めて泣く。

「努力したの！　私――軍に戻って特殊部隊に入って、色々と資格を取ってようやく伯爵の側に来たのに！　これも全部、私を好きにさせて捨ててやるためだったのに！　このためだけに、何十年も頑張ってきたのよ！」

リアムが何とも言えない顔をしていた。

「俺のためだったの？」

ユリーシアが小さく頷《うなず》く。

全てはリアムを籠絡するため。

案内人が真実を知ると、部屋の隅で膝から崩れ落ちていた。

「──嘘《うそ》だろ」

復讐心は確かにあったが、まさかリアムを捨てるためとは思わなかったらしい。

リアムが頬を指でかく。

「お前も残念な娘だな。やり方が遠回り過ぎるだろうに」

ニアスが勝ち誇った顔をしていた。

「あら、他にも残念な娘がいるんですか？　リアム様も大変ですね」

「お前もその一人だよ」

「え⁉」

心底驚いた顔をしているニアスを放置して、リアムが俯《うつむ》いているユリーシアに気を使って声をかける。

わざわざ屈《かが》んで、目線の位置を合わせてやる。

「分かったから。ほら、とりあえず俺を捨てていいぞ」

ユリーシアが顔を上げると、鼻をすすって不満を漏らす。

「まだ告白されてない」

告白されてから捨てる。そこだけは譲れない。

「そこはこだわるのか？　まぁ、いいか」

リアムはユリーシアの願いを叶《かな》えるために、嘘の告白をする。

どうせ捨てられるのだから、そこに本心などいらないという考えなのだろう。

「ユリーシア、軍を離れる時は俺について来い」

「っ！」

リアムの気を使った告白を聞いて、ユリーシアは驚いて顔を赤くし、その後に満面の笑みを浮かべ——真顔になるとここで気付いてしまった。

（あれ？　この誘いを蹴ったら、私って軍隊で何百年も生活するのよね？）

軍の特殊部隊に配属されるような訓練を受けてきた。

訓練もタダではない。

当然金がかかる。優秀な兵士を育成するのにかかる費用は莫大《ばくだい》だ。

更に技能を沢山持つために教育を受ければ、それだけ金がかかる。

それだけの金がかかったユリーシアを、軍は簡単に解放などしない。

そして、もう一つの問題もある。

（このまま他の貴族様を籠絡しても、伯爵以上の貴族様っているのかしら？）

本来のユリーシアの目的は、将来有望な貴族の愛人や側室枠に収まることだった。

それを考えると、リアムからの話を蹴るのは——論外だ。

リアム以上の有望株と今後付き合える確率など、ほとんどゼロに近い。

ユリーシアは、自分の目でリアムを再度評価する。

容姿——合格。

性格――ギリギリ合格。

資産――花丸。

将来性――ぴかいち。

ユリーシアがリアムの顔をマジマジと見ていた。

その様子に違和感を覚えたリアムが、戸惑いながら告白を断る台詞《せりふ》を待っている。

「おい、どうした？　俺の話を蹴って見返してやるんじゃないのか？」

そんなリアムにユリーシアは抱きつく。

「一生ついていきます、伯爵！」

同じ女性であるニアスが、ユリーシアの内心に気付く。

「あ、こいつ！　色々と考えて逃すのが惜しくなったわね。リアム様は私のパトロンよ！」

パトロンを取られまいとするニアスに、リアムが怒鳴る。

「お前のじゃねーよ！　というか、放せよ！　俺をふって見返すんじゃなかったのか！」

ユリーシアは、リアムに必死にしがみつきながら心変わりした理由を話す。

「だって、伯爵ってば将来性があるじゃないですか！　奥さん一人だし、他に側室も愛人もいないし！」

そこに側室や愛人枠で滑り込めば、ユリーシア的には勝ち組である。

よく考えたら、籠絡は出来たのでユリーシア的には見返せたので問題ない。

今更リアムの誘いを断る方がもったいない。

「お、お前！　何でこんなに残念なんだよ！」

「連れて行ってくれるって言いました！　ついてこいって言ったもん！」

騒がしい三人の姿を見ていた案内人が――ついに我慢できずに立ち上がると、リアムの前に姿を見せた。

「それは復讐《ふくしゅう》って呼ばねーよ！　いい加減にしろ！」

そして、乱暴に指を鳴らして――時を止める。

リアムが案内人の出現に目を見開いた。

「久しぶりだな――リアムゥ！」

案内人はリアムに全てをぶちまけることにした。

第十話 ∨ 真実

残念娘たちに絡まれていた時だった。

時が止まり、胸を押さえて苦しそうにする案内人が姿を見せた。

久しぶりの再会だが、案内人の姿に驚いてしまう。

以前よりもみすぼらしく見えるのは、一体何故だろうか？

そして、案内人は俺に腹を立てているように見えた。

「リアム――気付いたか？　私がお前の敵を集めていたことに！」

「え？」

「バークリー家に味方する貴族や軍人たちが多いことを不思議に思わなかったか？」

どうにもバークリー家の艦隊の数が多く、軍の一部も俺の邪魔をすると思っていたら案内人の仕業らしい。

「お前、もしかして敵を集めてくれたのか!?」

「そう言っただろうが！　それなのにお前は気付かず、オマケに――くっ！」

案内人が悔しがる姿を見て、俺は理解する。

「ごめん。気が付かなかった」

「まぁ、いい。だが、これで気付いたはずだ」

「何が？」

「気付けよ！　お前の本当の敵が誰なのかって事だよ！」

本当の敵？　もしかして、バークリー家は俺の本当の敵ではなかったのか？

案内人は本当の敵に気付かない俺に業を煮やしている？

つまり――バークリー家を操っている存在がいた？

もしかして、そんな存在から俺を守るためにこいつは――ここまでボロボロになっていたのだろうか？

「お前、まさか！」

「ようやく理解したか！」

「あぁ、理解した。本当に――ありがとう」

「――え？」

案内人が怒るのも当然だ。

俺を真の敵から守っていたのに、当の本人がその敵に気が付かないなら怒りもするだろう。

きっと俺を守るために苦労したのだろう。

服は所々破け、以前よりもややややつれているように見える。

控えめに言って貧相な見た目になっていた。

こんなになるまで、案内人は俺の敵をかき集めてくれた。

案内人が有象無象を集めてくれたおかげで、バークリー家との争いを面倒と感じていた俺は一度に全てを掃除できたわけだ。

全て、案内人の段取りのおかげだったわけか。

「おかしいと思っていたんだ。バークリー家にしては数が多いし、軍の一部も俺に敵対したからな。でも、俺に味方をする軍人も多かった。これもお前のおかげなんだろう？」

正直、全てが上手《うま》くいきすぎている気もしたが、案内人が裏でサポートしてくれたなら全てに説明がつく。

意外だったのは、最後に出て来た秘密兵器くらいかな？

「いや、だから！」

案内人が必死に何かを伝えようとしてくるが、先に俺は今までの礼を伝えることにした。

こいつには言いたいことが沢山あるのだが、まずは感謝を伝えたかった。

「お前には本当に世話になりっぱなしだ。本当の敵のことについても調べさせておくよ。とりあえず――ありがとな！　今回も助かったよ」

どうにも照れくさい。

俺が本気で礼を口に出来る相手は少ない。

今世では言い慣れない言葉に、俺が恥ずかしさを覚えていると案内人は震えていた。

「や、止《や》めろ」

「おい、照れるなよ。俺まで恥ずかしくなるだろうが。感謝しているのは本当だぞ。お前にはいつも助けられてばかりだからな。やっぱり、こうやって本音を言うと照れるな」

恥ずかしくて顔が赤くなっている気がする。

これまでの礼を伝えると、案内人は何故《なぜ》か――。

「止めろぉぉぉ！」

◇　◆　◇　◆　◇

案内人に見えていたのは、リアムの後ろに並んだ黄金の火縄銃だった。

随分と古い銃がいくつも並び、銃口を案内人に向けている。

リアムが大勢から感謝される気持ちが加わり、それらがリアムの感謝の気持ちを弾丸として詰め込み案内人に撃ち込もうとしていた。

リアムには見えていないようだが、案内人にはしっかり見えていた。

――そして、あれはまずいと直感が告げていた。

リアムが案内人に一歩近付く。

「おい、どうした？」

「ひっ！」

案内人が直接リアムに手を下すことは出来なかった。

弱った自分では返り討ちに遭うと、気付いてしまった。

それだけの実力をリアムが手に入れている。

（なんなんだこいつは！　私がどれだけお前を不幸にしようと頑張ってきたと思っている!?　それなのに、毎回感謝して――こいつ、私が無様に転ばせても喜んで感謝しそうじゃないか！）

何をしても感謝してくるリアムが、案内人には怖くて気持ち悪かった。

もはや、わざと感謝しているのではないかと勘ぐってしまうほどだ。

（実は私が感謝の気持ちを嫌うと知って？　い、いや、それはない――はずだ）

リアムが案内人に更に一歩近付くと、火縄銃から次々に弾丸が放たれる。

弾丸は案内人を貫き、穴が空いた場所からは黒い煙が吹き出していく。

「嫌だぁぁぁ！」

感謝の気持ちが込められた黄金の弾丸が、案内人の体を次々に貫いていく。

その苦痛に耐えきれず、案内人は黒い煙となってこの場から逃げ去るのだった。

「お、おい、どこにいくんだよ！　まだちゃんと礼を――いなくなった」

案内人が消えると、ニアスとユリーシアが動き出す。

「リアム様、私に予算をください！」

「一生離しません！」

残念娘たちに抱きつかれるリアムは、案内人に何か礼が出来ないか考える。

その姿を、部屋の隅から覗《のぞ》き込む犬が残念そうな顔で見ていた。

◇　◆　◇　◆　◇

四年の任官期間が過ぎた。

最終的な階級は、今後の爵位も考慮されて大将として予備役入りが決定した。

何やら功績とか色々とついて、異例の出世を遂げたが――賄賂の効果は絶大だった。

たった四年で大将様だ。

もっとも、こんなのただのお飾りで役には立たないけどな。

貴族に軍の階級など意味がないし、多額の寄付を行った俺へのお礼みたいなものだろう。

実際に大将として権力を振るうわけでもないから、名ばかりの大将だ。

因《ちな》みに、ティアやマリーまで准将に昇進している。

ユリーシアは大将の副官として大佐の階級まで昇進。

あと――ニアスが俺の支援を受けて技術少佐にまで昇進した。

何故かニアスの後ろ盾は俺、ということになっているが――納得できない。

否定するのも面倒だし、アヴィドの整備を任せることが出来る人材だから許すけどさ。

それよりも、本当に残念なのはウォーレスだ。

「ウォーレス、お前は大尉で予備役か？　一体何をしていた？」

俺についてくればそれだけで少佐は確実だったのに、こいつは一階級下の大尉止まりで予備役に入ってしまった。

　ウォーレスが気まずそうな顔をしている。

「いや～、その～」

「何で昇進出来ないんだよ！　ニアスだって俺のオマケで昇進したんだぞ！　俺が軍にどれだけの賄賂を渡したと思っている！」

　違った。季節の挨拶と寄付だった。

　ウォーレスの昇進も頼んでおいたのに！

「お前の後ろ盾である俺が恥ずかしいだろうが！」

「いや、だってさ！　私に活躍の場なんてなかったじゃないか！　地上で建設現場の監督ばかりだったよね！」

「それでも昇進するのが貴族だろうが！」

「私はこれでも皇族だよ？」

　まったく――こいつの兄であるセドリックは、昇進して少将になっているというのに。

　ウォーレスが頭の後ろで手を組み、開き直った。

「そもそも、予備役に入れば軍の階級など無意味じゃないか。それとね、私はあまり目立たない方がいいんだよ」

「それっぽい事を言っているだけで、出世できなかっただけじゃないか？」

　ウォーレスが俺から視線をそらしたので、きっと出世できなかっただけだろう。

だが、こいつに仕事とは関係ないことをさせてきたのは俺だ。

今回は目をつむってやる。

「今回は許してやる。次は帝国大学に入学だ。軍での階級など意味がなくなるからな」

「そうだよ！　あ～、憧れのキャンパスライフ！　毎日のように合コンをして、楽しく遊ぶぞ！」

――皇族がこれで良いのだろうか？

というか、既に婚約者がいる俺は――合コンに参加できないのではないだろうか？

もう少し、人生というものを真剣に考えた方がいい気がしてきた。

ユリーシアを見ているとそう思う。

「リアム様！　首都星では有名ホテルを貸し切っているんですよね？　私にも一部屋貸してください！」

目をキラキラさせて頼み込んでくる残念娘を見て、俺は首を横に振る。

「好きにしろ」

「やったー！　憧れの暮らしに一歩近付いたわ！」

ユリーシアを見て、ウォーレスが呆《あき》れている。

「真面目な軍人さんだと思っていたのに、何だか普通の女だな。見た目は良いのに」

これでも一応優秀な軍人だから、側《そば》に置くのは問題ない。

ただ――。

「朝からホテルのプールで泳いで、お昼は買い物。カフェで優雅な一時を過ごして～」

――妄想を楽しんでいる姿を見ていると、やはり残念に思う。

ウォーレスがユリーシアの妄想を邪魔しないように、俺に話しかけてくる。

「それより、副官のことをロゼッタに話を通さないと駄目なんじゃないか？」

「――あっ」

婚約者に愛人を囲うって伝えないといけなかった。

――何故だかちょっとだけ気が重いな。

「それよりリアム、本当によかったのか？」

「何が？　愛人？　側室？　俺は元々ハーレムを築くつもりだから問題ないぞ」

「え、そうなの？　いや、今は違う話だよ。バークリー家の領地の問題だよ」

「あ～、あれか」

バークリー家をまとめて倒したおかげで、奴《やつ》らの持つ財産を根こそぎ奪えた。

それはいいのだが、問題は奴らの支配していた惑星の数だ。

多すぎて管理しきれない。

管理しようとしたら、領地にいる天城《あまぎ》から「――本星から遠すぎる惑星が多すぎますね」と言われてしまった。

手に入れたのが飛び地ばかりみたいなイメージだ。

ワープで移動するだけに思われるが、この世界でも意外と距離は大事である。

あと、荒廃した惑星が多い。

あいつら、エリクサー欲しさに死の星を量産してやがった。

手に入れたのはいいが、実際に欲しいかと言われたら「う～ん」と悩むような惑星ばかり。

だから、帝国に売った。

いくつか俺の手元に残しているが、他は売り払っている。

それに、回収したい物は回収した。

惑星開発装置――バークリー家が沢山持っていたので、今後は俺が有効活用するつもりである。

要塞級に乗せて、荒れ果てた惑星の開発に使用するとしよう。

エリクサーを手に入れるために、惑星をいくつか滅ぼそうかとも考えたが――よく考えなくても、エリクサーは売るほど持っているから死の星を量産する方が面倒だ。

丁度、バークリー家が売り払ったエリクサーが出回っていたからな。

出回ったエリクサーは俺が買い占めたから、しばらく購入する必要もない。

――それに、案内人の気になる言葉もある。

俺の真の敵。

きっとバークリー家とは比べものにならない巨大な存在がいるのだろう。

そいつと戦うことがあるとすれば、俺は今よりも強い力を手に入れなければならない。

「もったいないよ。私にくれてもよかったのに」

「荒れた星で良いならすぐにくれてやるが？」

「それは嫌だ。頼むから多少発展した星を頼む。君が片手間で整備した惑星くらい発展していたら、文句は言わないから」

――リアル内政ゲームをした惑星だが、場所が良かったからもの凄《すご》く発展した。

店を出したいという商人が多かったので、トーマスたちに丸投げしたら徐々に人も増え始めて――うん、凄く発展した。

帝国の直轄地でもあるし、後は黙っていても発展しそうな勢いだ。

「無茶を言うな。まぁ、多少は整えた惑星を用意してやる」

「そいつは期待できそうだ」

調子の良いウォーレスだが、こんな奴でも俺の子分だ。

将来的に味方を増やす必要もあるし、あまり冷遇も出来ない。

問題は真の敵だろう。案内人は最後に真の敵が誰なのか告げなかったが、全てを頼るのは申し訳ない。俺の方でも調べておくつもりだ。

だから今は――力を蓄えておくことに専念しよう。

どんな敵が来ても、ひねり潰せるような力が欲しい。

決意した俺に、ウォーレスが気軽に話しかけてくる。

「あ、そう言えばこれからどうする？　すぐに首都星に戻るのか？」

「一度領地に戻る。仕事もあるからな」

「あ、なら私は首都星で――」

「お前も来い！」

俺はウォーレスも連れて一度実家に戻ることにした。

◇　◆　◇　◆　◇

「あ～、懐かしの故郷よ！」

両手を広げている俺を見ているのは、涙を拭っているブライアンだった。

「リアム様、ご立派になられましたな。このブライアン、涙で前が見えませんぞ」

「その状態で俺が立派になった姿が見えるのか？」

こいつはいつも泣いている。

天城を見れば、いつも通り無表情だが――俺には嬉《うれ》しそうな顔に見えた。

「天城、何事もなかったか？」

「はい。軍事行動で被害が出たので、その補償などでゴタゴタしたくらいでしょうか」

やはり被害は出たらしい。

「そうか。軍人は優遇してやれ。俺の大事な戦力だからな」

「はい」

涙を拭ったブライアンが俺にロゼッタのことを尋ねてきた。

「それよりもリアム様、せっかく側室候補を迎えられたというのにロゼッタ様とご本人はどこでございますか？」

せっかく戻ってきたのに、こいつは面倒な話題を振ってくるな。

俺は嫌そうな顔で答える。

「首都星に置いてきた」

「何故《なぜ》でございます！　ようやくリアム様が女性に興味を持ったと嬉しく思いましたのに！」

女に興味がないように思われていたのは心外だ。

ブライアン的には、ロゼッタやユリーシアと一緒に帰ってきて欲しかったのだろうが、二人ともホテル暮らしを満喫中だ。

ロゼッタの方は――顔を合わせ辛《づら》いので放置である。

というか、ユリーシアは副官として引き抜いただけで、側室候補でもない。

あいつはニアスと同じ残念枠だ。

まぁ、それでもティアやマリーよりはマシだろうか？

本当の事を言うとブライアンが五月蠅《うるさ》いので、俺は話を変えることにする。

「あ～、ところでブライアン、これをどう見る？」

見せたのは心臓のような機械だ。

それを見て、ブライアンは興味深く眺めていた。

「ほう、これは珍しいですな。【マシンハート】――命なき機械に命を吹き込むと言われたオーパーツですぞ」

「何!?」

天城を見て、俺はマシンハートをその大きな胸に当ててやる。

押した分だけ沈み込むが、相変わらず張りのあるいい胸だ。

しかし、何も起こらずに、天城が冷めた目を俺に向けるだけだった。

「何か?」

「いや、命を与えるっていうから」

「偽物ですよ。オーパーツがそう簡単に見つかるはずがありません」

「そ、そうか？　お前に命が宿れば嬉しかったのに」

本当に残念で仕方がない。

「――あり得ませんよ」

天城はそう言うが、少しだけ悲しそうに見えた。

ブライアンが俺を見る。

「それよりもリアム様、要塞級を複数購入されたと聞きましたぞ。玩具《おもちゃ》を買うように戦艦を買ってはいけません」

「いいんだよ。開拓惑星の臨時基地にするんだから」

「何と！　手に入れた惑星を本気で開発するおつもりでしたか」

「当たり前だ」

手に入れた惑星開発装置を積み込み、正しい使い方で領地を発展させてやる。

いずれ来る真の敵に備えるためにも、今は力を蓄えておく必要がある。

「今は地力を付けることにした。天城、俺は領地をもっと発展させるぞ。新しい計画を用意してくれ」

普段通りの会話だったのに、天城の返答はこれまでとは違った。

「それについてですが、そろそろ私が管理するのは止《や》めようと思います」

「え？」

「既に人材が育っています。私がせずとも、サポート用の人工知能を使えば十分に領地は発展しますので」

「そ、そうなのか？」

「今後は旦那様のサポートに入ります」

不安に思った俺がブライアンに視線を向けると、天城の今後の予定を話す。

「引き継ぎが終わり次第、天城は首都星でリアム様のお世話をすることになりますぞ。順調にいけば、リアム様と一緒に首都星へ向かえるはずです」

それを聞いて安心した。

「何だ。そうか！　よし、天城が来るなら派手に出迎えをさせよう！」

「いえ、結構です」

断る天城に寂しさを感じてしまう。

「そ、そうか？　なら、普通に出迎えさせるが――本当に良いのか？」

「はい。それに、あまり私を表に出すのは帝国では周りがいい顔をしませんから」

派手な出迎えは俺のためにならないと言う天城に、やはり寂しさを感じた。

エピローグ

リアムの感謝の弾丸であちこち撃たれた案内人が、薄暗い路地を歩いていた。

「ユリーシア――お前は私を裏切ったなぁぁぁ！」

まさか、ユリーシアのドス黒い復讐心《ふくしゅうしん》が、リアムを恋愛的な意味で捨てるというものとは想像もしていなかった。

何で特殊部隊に入ったんだよ！――案内人が裏切られたと感じても仕方がない。

普通は軍に戻って再教育を受け、特殊部隊になど入らない。

そして、案内人は今回動きを見せなかった安士《やすし》の様子を見に来ていた。

「安士。お前も私を裏切っていたら――」

口端から血を流しながら、安士の様子を見に来た案内人が見たものは――。

「まだだ！　そんな事ではリアムを――兄弟子を超えられないぞ！」

――隠れるような場所に住み、そこに道場を作って二人の子供に剣を教えている安士の姿があった。

その姿に案内人は希望の光を見た。

バランスの悪い場所に立ち二人の子供が、汗をかきながら木刀を握っている。

どう見ても小さな子供なのに、安士よりも強そうだ。

リアムから手に入れた莫大《ばくだい》な資金を投入して、二人にリアムと同じ修行方法を試していた。

安士は二人に一閃《いっせん》流を教え込んでいた。

「安士——私はお前を信じていたぞ！」

教育カプセルを何度も使用し、二人が強くなるために全財産をかけている。

あの安士がここまでするのには理由がある。

安士を訪ねて、明らかに柄の悪い騎士たちがやって来た。

「おい、おっさん。ここに一閃流の安士って奴《やつ》がいるって聞いたんだが？」

不良みたいな若者たちが来た。

安士はすぐに返事をする。

「一閃流？　聞いたこともありませんね」

「本当か？　あのリアムって凄腕《すごうで》の騎士の師範が、ここにいるって情報を摑《つか》んだんだが？」

「なんと！　有名人ではないですか。ですが、拙者は知りませんね」

「ちっ！　いくぞ、お前ら」

——このように、リアムの剣の師を探す者たちが増えているからだ。

安士は怯《おび》えていた。

（くそっ！　これというのもリアムが一閃流なんて架空の剣術を広めるから悪い！　俺まで悪い意味で目立っているじゃないか）

安士に遊んでいる暇などない。

リアムを倒し、一閃流など幻と知らしめるまで安息の日は来ない。

そのために、安士は二人の子供を大事に育てていた。

「そこまで！」

安士が終わりを告げると、二人の子供が目隠しをしたまま肩で呼吸をする。

「いいぞ、二人とも。実力がついてきたな」

二人の子供が目隠しを外す。

「師匠、なんであいつらに嘘《うそ》ついたの？」

「ん？」

「あんな雑魚、簡単に倒せるのに」

既に安士よりも強い二人からすれば、先ほど現れた若者たちは雑魚扱いだった。

安士が戸惑っている。

「そ、それはだな――無闇に剣を振るってはならんのだ！　お前たちの剣は、強い者を倒すためにある！」

二人揃《そろ》って先程の騎士たちを雑魚呼ばわり。

案内人も、先程の騎士たちの実力よりも二人の方が上だと判断する。

「――リアムにはまだ届かないが、確実に育っている。安士よ、そのまま励めよ」

案内人がその場から消えていくと、犬がその様子を見ていた。

子供二人が汗を拭う。

「何度も聞いたよ。兄弟子を倒したら一人前って認めてくれるんだよね？」

「そうだ。リアム殿を倒せば合格だ」

「でも、本当に兄弟子が有名人のリアムなの？　何だか信用できないな」

「う、疑うな！　本当に奴は拙者の弟子だから！」

二人ともお腹《なか》が空《す》いたのか家に戻っていく。

「は〜い。それよりご飯食べたい」

「お腹空いた〜」

「こ、こら、待たないか！」

子供二人の世話に苦労する安士の姿を見て、犬も姿を消した。

◇　◆　◇　◆　◇

——おかしい。

アヴィドのコックピット内。

マシンハートを押し込んでやったら、アヴィドに吸収されてしまった。

「天城《あまぎ》には使えなかったのに」

多少問題はあるだろうが、案内人がくれたオーパーツだ。

きっと役に立つとアヴィドに使ってやった。
すると、今までよりも出力が上がっている気がする。
ま、気分の問題だろう。
細かい数字なんて気にしていないし。
「アヴィドがパワーアップしたから良いが、本当にどうなっているんだ？」
まぁ、よく考えると天城に使用して失敗したら嫌だし、これでよかったのかと思うが
――う〜ん。

◇　◆　◇　◆　◇

屋敷の一室。

そこにはメイドロボットたちのベッドが並んでいた。カプセル型で、内部は液体で満たされたタンクベッドだ。

その一つに横になっていた天城が、メンテが終わり目を覚ます。

「――命」

命のない存在に命を与える。

マシンハートが反応しなかった天城は、落胆と同時にちょっとした幸せを感じていた。

「私が抱いた感情は本物だったのでしょうか」

少し残念に思いながらも、天城は自分の仕事に戻るために立ち上がる。
液体で満たされたタンクベッドから出ると、用意されていたメイド服に手を伸ばした。
すると、リアムから連絡が入る。
裸体のまま天城は、自分の首から上を表示する形でリアムとの通信に応えた。
『天城、パワーアップしたアヴィドに乗せてやる』
パワーアップという言葉から、天城はすぐに予想がついた。
きっとマシンハートをアヴィドに試したのだろう、と。
「旦那様、もしやマシンハートを使ったのですか？」
『うん』
素直に返事をするリアムに、天城は軽率すぎると注意する。
「調べ終わるまで使わないように、と申し上げましたが？」
『問題ない。出所が安全性を保証しているからな』
その出所が天城には不明で信用ならなかった。
リアムは無邪気に天城を誘う。
『ほら、行くぞ。ドライブだ。ドライブ』
「――承知しました」
アヴィドの様子を確認するため、天城も同行することにした。
（どうして旦那様は、色々なものを引き寄せてしまうのか？）

ロストテクノロジーの品々がリアムに集まりすぎている。

不自然すぎる展開に、天城は疑問を抱くのだった。

◇　◆　◇　◆　◇

首都星でリアムが滞在する老舗の高級ホテル。

そこを取り仕切るのは、ロゼッタの仕事である。

ラウンジでホテルの支配人がタブレット端末を操作しながら、ロゼッタと今後について話し合っていた。

「現状、当ホテルの部屋は八割が埋まっております」

バンフィールド家から来ている騎士、兵士――そして役人たちが、ホテルの部屋を使用している。

他にも、リアムの寄子となった家から子弟を預かり留学させるため連れてきている。

寄子とは、リアムが面倒を見ている貴族たちのことだ。

多くは男爵より下の階級ばかりだが、中には田舎で貧困にあえぐ男爵家や子爵家も存在する。そんな彼らをリアムが面倒を見ていた。

帝国貴族ではあるが、実質的にリアムの子分のような貴族たちの事だ。

ロゼッタは宮廷での修行で、お姫様気分の抜けない女子たちを数多く見てきた。

寄子の女子たちも同じ傾向があり、それを危惧していた。

そのため、上には上がいると、この機会に首都星で見せておくつもりだった。そのために、自分の世話役として、寄子の子弟たちを大勢連れてきている。

「まだ受け入れるだけの余裕はありますわね」

「はい。ですが、満室にしてしまうと急な対応が取れなくなります」

「悩ましいところですわね。もっと世間を知って欲しい子たちが多いのだけれど」

バンフィールド家の寄子たちだが、元々辺境の田舎貴族の集まりだ。

首都星は凄《すご》いと聞いていても、どれだけ凄いのかを正確には理解していない。

また、領民にも教える必要がある。

時に知識を得て、自分たちが何でも出来ると勘違いをして領主を廃する者たちが出てくる。

そうなった場合——帝国は星ごと領民たちを焼き尽くす。老人や子供など関係なく、領主を廃した者たちの敵味方も関係ない。

ただ、自分たちに逆らったというだけで、全てを滅ぼしてしまう。

帝国は、自分たちの権力を奪おうとする者に容赦などしない。

だから、世界の広さを教える必要がある。

最も簡単なのは、最初から領民たちに知識や力を持たせないことだ。

それはリアムの流儀に反するため、バンフィールド家では実行されない。

だから、リアムの足りない部分をロゼッタがフォローしていた。

「ダーリンが戻ってきたら相談しましょうか。それまでは、部屋は開けておきましょう」

「奥方もお忙しいですな」

「ま、まだ婚約者ですわ」

「それは失礼いたしました」

顔を真っ赤にさせるロゼッタを見て、支配人が話題を変える。

「そう言えば、お二人とも大学へ進学されるとか。ロゼッタ様も役人としてお働きに？」

リアムが戻ってきたら、一緒に大学に入学する。

ロゼッタはそれが楽しみだった。

「そのつもりよ」

将来的にはリアムが不在の時の領主代行になることもあるので、最低限の仕事は出来るようになっておく必要もある。

(ダーリン、早く戻ってこないかしら)

立場的にそうした学びも必要なのだが、それよりもリアムと大学に入学するのを楽しみにするロゼッタだった。

◇　◆　◇　◆　◇

——久しぶりに首都星に戻ってきた。

地元では王様として振る舞えるが、首都星での俺は一貴族に過ぎない。

それでも十分に威張れるのだが、上がいるというのは落ち着かないな。

あと、下手に喧嘩《けんか》を売ると面倒というのをバークリー家との戦いで学んだ。

負けはしないが、何年もチマチマ戦うのは飽きる。

だが、バークリー家から得られたものは大きい。

惑星開発装置——複数。

マシンハート。

それにバークリー家の財産だ。

資源衛星もいくつか得られたので、今後レアメタルを大量に流しても言い訳が出来る。

リムジンっぽい乗り物に乗り込み、横に天城を座らせた俺は首都星の景色を見た。車が普通に空を飛び、空中には交通整理を行う装置がいくつも浮かんでいる。

窓の外の景色は、何というか興味がそそられない。

「灰色ばかりで飽きるな」

コンクリートジャングル——いや、素材はコンクリートではないらしいが、もう緑が少ない。

大都会という印象が強すぎる。

一緒に乗り込んでいるウォーレスが、二日酔いで苦しそうにしていた。

「リアム――薬をくれ」

「騒ぎすぎたお前が悪い。しばらく苦しめ」

昨晩、ウォーレスはセリーナから解放されたと酒を飲んで騒いでいた。

二日酔いなど薬ですぐによくなるのだが、面白くないので放置することにした。

こちらの方がウォーレスにはいい薬になるだろう。

天城は俺たちが滞在するホテルが見えてくると、少し怒った顔を見せる。

「旦那様、出迎えは控えめにと頼んだはずですが？」

そこには俺を出迎えるために騎士や兵士たちが整列していた。

控えめとは思えない出迎えに、天城が怒っている。

本当ならもっと控えめにするつもりだったが、せっかく天城が来るので派手な出迎えを希望した。

楽団が演奏準備をしており、整列した騎士や兵士たちは礼装だ。

俺のわがままでかり出される部下たちを見ていると、実に気分がいい。

「サプライズだ」

「そういうことは、ロゼッタ様にするべきですよ」

「う、うん」

あいつは何をしても喜ぶだろうし、実際にやれば抱きついてきそうだ。

だが、素直な感情を向けられると――その、困る。

あと、何気に苦しい生活をしてきたのか、暮らしぶりが見た目に反して派手じゃない。

絢爛豪華《けんらんごうか》な印象を周囲に与えるロゼッタだが、普段の生活は本当に地味だ。

ユリーシアの方がまだ派手だった。

リムジンが地面にゆっくり着地すると、整列した部下たちが一斉に敬礼をする。

ドアが開くと、先に俺が降りて車内にいる天城を振り返る。

「ほら、天城」

手を差しのばすと、天城が少しためらいながらも俺の手を取った。

そうして外に出ると――何やらホテルの外が騒がしい。

「何だぁ？　人形と手を繋《つな》いでいる奴《やつ》がいるぞ」

朝から酒に酔っているのか顔を真っ赤にした服装の派手な男が、周囲に取り巻きや護衛の騎士を引き連れてホテルの玄関辺りからこちらを覗《のぞ》いて笑っていた。

相手も貴族のようだが、どうやらこちらを冷やかしているようだ。

その男たちのところに、俺の部下たちが駆けつけて下がらせようとしていた。

「ここはバンフィールド家が貸し切っている。すぐに立ち去れ！」

俺の騎士たちがそう言うと、貴族らしき男は素直に従わずに抗《あらが》っていた。

「侯爵家の跡取りである俺様に、たかが田舎者の陪臣騎士が文句を言うのか？　少し名を上げたからって、格が上がったつもりか？　それにしても、寂れたホテルを貸し切るとは金がないのか？」

口から出る言葉は、どれもこちらを貶《おとし》めるものばかり。

ただ、その口振りからこのホテルについて知っているように思える。

――まぁ、どうでもいい。

何やら俺に絡みに来たようだが、時間を割いてやる必要もない。

「ここは五月蠅《うるさ》いな。天城《あまぎ》は早くホテルの中に入れ」

天城が俺の手を強く握ると、少し動揺をしていた。

「旦那様、いけません」

俺たちの様子を見ていた侯爵家の跡取りが、俺を指さして笑っている。

「おい、本当に人形と話しているぜ。〝お人形さん遊びのリアム君〟」

お人形――天城をそう呼んだ男の顔を見る。

「あ？」

――俺は相手を知らないが、馬鹿な貴族の男は俺を知っているようだ。

知っていて喧嘩を売りに来たらしい。

「ここは首都星でちゅよ。そんな汚い人形を連れてきちゃいけまちぇんよ～」

赤ちゃん言葉で煽《あお》ってくる相手を見て――俺は背中を見せて天城を連れてホテルへと進む。

不機嫌な俺のところに、ティアが駆け寄って来たので命令する。

「片付けろ」

ティアは一瞬だがためらっていた。

「――よろしいのですか？」

「何か問題でもあるのか？　それから、ウォーレスを運んでやれ」

車の中でぐったりしているウォーレスを運ばせて、後はホテルに入れば終わりだ。

何の問題もない。

「ギャハハハ！　何も言い返せないのか、おにんぎょ――リア――ム」

先程まで笑っていた貴族の男が倒れると、縦に両断され地面に落ちて血をまき散らした。

五月蝿いので斬ったのだが――清々した。

騒がしかったこの場が急に静まりかえるが、俺は無視してホテルの中へと入る。

天城が目を細めて、俺の軽挙な行動を責める。

「貴族相手の喧嘩は慎重にすると仰《おっしゃ》っていましたが？」

バークリー家との戦いで、確かに俺は学んだ。

むやみに貴族と喧嘩してはならない、と。

「あぁ、慎重に判断した。判断した結果――潰すことにした。あいつの家を徹底的に調べ上げろ。親類縁者も全てだ。――バークリー家のように潰してやる」

どうせあのように絡んでくるのは小物だ。

爵位は高いようだが、たいした家じゃないだろう。

バークリー家を相手にして勉強済みだ。

だから、同じように潰してやる。

いや、同じではつまらないか。

「今度はもっとうまく潰せる気がするな。精々あがけよ、侯爵家」

バークリー家を潰す際に手に入れたノウハウで、次はもっと上手に叩《たた》き潰してやろう。

悪徳領主は敵に容赦などしない。

◇　◆　◇　◆　◇

跡取りを殺された取り巻きと騎士たちが、その場にやって来たティアに詰め寄っていた。

「貴様ら、いったい何をしたのか理解しているのか！」

「侯爵家を敵に回すつもりか！」

「こんなことが許されると思うなよ！」

ティアは笑顔でレイピアを抜くと、横に振り抜いて騎士一人の首を斬り飛ばした。

血が噴き出し、騎士の体が倒れるのを見てから、ティアは雑用を片付けるように部下たちに命令する。

「さっさと片付けるぞ」

部下の騎士たちは、ティアの行動に焦っていた。

彼らは普段ティアと行動を共にしている騎士たちではなく、バンフィールド家で育成された新米の騎士たちだ。

こうした突発的な荒事に不慣れだった。

「し、しかし！」

ここで争えばまた貴族同士の戦争が始まってしまう、というためらいが彼らに武器を握らせなかった。

だが、ティアはそんな騎士たちに命令を繰り返す。

「護衛対象を守れない騎士など恥だ。いっそ主人のために命懸けで戦う機会をくれてやる方が慈悲深い。それから、取り巻きも立場を失うだろうから——殺せ」

「いや、ですが」

それでも命令を拒否しようとする騎士たちに、ティアが目を細めて威圧する。これ以上逆らうならば、お前らも斬るという気迫を見せていた。

ティアは逆らう部下の首筋にレイピアの刃を軽く何度か当てて脅す。

「リアム様は片付けろと仰せだ。貴様らは逆らうのか？」

次に逆らえば本気で殺すつもりだったが、ここでようやく部下たちが覚悟を決めたようだ。ティアから視線をそらした。

「い、いえ」

相手の騎士が慌てて剣を抜くと斬りかかってくるが、ティアは敵に向き直るとレイピアで頭部を貫いてしまう。

ティアが刃を抜くと、血が噴き出して相手の騎士が地面に倒れた。

周囲が血に染まるが、ティアの表情に変化はない。

「リアム様は天城を馬鹿にした者に容赦はしない。一人残らず殺して、こいつらの屋敷に投げ捨ててやれ」

バンフィールド家が本気で戦争を引き起こすと知り、相手の貴族や騎士たちは震える。まさか、ここまでするとは思ってもいなかったのだろう。

どこかで相手が引いてくれるという、貴族同士の暗黙のルールを期待していたようだ。

そのルールに甘えて挑発した彼らは、自分たちが喧嘩を売った相手がとても恐ろしい相手だったと今になって気付いたらしい。

しかし、手遅れだ。

「ま、待ってくれ。本気で争うつもりか？　今なら、まだ穏便に――」

既に侯爵家の跡取りが死んでいるため穏便も何もないが、相手はこの場を乗り切るために必死に媚《こ》びを売っていた。

ティアはその姿をあざ笑う。

「リアム様は貴様らと争ってもいいとお考えだ。お前らを殺して、侯爵家に宣戦布告としてやろう」

リアムの騎士たちが、天城を馬鹿にされたリアムが激怒する姿を想像して敵に剣を振り下ろした。

兵士たちも銃を構えており、侯爵家の騎士たちの逃げ場はない。

ティアは口角を上げて、笑みを作ると敵を恐れさせる。

「リアム様を馬鹿にした。それだけでお前たちは万死に値する」

取り巻きや騎士たちは、そのままリアムの騎士により殺害されると——首都星にある侯爵家の屋敷に死体を放り投げられた。

それはバンフィールド家から侯爵家への挑発行為で、いつでも戦争をしてやるという意思表示でもあった。

◇　◆　◇　◆　◇

最上階の部屋でくつろいでいると、息を切らしたロゼッタが部屋に駆け込んできた。

その慌て振りから、何か問題でも起きたと想像できる。

「ダーリン、何かしたの？」

「いきなり何の用だ？」

ソファーに座って電子書籍を読んでいた俺は、ロゼッタの相手をするため顔を向ける。

周囲に様々な情報が浮かんでいたが、それらを消してから相手をする。

ロゼッタは、俺の所に来た理由を説明する。

「修行時代の知り合いから、どうしてもとりなして欲しいって頼まれたのよ。怯《おび》えていたし、急いでいると言われて気になったの」

「お前の知り合い？」

「宮殿で一緒に行儀見習いの修行をした子よ」

そんな相手が俺に何の用だろうか？

「誰だ？」

「侯爵家出身の子なの。ダーリンを怒らせたから、どうしても謝罪がしたいって」

「友達なのか？」

「え、え～と」

返答に困っているロゼッタを見れば、色々と察することが出来た。

本当は親しくなどないのだろうし、付き合いも浅いのだろう。

どうしようかと思っていると、マリーが部屋に入ってくる。

「リアム様、先程の侯爵家について調べた資料になります」

「――あぁ、あいつか」

天城を馬鹿にした侯爵家の跡取りの実家だろう。

マリーから資料を受け取って確認すると、規模の大きな家だった。

侯爵家と言われるだけの規模だが――領地はバークリー家と同様だ。

発展していないし、おまけに艦隊は張り子の虎。

数は十万隻だが、これならバークリー家の方が強かった。

軽率すぎる行動をしたので予想はしていたが、やはり小物だ。

マリーが背筋を伸ばして俺を見ている。

俺はだらけた格好でソファーに座り、資料をマリーに返した。

「目障りだから潰せ。今度はこちらから積極的に仕掛けようじゃないか」

長引けば面倒なので、サクッと終わらせてやるつもりだった。

しかし、マリーからそれは難しいと言われる。

「それは難しいと思われます。侯爵が既に帝国に仲介を頼みましたからね。こちらに謝罪すると申し出ていますわ」

「何だ、戦わないのか？」

「跡取りがリアム様に喧嘩《けんか》を売ったと聞いて、すぐに廃嫡の手続きをしたそうです。娘を差し出してもいいとか。ロゼッタ様と共に行儀見習いとして学んだ娘と聞いておりますわ」

マリーがロゼッタに視線を向ける。ロゼッタの方は、一瞬だけ表情が曇った気がした。

きっと修行時代に何かあったのだろう。

そんな女を手元に置いて可愛《かわい》がり、ロゼッタの反応を見るのも面白いかもしれないな。

興味が出てきた俺は、マリーに侯爵令嬢のデータを要求する。

「相手は美人だろうな？　俺は女の好みに五月蝿《うるさ》いぞ」

「こちらです」

マリーが立体映像を用意すると、そこには確かに美人というか美少女が映し出された。

まだ成人したばかりで幼さが残っているが、確かに美人の部類だろう。

——が、駄目。俺のハーレムには加えられない。

「派手すぎるし、何というか嫌いだな。侯爵にはいらんと伝えろ」

「よろしいので？　側室として迎え入れ、お二人の間に出来た子を次期侯爵にすることも可能ですが？」

侯爵家を乗っ取れるチャンスだが、そこまでして欲しいかと言われると微妙だ。

あと、娘の方は美人でもなんか嫌だ。

美しくはあるのだが、裏切りそうな顔とでも言えばいいのか？

前世の元妻と同じ臭いを感じる。

見た目は良いが、こんな女が俺のハーレムに加わるなど許されない。

悪徳領主である俺は、好みに五月蝿いのだ。

「興味がない。欲しければ力尽くでも奪うだけだ」

そう言うと、ロゼッタが何故《なぜ》か明るい表情をする。

瞳を潤ませ、嬉《うれ》しさに震えていた。

「ダーリン！」

「何で喜ぶ!?」

——いや、お前のためにこの話を断るわけじゃないぞ。

何で嬉しそうなの？　ついでに、マリーも嬉しそうにしているのが腹立たしい。

「こうなると思っておりました。侯爵家の娘は、強引に奪う価値もありませんわ。良かったですね、ロゼッタ様」

マリーに視線を向けられたロゼッタは、顔を真っ赤にしている。

こいつら、俺にどんな勘違いをしているのだろうか？

それよりも、この結果が当然という顔をするマリーに苛《いら》ついてしまうが、文句を言う前にロゼッタが動いた。

「ダーリン、愛してる！」

何を勘違いしたのか、ロゼッタが俺に抱きついてきた。

お、おま、ふざけるな！　今のどこに嬉しがる要素があったのか言ってみろよ！　感動する要素なんて少しもないだろうが！

「は、放せ。ロゼッタ、止《や》めろ！」

ジタバタしていると、お茶を持って来た天城《あまぎ》が俺の姿を見ていた。

「おや、仲がよろしいですね。――お茶は二時間後にお持ちいたしましょうか？」

「ち、違うんだ！　これは！」

まるで妻に不倫現場を見られたような気分だ。

罪悪感がこみ上げてきて、冷や汗が出てくる。

マリーが「リアム様、邪魔者は誰一人近付けません！」と、何やら見当違いのことを言い出している。

こいつ、やっぱり使えない。

抱きついてくるロゼッタを引き離そうとしていると、ユリーシアが買い物袋を沢山持って部屋に入ってきた。

今日も元気に買い物をしてきたらしい。

「リアム様ぁ～元同僚たちにマウントを取りたいので、一緒に写真を撮ってください！　仲良く抱き合っている画像がいいで～す」

同じように貴族の側室や愛人狙いの同僚たちに、俺とのツーショットを送って煽《あお》りたいとか――こいつ最低だな。

やはり残念娘は残念娘だった。

天城とマリーが、そんなユリーシアを部屋から連れ出していく。

「ユリーシア様、貴女《あなた》はリアム様の副官としてもっと自覚をお持ちください」

「ロゼッタ様の邪魔をするな、このポンコツが」

両脇を抱えられたユリーシアが、引きずられながら俺に手を伸ばしてくる。

「あ、待って！　今まで散々煽られてきたんです！　見返してやりたいの～」

去って行く三人。

残ったのは俺とロゼッタだけだった。

――あれ、これってまずいぞ。

ロゼッタが頬を染めて、モジモジとしている。

この場からどうやって逃げてやろうか考えていると——乱暴にドアを開けてウォーレスが俺に助けを求めてきた。

「大変だリアム！」

ウォーレスが血相を変えて部屋に飛び込んできたことで、ロゼッタが残念そうにしながらも俺から離れた。

「ナイスタイミングだ、ウォーレス！——それで、どうした？」

こいつを飼っていて正解だった。

息切れしたウォーレスが俺に伝えてきたのは——新たな面倒ごとである。

「いも——違う。だ、第三皇子が」

「第三皇子？」

「継承権第三位の皇子が、リアムに面会を求めてきたんだよ！」

その言葉にロゼッタが口元を両手で塞ぎ驚いていた。

「第三皇子——そんな！」

ウォーレスとロゼッタの視線が俺に集まる。

何やら面白くなってきたようだ。

バンフィールド家の屋敷。

そこで働く量産型メイドロボの【白根《しらね》】は、屋敷で働く者たちから恐れられていた。

白根だけではない。

統括である天城を始め、メイドロボたちは恐怖の対象だ。

これは帝国が人工知能を毛嫌いしている事も影響しているが、一番は屋敷の主人であるリアムの存在が大きい。

リアムは人を信じない。

信じるのは、人工知能を搭載した天城や白根のようなメイドロボたちだけ。

そのため、メイドロボを馬鹿にする人間がいれば、容赦なく斬り捨ててしまう。

リアムにとっての逆鱗《げきりん》であるため、屋敷で働く者たちもメイドロボたちから距離を置いていた。

近付かなければ関わらずに済むし、リアムの勘気に触れることはない。

リアムはメイドロボさえ関わらなければ、完璧な名君である。

多少の失敗には目を瞑《つぶ》るし、屋敷で働く者たちに無理難題を押しつけない。

だから、バンフィールド家の屋敷では、メイドロボたちが悪目立ちをしていた。

屋敷で働く者たちには、恐怖の対象である。

そんな恐怖の対象に近付く人物が一人。

「見つけたわよ！　今日こそは全員の名前を言い当ててみせるわ」

部屋の掃除をしていた白根を見つけたのは、メイド服に身を包んだロゼッタだった。

セリーナのもとで厳しい教育を受けているロゼッタだが、今は休憩時間らしい。

白根が姿勢を正してロゼッタに正面を向ける。

「ロゼッタ様も飽きませんね」

「当然よ。ダーリンがみんなを見分けられるなら、わたくしだってやってみせるわ。まずは、あなたから言い当てるわよ」

天城と違って、量産型の白根たちは外見が全て同じだ。

そんな量産型だろうと、リアムは見分けがついている。

これは異常な事なのだが、そんなリアムを倣ってロゼッタもメイドロボたちの名前を言い当てたいらしい。

あまり意味のない行動だが、白根はロゼッタの考えが嫌いではなかった。メイドロボたちを嫌う屋敷の人間も多い中で、自ら近付いてくるリアムと同じ変わり者だから。

(旦那様に近付かれようと努力している姿は、望ましくあるのですけどね)

ロゼッタが白根を真剣に見つめ、答えを出した。

「あなたは塩見《しおみ》ね！」

ロゼッタは、白根を塩見と間違えてしまう。

言い当てられないだろうと思っていた白根だったが、まさか間違えられるのが塩見だとは予想していなかった。

白根としては納得できない。

「――ロゼッタ様、間違いです。それはそうと、どうして私を塩見と間違えたのでしょうか？　姉妹の中でも、塩見は一番目立っている存在のはずですが？」

「え？　そ、そう？　ごめんなさい」

「謝罪は必要ありません。それよりも、どうして私を塩見と間違えたのでしょうか？　姉妹の私が言うのも変な話ですが、あの子は実に個性的です。塩見ならば、旦那様以外でも言い当てることが出来ると思うのです。――それなのに、どうして私が塩見だと判断したのか気になっています」

普段よりも早口になる白根に、ロゼッタが身を縮こまらせていた。

申し訳なさそうに謝罪するのは、白根が怒っていると思ったからだろう。

「本当にごめんなさい」

「いえ、謝罪を求めているのではありません。ただ、どうして私を塩見なんかと間違えたのか理由が聞きたいのです。求めているのは説明です」

自分で思っている以上に、白根は塩見と間違えられた事が許せなかった。

ロゼッタから理由を聞き出そうとしていると、そこにメイドロボたちを統括する天城が現れる。

僅かに険しい目つきをしている天城に、白根は「あ、これはまずい」と内心で呟《つぶや》く。

白根の予想通り、天城はロゼッタへの態度に怒りを抱いていた。

「白根――あなたはロゼッタ様に何をしているのですか？」

威圧する天城の声に、白根は一度だけ体がビクリと反応を示した。

白根に、他の姉妹たちからの煽りが届く。

ロゼッタには見えないだろうが、白根の視界には姉妹たちのコメントが吹き出しで張り出されているように見えている。

『塩見と間違えられる白根とか（笑）』

『ウケますね。ここ数年で一番笑わせていただきました（笑）』

『あの塩見と間違えられるとか可哀想《かわいそう》（笑）』

白根は天城に頭を下げて謝罪をする。

「大変失礼しました」

「私にではなく、ロゼッタ様に謝罪しなさい」

「はい。――ロゼッタ様、大変申し訳ありませんでした」

無表情で謝罪をする白根だが、姉妹たちから笑われた屈辱で胸がいっぱいだ。

謝罪されたロゼッタが、戸惑いながらも受け入れる。

「あなたは白根だったのね。間違えてしまってごめんなさいね」

ロゼッタも謝ると、天城が必要ないと言ってから白根を責める。

「ロゼッタ様の落ち度ではありません。本来、量産型を見分けるのは非常に困難なことなのです。それを、白根が疑問に思ったのが間違いなのですから」

「そうかもしれないけど、間違えたのはわたくしだから」

ロゼッタが落ち込むと、この場にセリーナが現れる。

「こんな所にいましたか。休憩時間は終わりですよ、ロゼッタ。仕事に取りかかりなさい」

「は、はい！」

背筋を伸ばしたロゼッタが、次の仕事場へと向かう。

残された白根は、冷たい視線を向けてくる天城の顔を見た。

天城が怒っている。

「白根、あなたは私に着いてきなさい。どうしてこんなことをしたのか、しっかり説明してもらいます」

「――はい」

天城に連れて行かれる白根を、他の姉妹たちが笑っていた。

◇　◆　◇　◆　◇

メイドロボの名前を間違えた上、更に仕事に遅刻と失敗を続けたロゼッタが、噴水広場のベンチに座っていた。

広い屋敷の中庭は、もう中庭と呼んでいいのか分からない広さをしている。

ロゼッタが溜息《ためいき》を吐《つ》く。

「わたくしって駄目ね。いくら頑張ってもダーリンみたいになれない」

ロゼッタにとって、リアムは理想の貴族である。

あんな貴族に自分もなりたいと、少しでも近付くためにメイドロボたちの判別が出来るようになりたかった。

だが、ロゼッタでは見分けがつかない。

落ち込んでいると、そこにメイドロボが現れる。

左腕に金のブレスレットを装着したメイドロボは、ロゼッタの隣に来るとベンチにさも当然のように腰掛けた。

急なことにロゼッタが驚いていると、メイドロボが名前を名乗る。

「塩見でございます」

「え、えっと」

塩見とは何度か顔を合わせており、今更自己紹介をする関係ではない。

だが、塩見は自己紹介を続ける。

「旦那様に金のブレスレットを頂いた塩見です」

そう言って塩見は、左腕のブレスレットを見せてくる。

「そ、そうだったの？」

「はい。我々姉妹は、特徴を付けるためにアクセサリーを身につけております。リボン、指輪、ブローチと様々ですね。ですが、同じアクセサリーを身につける者はいません。区別がつかなくなりますから」

「そうなの？　でも、前にリボンを付けていた子は二人いたような？」

考え込むロゼッタに、塩見が丁寧に説明する。

「それはリボンの使用権を譲渡したのでしょう。我々は個性を持つために、アクセサリーの使用権を奪い合っています」

「奪い合うの!?」

「はい。同じアクセサリーは使用できませんから、相手から使用権を奪うしかありません。ただ、例外も存在します。以前にロゼッタ様が統括の天城《あまぎ》に組紐《くみひも》をプレゼントされましたよね？」

ロゼッタは天城に、手作りの組紐をプレゼントしたことを思い出す。

「ええ」

「そのため、天城は組紐の使用権を主張しました。荒島《あらしま》という組紐の使用権を持つ姉妹は、泣く泣く従ってアクセサリーを外しました」

今まで組紐を使用していた荒島は、天城が組紐を手に入れたので使用権を放棄したらしい。

　話を聞いていたロゼッタは、申し訳なく思う。

「余計なことをしたかしら？」

「いいえ。これは一種のゲームですからね。突発的な事態にも対処するのが醍醐味《だいごみ》です」

　アクシデントも楽しむと言う塩見に、ロゼッタは可笑《おか》しくなった。

「あなたたちは、思っていたよりも個性的なのね」

　塩見は僅かに表情を変えて、微笑《ほほえ》んでいるように見せた。

「はい。特に意地の悪い白根は個性的ですね。気に入らないことがあると、問い詰めてくるのでご注意ください。それから、荒島もいけません。あの子は個性過多です。姉妹たちからアクセサリーの使用権をいくつも奪っています。ロゼッタ様もご注意ください」

　ロゼッタは塩見に微笑む。

「わざわざありがとう。金のブレスレットをしているのは塩見ね。うん、あなたの事は覚えられそうだわ」

（わたくしを心配して話しかけてくれたのかしら？　ちょっと不思議な気分だけど、悪い気はしないわ）

　ロゼッタの中で、塩見は特別なメイドロボになった瞬間だった。

　塩見は僅かに微笑み、ロゼッタに名前を覚えてもらったことを喜ぶ。

「ありがとうございます。ロゼッタ様に覚えて頂けて嬉《うれ》しく思います」

◇　◆　◇　◆　◇

後日。

『やってくれましたね、塩見！』

『誰が個性過多ですか！』

その日、塩見はロゼッタの側《そば》でメイドの仕事を手伝っていた。

ロゼッタが相棒に塩見を指名したことで、二人はよく組むことになっている。

無表情で仕事をしながら、塩見はチャットルームで姉妹たちを煽《あお》っている。

『塩見なんかと間違えられて～なんて、煽る方が悪いんですよ。私を馬鹿にするから、あなたたちはロゼッタ様に名前を覚えてもらえないんです』

白根《しらね》が激怒している。

『それよりも、誰が意地の悪いメイドですか！』

荒島も憤慨していた。

『アクセサリーを奪いまくっているなど、名誉毀損です！　そもそも、組紐の話は塩見の仕返しではありませんか？　私に組紐を奪われたのを根に持っていましたね！』

二人の書き込みに、塩見は鼻で笑ったイラストを投稿。

明らかに煽るような行動に、白根と荒島は更に激高する。

『私を侮るから痛い目を見るのです』

次に笑った顔を投稿すると、姉妹たちが一斉にバッシングを始めた。

『ブレスレットを賭けて勝負しなさい！』

『あんたの個性を奪ってやるわ！』

『卑怯《ひ》者《きようもの》！』

そんな姉妹たちに、塩見《しおみ》は勝ち誇る。

『旦那様から頂いたブレスレットは、賭けられませんね～。それに、他の誰かに奪われたら、また心配をかけてしまいます。それは、私たちの本意ではないでしょう？』

『ぐぬぬぬ――』

リアムを盾に、金のブレスレットを死守する塩見だったが――そこに統括の天城からの書き込みが入る。

『組紐の使用権を私が強引に奪ったと嘘《うそ》を吐いた塩見――弁解はありますか？　ロゼッタ様との業務が終わり次第、私の所に顔を出しなさい』

『と、統括ぅぅぅ!?』

天城が連絡事項だけ伝えてチャットルームを去ると、姉妹たちが一斉に笑った顔を投稿して塩見を煽り始める。

『いい気味です』

『この詰めの甘さが塩見ですね』

『こうなるだろうと予想出来ました。塩見は普段賭け事を外すのに、お約束は外しませんね』

今日もメイドたちは、リアムの屋敷で楽しい日々を過ごしていた。

あとがき

ついに『俺は星間国家の悪徳領主！』も四巻が発売となりました。

こうして続刊が出せて嬉《うれ》しく思います。

応援してくださる読者の皆さん、本当にありがとうございます。

今回もイラストレーターのナダレ先生に頑張って頂きまして、新機体が三機も登場することになりました。

ナダレ先生の描く機動騎士いいよね！　きっと読者の皆さんにも楽しんで頂けたと思うので、ナダレ先生に感謝です。

そして、コミカライズも一巻が発売となりました。

作画を担当するのは灘島《なだしま》かい先生。

漫画でもリアムたちの活躍が楽しめますので、是非ともコミカライズ版の応援もよろしくお願いいたします。

大泣きするユリーシアを見る人

今後ともよろしくおねがいします。

高峰ナダレ

俺は星間国家の悪徳領主！ ④

発　　行	2021 年 10 月 25 日　初版第一刷発行
	2022 年 6 月 20 日　　　第二刷発行
著　　者	三嶋与夢
発 行 者	永田勝治
発 行 所	株式会社オーバーラップ
	〒141-0031　東京都品川区西五反田 8-1-5
校正・DTP	株式会社鷗来堂
印刷・製本	大日本印刷株式会社

©2021 Yomu Mishima
Printed in Japan　ISBN 978-4-8240-0020-0 C0193

※本書の内容を無断で複製・複写・放送・データ配信などをすることは、固くお断り致します。
※乱丁本・落丁本はお取り替え致します。下記カスタマーサポートセンターまでご連絡ください。
※定価はカバーに表示してあります。
オーバーラップ　カスタマーサポート
電話：03-6219-0850 / 受付時間 10:00～18:00（土日祝日をのぞく）

作品のご感想、ファンレターをお待ちしています

あて先：〒141-0031　東京都品川区西五反田 8-1-5 五反田光和ビル 4 階　オーバーラップ文庫編集部
「三嶋与夢」先生係 /「高峰ナダレ」先生係

PC、スマホからWEBアンケートに答えてゲット！

★この書籍で使用しているイラストの『無料壁紙』
★さらに図書カード（1000円分）を毎月10名に抽選でプレゼント！

▶https://over-lap.co.jp/824000200
二次元バーコードまたはURLより本書へのアンケートにご協力ください。
オーバーラップ文庫公式HPのトップページからもアクセスいただけます。
※スマートフォンと PC からのアクセスにのみ対応しております。
※サイトへのアクセスや登録時に発生する通信費等はご負担ください。
※中学生以下の方は保護者の方の了承を得てから回答してください。

第9回 オーバーラップ文庫大賞
原稿募集中！
イラスト：KeG
紡げ、魔法のような物語！
【賞金】
大賞…300万円
（3巻刊行確約＋コミカライズ確約）
金賞……100万円
（3巻刊行確約）
銀賞………30万円
（2巻刊行確約）
佳作………10万円
【締め切り】
第1ターン 2021年6月末日
第2ターン 2021年12月末日
各ターンの締め切り後4ヶ月以内に佳作を発表。通期で佳作に選出された作品の中から、「大賞」、「金賞」、「銀賞」を選出します。
投稿はオンラインで！ 結果も評価シートもサイトをチェック！
https://over-lap.co.jp/bunko/award/
〈オーバーラップ文庫大賞オンライン〉
※最新情報および応募詳細については上記サイトをご覧ください。
※紙での応募受付は行っておりません。